OS GUARDIÕES DA HISTÓRIA
O PRINCÍPIO DA TEMPESTADE

OS GUARDIÕES DA HISTÓRIA
O PRINCÍPIO DA TEMPESTADE

DAMIAN DIBBEN

tradução
REGIANE WINARSKI

Título original
THE HISTORY KEEPERS
THE STORM BEGINS

Copyright © Damian Dibben, 2011

Todos os direitos reservados. Nenhuma parte desta obra pode ser reproduzida ou transmitida por qualquer forma ou meio eletrônico ou mecânico, inclusive fotocópia, gravação ou sistema de armazenagem e recuperação de informação, sem a permissão escrita do editor.

Direitos para a língua portuguesa reservados
com exclusividade para o Brasil à
EDITORA ROCCO LTDA.
Av. Presidente Wilson, 231 – 8º andar
20030-021 – Rio de Janeiro – RJ
Tel.: 3525-2000 – Fax: 3525-2001
rocco@rocco.com.br
www.rocco.com.br

Printed in Brazil/Impresso no Brasil

Preparação de originais
FRIDA LANDSBERG

CIP-Brasil. Catalogação na fonte
Sindicato Nacional dos Editores de Livros, RJ

	Dibben, Damian
D539g	Os guardiões da história: o princípio da tempestade / Damian Dibben; tradução de Regiane Winarski. – Rio de Janeiro: Rocco Jovens Leitores, 2012.
	(Os guardiões da história)
	Tradução de: The history Keepers: the storm begins
	ISBN 978-85-7980-142-6
	1. Ficção infantojuvenil inglesa. I. Winarski, Regiane. II. Título. III. Série
12-6230	CDD – 028.5 CDU – 087.5

Este livro obedece às normas do
Acordo Ortográfico da Língua Portuguesa.

Para Claudine

E para Ali,
que ela nunca conheceu

1 A Escadaria do Monumento

Na noite em que Jake Djones descobriu que seus pais estavam perdidos em algum ponto da história ocorreu uma das maiores tempestades já registradas. Desde o esquecido ciclone de 1703, Londres não via tempo tão terrível, com torrentes de chuvas e ventos uivantes.

Na Tower Bridge, o centro da tempestade, um velho Bentley azul-escuro percorria aos sacolejos o caminho sobre o rio Tâmisa, cujo volume aumentava perceptivelmente, em direção à margem norte. Os faróis altos iluminavam o caminho e os limpadores de para-brisa trabalhavam furiosos sob o temporal cegante.

No banco de couro na parte de trás do carro, nervoso, estava um garoto — catorze anos, pele morena, cabelo cacheado e olhos corajosos e inteligentes. Usava o uniforme da escola: blazer, calça preta e sapatos de couro já bem gastos. Ao lado dele, sua velha mochila da escola estava lotada de livros e papéis. Na etiqueta desgastada fora escrito em letras escuras o nome *Jake Djones*.

OS GUARDIÕES DA HISTÓRIA

Os grandes olhos castanhos de Jake examinaram as duas figuras do outro lado da divisória de vidro, no banco da frente. À esquerda havia um cavalheiro alto e esnobe, usando um sombrio terno preto e uma cartola. A seu lado, o motorista trajava um uniforme de chofer. Os dois estavam conversando baixinho, mas Jake não conseguia ouvir o que diziam do outro lado do vidro.

Tinha sido sequestrado por aqueles estranhos trinta minutos antes.

Caminhava apressado para casa depois da aula, passando por dentro do parque Greenwich, quando eles saíram das sombras bem em frente ao Observatório Real. Explicaram que ele precisava acompanhá-los por uma questão de extrema urgência. Quando Jake demonstrou relutância, disseram que sua tia o encontraria no local de destino. Jake fez perguntas, desconfiado, mas a chuva começou a cair — alguns pingos a princípio, depois um temporal —, e os homens agiram. O motorista colocou um lenço no rosto de Jake. O garoto inalou uma coisa de cheiro penetrante que fez seu nariz arder, então ele percebeu que estava caindo. Acordara pouco tempo depois, trancado na parte de trás daquele grande carro.

Jake sentiu uma onda de pânico no mesmo instante em que um estrondo de trovão pareceu sacudir a base da Tower Bridge. Ele observou o interior do carro. Era forrado de seda escura e havia sido luxuoso em algum momento, mas agora já tinha passado da sua melhor fase. As portas (que ele tentara abrir, sem sucesso, logo depois de voltar a si) tinham maçanetas douradas enfeitadas. Ele se inclinou para frente e olhou para uma delas mais de perto. No centro havia um desenho intrincado: uma ampulheta com dois planetas girando ao redor dela.

O PRINCÍPIO DA TEMPESTADE

O homem de cartola, com o rosto nas sombras, olhou para trás com insatisfação. Jake o encarou com firmeza até que a cabeça altiva se virou novamente para a estrada à frente.

O velho Bentley saiu da ponte e seguiu por um labirinto de ruas, subindo Fish Hill e parando em uma pequena praça de paralelepípedos, à sombra de uma grande coluna de pedra. Jake olhou para a estrutura: de uma base sólida e quadrada se erguia um pilar gigantesco e luminoso de pedra calcária, diretamente para o céu escuro. O ápice, que a Jake pareceu estar a oitocentos metros de altura, tinha um vaso dourado reluzente.

Jake de imediato se lembrou de já ter visto esse curioso monumento: ao voltar de um desastroso passeio ao London Dungeon (um demônio atrapalhado escorregara em uma poça de sangue falso e o departamento de segurança teve de acender as luzes), ele e os pais tinham passado por ali sem querer. O pai de Jake ficou empolgado de repente e começou a contar a história da construção — que se chamava *Monumento*, tinha sido construída por Sir Christopher Wren para homenagear o Grande Incêndio de Londres, e cujo ápice dourado podia ser alcançado por uma escadaria em espiral que havia lá dentro. Jake ficou fascinado e quis subir a escadaria, e seu pai concordou com entusiasmo. Mas a mãe de Jake, normalmente tão animada, teve medo de repente e insistiu que fossem para casa antes da hora do rush. Jake se afastou sem tirar o olhar da coluna.

O homem de cartola saiu do carro e abriu o guarda-chuva. Foi preciso segurar com firmeza para que a chuva não o carregasse. Ele abriu a porta de trás e olhou diretamente nos olhos de Jake.

— Siga-me. Não pense em fugir.

OS GUARDIÕES DA HISTÓRIA

Jake avaliou seu sequestrador com desconfiança. Estava vestido de forma elegante: acompanhando a cartola preta lustrosa, ele usava uma camisa branca, gravata preta, um fraque escuro com caimento perfeito no corpo magro, a calça de pernas estreitas com um leve vinco e botas imaculadamente engraxadas. Seu rosto era singular, com um nariz aquilino empinado, bochechas proeminentes e olhos pretos, impenetráveis em sua arrogância cruel.

Houve um brilho de relâmpago e outra rajada de vento com chuva.

— Rápido — disse o homem. — Não somos inimigos, garanto.

Jake colocou a mochila no ombro e saiu do carro com cautela. O homem o segurou pelo braço com força e bateu no vidro para chamar a atenção do chofer. O vidro elétrico foi abaixado.

— Vá buscar sua majestade imediatamente.

— Pode deixar.

— E não se esqueça da Srta. St. Honoré. Ela está no Museu Britânico, provavelmente nas antiguidades egípcias.

— Antiguidades egípcias — assentiu o chofer de bochechas vermelhas.

— E, Norland, vamos partir em uma hora. Seja pontual, entendeu? Nada de visitas à casa de apostas, nem a qualquer outro dos locais de baixo nível que você frequenta.

O chofer ficou irritado pela humilhação, mas disfarçou com um sorriso.

— Partir em uma hora, tudo bem — disse ele, fechando o vidro.

O coração de Jake estava disparado. De repente, foi tomado por uma onda de adrenalina. Soltou o braço com um puxão e saiu correndo a toda velocidade pela praça.

O PRINCÍPIO DA TEMPESTADE

A reação do homem alto foi imediata.

— Peguem-no! — gritou ele para um grupo de trabalhadores que descia a rua em direção ao metrô.

Sua voz era tão autoritária que eles nem consideraram a possibilidade de o garoto ser inocente. Quando estavam prestes a interceptá-lo, Jake se virou, mudou de direção e se chocou contra seu sequestrador. A colisão da testa de Jake com o maxilar do homem produziu um ruído alto.

Jake conseguiu permanecer de pé, mas seu perseguidor não teve tanta sorte: cambaleou para trás, perdeu o equilíbrio e seu guarda-chuva saiu voando. O homem olhou para cima, e as longas pernas magras também pareceram voar. Pareceu flutuar antes de cair em uma grande poça lamacenta. Sua cartola rolou até a base do monumento. Com o canto do olho, Jake viu o guarda-chuva voando pelo céu, em direção à cúpula da catedral de St. Paul.

Deixando de lado seus medos, o garoto correu até o emaranhado de membros longos e roupas desgrenhadas. O chofer tinha saído do carro, em pânico. Os trabalhadores estavam paralisados.

Jake olhou para a figura imóvel.

— Você está bem? — perguntou, temendo o pior. Apesar da pouca idade, sua voz tinha um tom grave, intenso.

Por fim, a cabeça se mexeu. Sem se importar agora com a chuva pesada, o homem alto se sentou lentamente e tirou o cabelo da testa com a mão longa e sem energia.

Jake deu um suspiro de alívio.

— Desculpe, eu não sabia que você estava atrás de mim. Você *está* bem? — perguntou ele de novo, suavemente, oferecendo a mão para ajudar o outro a ficar de pé.

Mas o homem ignorou o gesto e a pergunta. Em vez disso, se dirigiu ao chofer.

— O que ainda está fazendo aqui? Repito, partimos em uma hora! — sibilou ele, antes de dirigir seu veneno para o grupo de trabalhadores boquiabertos. — Nunca viram um homem cair?

Seu tom foi antipático o bastante para espantar o grupo. O chofer entrou no carro, ligou o motor e partiu. Dobrou a esquina e desapareceu, deixando Jake e seu sequestrador sozinhos na base da gigantesca coluna. Por alguma razão, Jake tinha perdido a vontade de correr. Ele pegou o chapéu do homem, ajeitou-o e devolveu-o com um sorriso inseguro.

O homem murmurou por entre os dentes trincados:

— Eu falei que *nós* não somos o inimigo. — Ele se pôs de pé, pegou o chapéu e o colocou na cabeça. — Se não acredita em mim, sua tia vai esclarecer a situação quando chegar.

— Minha tia...? — Jake sacudiu a cabeça. — O que ela tem a ver com isso?

— Explicações depois. Agora me siga!

O homem alto foi até a base do monumento, retirou uma chave grande do bolso do paletó e a inseriu em um orifício escondido na pedra. Jake se perguntou o que ele estava fazendo. Mas então viu o contorno quase invisível de uma porta, uma porta *secreta* ao pé da gigantesca coluna.

O homem girou a chave, e a porta de pedra se abriu com um baque que produziu eco. Lá dentro havia a luz suave e trêmula de uma vela. A inquietação de Jake foi momentaneamente substituída por fascinação. Ele esticou o pescoço para olhar lá dentro: havia um pequeno aposento do qual uma larga escadaria feita de pedra antiga descia em espiral.

— Rápido! Rápido! — falou o homem. — Lá dentro você terá respostas para tudo. Inclusive sobre o paradeiro dos seus pais.

O PRINCÍPIO DA TEMPESTADE

Todo o sangue sumiu do rosto de Jake.
— Meus... Meus pais? — gaguejou ele. — O que aconteceu com meus pais?
— Siga-me e você saberá. — Essa foi sua única resposta.
Jake sacudiu a cabeça e permaneceu firme no mesmo lugar, com teimosia. Ele respirou fundo e usou sua voz mais grave e intimidante.
— Você me sequestra no parque Greenwich e me enfia em um carro. Poderia ser preso umas vinte vezes só por isso. Agora eu gostaria de ter algumas respostas! Primeiro, o que você sabe sobre meus pais?
O homem revirou os olhos.
— Se você sair da chuva e me permitir tirar este terno destruído e trocar de roupa — disse ele, apontando para um grande rasgo na lateral do paletó —, vou contar.
— Mas *quem* é você? — insistiu Jake, com teimosia.
O homem respirou fundo para se acalmar.
— Meu nome é Jupitus Cole. Não tenho intenção alguma de machucá-lo. Ao contrário, estou tentando ajudar. Fomos forçados a sequestrá-lo porque é mais seguro você vir conosco. Agora será que pode me acompanhar até lá embaixo?
Na verdade, o aventureiro que havia em Jack estava intrigado com aquele homem excêntrico, a porta secreta, a escadaria tentadora. Mas ele permaneceu parado.
— Não entendo. O *que* há lá embaixo?
— O escritório fica lá embaixo. O *escritório*! — respondeu Jupitus. — Se você vier, verá! — Seus olhos se prenderam aos de Jake. — É uma questão de vida ou morte, entende? Vida ou morte.
Havia alguma coisa irresistível em seu jeito formal e determinado. Ele segurou a porta para o garoto.

— Pode ir embora à hora que quiser, mas garanto que será a última coisa que vai querer fazer.

Jake olhou para o aposento e para a escadaria. Não conseguia mais controlar a curiosidade.

— Devo estar ruim da cabeça — murmurou ele, ao entrar.

A porta se fechou atrás dos dois com um baque. O vento assobiou pela escadaria em espiral.

— Agora me siga — disse Jupitus baixinho, e começou a descer.

2 O Escritório de Londres

Jupitus desceu a escadaria e seus passos ecoaram pelo caminho. Jake foi atrás. A descida estava iluminada por lampiões a gás com luz trêmula que deixava visível uma série de antigos murais. Agora apagadas e desgastadas, as pinturas mostravam cenas de todas as grandes civilizações da história: do Egito à Assíria e à antiga Atenas; da Pérsia a Roma e Bizâncio; da antiga Índia ao Império Otomano e à Europa medieval. Jake estava hipnotizado pelas imagens de reis e heróis, de procissões épicas, batalhas e viagens.

— Foram pintados por Rembrandt — explicou Jupitus, com voz sóbria — quando o escritório de Londres se mudou para cá, em 1667. Já ouviu falar de Rembrandt?

— Já, acho que sim... — disse Jake, hesitante.

Jupitus o observou com seus olhos esnobes.

— Quero dizer, gosto muito de quadros — explicou Jake, de impulso. — Pinturas antigas, pelas quais dá para imaginar como as pessoas viviam.

OS GUARDIÕES DA HISTÓRIA

Ele ficou surpreso de se ver falando isso. A verdade era que *realmente* amava pinturas antigas, mas estava acostumado a manter isso em segredo: sentia que a maior parte de seus colegas da escola careciam de certo tipo de imaginação. Jake, por outro lado, costumava fugir para a Dulwich Picture Gallery sozinho. Chegava perto dos quadros, semicerrava os olhos e imaginava estar lá, dentro deles, em outra era. Era comum um segurança irritado o mandar se afastar. Ele esperava até que o segurança tivesse ido embora e se entregava novamente.

Eles chegaram ao fim da escadaria. À frente havia apenas uma porta pesada. No meio dela, entalhado em metal, estava o mesmo símbolo que Jake tinha visto no carro: a ampulheta com dois planetas voando ao redor dela. Parecia antigo, mas também lembrava a Jake um diagrama que tinha estudado em física: elétrons girando em torno do núcleo de um átomo.

Jupitus olhou para Jake com seriedade.

— Não foram muitas as pessoas trazidas até esta porta. E as que vêm aqui descobrem que suas vidas mudarão de forma irreversível. É só um aviso.

Jake involuntariamente engoliu em seco.

Jupitus abriu a porta, e os dois entraram.

— Voltarei em um segundo. — Jupitus apontou para uma cadeira ao lado da porta, cruzou o aposento e entrou em um escritório. — Temos cinquenta minutos, pessoal! — anunciou ele, depois bateu a porta atrás de si.

Os olhos de Jake brilharam de curiosidade.

O aposento tinha a aparência e as dimensões de uma enorme biblioteca antiga. Não uma biblioteca pública, como a que Jake frequentava em Greenwich, mas uma que só se podia visitar com convite especial, para admirar livros antigos e preciosos. Tinha dois andares de altura, e havia uma escada em espiral de cada lado, levando a um mezanino amontoado de prateleiras e mais prateleiras de enormes livros antigos. Bem no alto, acima das estantes, havia várias janelinhas que tremiam e assobiavam sob a tempestade.

Ao longo do comprimento do aposento havia uma grande mesa de madeira, iluminada por cintilantes lâmpadas verdes. Velhos mapas, manuscritos, plantas e diagramas estavam espalhados sobre ela. Entre esses artefatos antigos havia o que talvez fosse aquilo que mais chamava atenção: uma série de globos.

O aposento zumbia de atividade. Havia vários homens, vestidos com o que parecia ser um uniforme de marinheiro, embalando com rapidez e cuidado vários objetos em caixas de madeira.

Ignorando a ordem de Jupitus para se sentar, Jake, ainda com a mochila no ombro, andou com cuidado até a mesa de madeira e examinou um dos globos. Era o objeto mais antigo que já vira. Os nomes dos países estavam manuscritos em uma caligrafia antiquada. Jake se inclinou para olhar mais de perto. Viu a Bretanha, uma joia no mar do Norte. Abaixo dela, a Espanha cobria uma área vasta, quase do tamanho da Ásia. No centro da Espanha havia uma ilustração desbotada de um rei com aspecto altivo. A América não era nada além de desenhos de florestas e montanhas. Jake olhou mais de perto. Na parte de baixo do oceano Atlântico, entre imagens apagadas de galeões e golfinhos, uma data que mal dava para distinguir estava inscrita: 1493.

— Se o senhor puder me dar licença...

Um dos homens uniformizados se aproximara com uma caixa. Jake deu um passo para o lado, e o homem ergueu o velho e enorme globo de cima da mesa e o colocou com cuidado dentro da caixa. Em seguida, arrumou um punhado de palha ao redor do objeto, colocou a tampa e a fechou com pregos.

Jake observou o homem carregar a caixa em direção à larga passagem no lado oposto do aposento. Ele a colocou em um carrinho com várias outras caixas. Depois o carrinho foi puxado pela porta e levado até um corredor.

Uma outra coisa chamou a atenção de Jake. Em uma área separada havia um garoto trabalhando em uma escrivaninha. Ele tinha bochechas rosadas, cabelo castanho desgrenhado e óculos grossos que tinham sido colados com fita adesiva. Embora fosse da idade de Jake, estava vestindo um terno xadrez marrom que parecia a roupa de um professor excêntrico. Em seu ombro, sentado empertigado, havia um papagaio. A plumagem macia do pássaro era de um caleidoscópio de cores, de laranja a azul-turquesa profundo, passando pelo vermelho.

O garoto digitava rapidamente em um instrumento que parecia um pouco com uma máquina de escrever, mas com menos teclas e estranhos símbolos no lugar das letras. Saindo da parte de trás do aparato, como uma antena, uma haste cristalina assobiava e zumbia, emitindo descargas elétricas cada vez que uma tecla era apertada. Depois de digitar por um tempo, o garoto rapidamente puxou uma alavanca na lateral da máquina e então prosseguiu.

— Com licença. Você está bloqueando a luz — disse ele para Jake, sem tirar os olhos do trabalho. — Se isso não for enviado nos próximos cinco minutos, estarei frito.

Quando Jake se deslocou para o outro lado da escrivaninha, o garoto olhou para cima e o observou. Em seguida, empurrou os óculos no nariz e voltou a trabalhar.

O PRINCÍPIO DA TEMPESTADE

Na mesa ao lado da máquina de escrever havia um prato de doces de aparência deliciosa. O garoto esticou a mão, pegou um e enfiou na boca. O estômago de Jake estava roncando; ele não comera nada desde o almoço.

— Sirva-se, se quiser. — O garoto de cabelo encaracolado obviamente percebeu a fome de Jake. — São de pera com canela. A massa é leve como ar.

Jake olhou-o com curiosidade. Ele tinha uma voz correta, antiquada, como as pessoas que davam as notícias nas estações de rádio mais sérias. Jake pegou um dos doces, e o pássaro multicolorido o observou com atenção quando ele o comeu.

— Ele é manso? — perguntou Jake, esticando a mão para permitir que o pássaro a cheirasse.

O papagaio gritou como um demônio, eriçou as penas e bateu as asas. Jake deu um salto para trás, assustado.

— Mr. Drake não gosta de estranhos! — observou seu dono. — Ele era um papagaio de resgate em Mustique. Se eu fosse você, seguiria o conselho do Sr. Cole e me sentaria.

O garoto continuou a digitar e a murmurar sozinho enquanto Jake voltava para a cadeira ao lado da porta. Mr. Drake, o papagaio, o observou com cuidado.

Os pensamentos de Jake se voltaram para os eventos da semana. Até uma hora atrás, eles não tinham parecido nada anormais...

Jake Djones morava em uma casa geminada em uma rua comum de uma parte modesta do sul de Londres. A casa tinha três quartos pequenos, um banheiro e uma estufa inacabada. Havia também um escritório, que o pai de Jake chamava com humor de "sala de comunicação"; era um depósito de computadores velhos e de um emaranhado de cabos embolados. Os pais de Jake, Alan e Miriam, tinham uma loja de peças para banheiro na rua principal. Nos fins de semana, Miriam inventava pratos indigestos, enquanto Alan tentava fazer consertos e outras coisinhas na casa. Tudo invariavelmente terminava em desastre: suflês assimétricos, molhos queimados, canos estourados e estufas inacabadas.

A escola de Jake ficava a uma caminhada de quinze minutos, cortando o parque Greenwich. Era uma escola mediana. Tinha alguns professores interessantes e outros um tanto cruéis. Jake era péssimo em matemática, bom em geografia e ótimo em basquete. Fazia teste com entusiasmo para todas as peças teatrais da escola, mas raramente conseguia ir além de papéis no coral. Era fascinado por história; pelo tipo de gente poderosa e misteriosa dos murais que acabara de ver, por governantes e imperadores. Infelizmente, porém, seu professor de história *não* era interessante.

Jake vira os pais pela última vez quatro dias antes. Eles tinham deixado um recado para que ele passasse na loja no caminho de volta da escola. Quando Jake chegou lá, estava vazia. Ele esperou.

A loja de peças para banheiro não era bem-sucedida. Jake costumava se perguntar como continuava funcionando. Seus pais a tinham aberto logo depois que ele nascera e lutavam para mantê-la desde então. Como um dos muitos clientes não satisfeitos observara: "Eles não têm instinto algum para cerâmica!"

Jake estava inclinado a concordar. Miriam cuidava da loja em meio a uma grande confusão e vivia perdendo papéis, recibos e às vezes até conjuntos completos de banheiro. Alan trabalhava quase sempre no local da instalação, supervisionando o caos inevitável. Era um homem grande, forte, com mais de 1,80 metro de altura, e Jake sempre sentia que ele não combinava com elegantes banheiros de casas chiques. Não só por causa do tamanho, mas também pela personalidade exuberante.

O PRINCÍPIO DA TEMPESTADE

Enquanto estava sentado, esperando, duas pessoas entraram apressadas na loja.

— Aí está você, querido — disse Miriam, ofegante, tentando organizar as mechas de cabelo escuro desgrenhado. Ela era uma mulher atraente, com ar de entusiasmo caloroso e pele morena como a de Jake. Tinha olhos grandes, cílios longos e curvos e um sinal da cor de mel logo acima do canto da boca. Alan era desajeitado e tinha pele clara, cabelo louro volumoso e uma sombra de barba. Parecia prestes a dar um sorriso travesso a qualquer momento.

— Foi um desastre com Dolores Devises. Os canos de escoamento não tinham sido colocados direito. — Miriam suspirou e olhou para Alan. — Tive de devolver o dinheiro dela.

— Eu podia passar o ano todo instalando-os — respondeu Alan —, mas Dolores Devises nunca ficaria feliz com seus canos!

Houve uma pausa, como sempre, e então Alan e Miriam começaram a rir. Os dois tinham um senso de humor contagiante. Qualquer coisa podia fazê-los começar a rir, mas em geral o que despertava o humor deles era um certo tipo de pessoa: um gerente de banco arrogante ou uma cliente presunçosa como Dolores Devises. Eles preferiam rir das coisas a deixar que os abatessem.

Miriam se virou para Jake.

— Temos uma coisa para contar para você. — Ela tentou demonstrar animação. — Precisamos viajar por alguns dias.

Jake sentiu uma pontada de decepção. Miriam tentou continuar falando com alegria.

— É culpa minha, eu confundi as datas. Há um evento comercial em Birmingham. Vai ser incrivelmente chato, mas nós precisamos... O que o contador disse? *Ampliar o alcance das nossas mercadorias.*

OS GUARDIÕES DA HISTÓRIA

— Granito e arenito estão muito na moda — acrescentou Alan, constrangido.

— Vamos partir hoje, direto daqui. — Miriam apontou para uma mala vermelha atrás do balcão. — Rose vai ficar enquanto estivermos fora. Está bem, querido? — perguntou ela, com carinho.

Jake tentou assentir, mas deu de ombros. Os pais tinham começado a participar de feiras comerciais três anos antes — apenas uma vez por ano no começo, mas este ano já tinham desaparecido duas vezes, nas duas ocasiões anunciando a partida no último minuto.

— Estaremos de volta na sexta à tarde! — disse Miriam, sorrindo e passando as mãos pelos cachos de Jake. — E então você terá nossa total atenção.

— Temos surpresas planejadas — acrescentou Alan. — Grandes surpresas!

Miriam passou os braços ao redor do filho e o apertou com força.

— Nós o amamos muito!

Jake se permitiu ser apertado por um tempo e se afastou. Acabava de ajeitar o blazer da escola quando o pai também o envolveu em um abraço de urso.

— Cuide-se, filho — disse ele, exatamente como nos filmes de Hollywood.

Jake se soltou do abraço.

— Obrigado. Divirtam-se — murmurou ele, sem olhar para os pais. Em seguida, saiu da loja e foi para a rua, encarando o vento.

Jake cruzou o parque Greenwich, aborrecido, e se sentou em um banco decidido a ficar até começar a escurecer. Odiava não se despedir dos pais direito, mas queria puni-los.

O PRINCÍPIO DA TEMPESTADE

Uma hora depois, mudou de opinião. Em um instante os perdoou e sentiu uma necessidade urgente de voltar antes que saíssem. Correu pela rua com o coração em disparada. Mas chegou tarde demais. A loja estava fechada e as luzes, apagadas. A mala vermelha sumira.

Como prometido, a irmã de Alan, Rose, chegou naquela noite. Era uma das pessoas de quem Jake mais gostava — excêntrica, honesta e muito divertida. Sempre usava um monte de pulseiras compradas em suas viagens ao redor do mundo. Era o tipo de pessoa que falava com estranhos com alegria e sempre dizia para Jake: "A vida é curta demais, então divirta-se!"

Era divertido quando ela tomava conta dele, mas, naquela tarde de sexta-feira, logo depois da última aula, Jake voou pelos degraus da escola. Sexta era o dia combinado para a volta dos pais, e ele queria voltar para casa o mais rapidamente possível. Mais uma vez, passou correndo pelo parque Greenwich. Conforme a paisagem de Londres se abria para ele, Jake viu as grandes nuvens negras se aproximando, prontas para a luta, vindas do horizonte.

Foi nessa hora que Jupitus Cole e o chofer Norland saíram das sombras em frente ao Observatório Real.

Obviamente, Jake só perceberia dias depois a relevância do local: o Observatório Real foi o lugar onde, em 1668, o Sr. Hooke, da recém-fundada Sociedade Real, trabalhara para unir espaço e tempo.

Aquele encontro com Jupitus e Norland acontecera pouco tempo antes e Jake agora estava sentado nesta sala extraordinária, e sua vida estava prestes a mudar de forma "irreversível", como Jupitus avisara.

A porta da sala de Jupitus se abriu de repente.

— Pode entrar agora, Sr. Djones — disse ele.
Jake ficou de pé e se aproximou da passagem. Por um momento, pareceu preso ao chão. Virou-se e viu que todos olhavam para ele. Ao serem vistos, eles voltaram a executar suas tarefas e Jake entrou.

3 NAVIOS E DIAMANTES

— Feche a porta — disse Jupitus.
Jake a fechou com cuidado.

Jupitus já estava sentado atrás da escrivaninha, escrevendo furiosamente com a caneta-tinteiro. Trocara de roupa, mas usava peças quase idênticas às de antes: uma camisa branca, gravata preta, um paletó justo da mesma cor e uma calça com um leve vinco. As roupas molhadas estavam emboladas no chão.

Jake olhou ao redor do escritório com paredes de madeira. Era uma verdadeira mina de ouro de objetos extraordinários. Havia o busto de mármore de um imperador romano, um armário que exibia espadas e armas antigas, um tigre rugindo em silêncio, pinturas antigas de nobres e da realeza e mais globos e mapas. Ao lado da lareira acesa havia um grande pássaro empalhado com um bico curvo distinto.

— Isso é...?
— Um dodô, é — respondeu Jupitus, sem nem levantar os olhos. — Um dos últimos a andar na face da terra. Embora, obviamente, seus dias de andar por aí estejam terminados

agora. E então, está querendo saber o que está fazendo aqui? Quem somos *nós*?

— Bem mais do que isso. Como você conhece minha família? — perguntou Jake.

— Preciso examinar seus olhos primeiro — anunciou Jupitus, ignorando a pergunta.

— Meus olhos...?

Jupitus abriu uma gaveta da escrivaninha e tirou um instrumento delicado feito de madeira escura e prata. Era uma lupa, do tipo que joalheiros usam para examinar as pedras preciosas. O homem o encaixou em frente ao olho direito e prendeu a tira que o firmava ao redor da cabeça. Depois, contornou a escrivaninha.

— Sente-se na cadeira — ordenou ele.

— Não há nada de errado com meus olhos.

Jupitus esperou que Jake fizesse o que ele mandara. O garoto se sentou com relutância.

— Coloque sua mochila aqui. — Jupitus sacudiu os dedos em direção à mochila. Jake tirou-a do ombro e a colocou sobre a escrivaninha. Jupitus girou um botão no instrumento para acender uma luz circular, depois ergueu o queixo de Jake.

— Abra bem os olhos, por favor. — Ele se inclinou e examinou a pupila direita do garoto com o instrumento.

— O que é *isso*?

— Shhh! — Jupitus foi para a pupila esquerda e contorceu o rosto para se concentrar no que via lá. — Agora feche os olhos rapidamente.

Jake obedeceu. Jupitus direcionou a luz para cada pálpebra fechada, uma de cada vez.

— Agora me conte que formas você vê na escuridão da sua visão.

O PRINCÍPIO DA TEMPESTADE

— Formas? Eu... não vejo forma alguma.
— É claro que vê! Há formas. Formas de tamanhos diferentes, mas todas com a mesma configuração. Paralelogramos, quadrados, círculos? Olhe com cuidado. Quais você vê?
Jake se concentrou bastante e realmente começou a ver alguma coisa.
— Acho que parecem... diamantes.
— *Diamantes?* É mesmo? Não retângulos? Não quadrados? — perguntou Jupitus, impaciente.
— Não. São formas de diamante. Vejo-as em todo lugar agora.
Jupitus pareceu zangado, como se tivesse sido insultado.
— As formas são simétricas, bem definidas ou indistintas? — insistiu ele.
— Bem definidas, eu acho.
Jupitus respirou fundo.
— Sorte sua — disse ele, de forma quase inaudível, e então afastou o instrumento da cabeça de Jake e o guardou na escrivaninha. Em seguida, voltou a se sentar.
— Vou direto ao ponto. Vamos para a França. Vamos viajar de navio. Precisamos que nos acompanhe.
Jake riu, sem acreditar.
— Como? Para a França? *Esta noite?*
— Sei que está em cima da hora. Vamos fornecer roupas, comida, o que precisar. Você sofre de enjoo no mar? Está agitado por causa da chuva.
— Não sofro. Desculpe, isso é... Quem *são* vocês?
Jupitus olhou para ele com raiva.
— Talvez queira ficar em Londres, naquela sua escola chata e insípida. Dia após dia de estudo tedioso. Datas e equações. — Ele abriu a mochila de Jake, pegou um dos livros e

o folheou. — Para quê? Para passar em algumas provas sem sentido? Para estudar mais no futuro? Para ser recompensado com um emprego cansativo e sem graça e depois ter uma morte lenta e sem sentido?

Jake sacudiu a cabeça em total perplexidade.

Jupitus fechou o livro e o enfiou na mochila.

— Se quer estudar, o *mundo* é o lugar que vai lhe fornecer isso. É um lugar bem mais rico e complexo do que você jamais poderia imaginar.

Jake olhou para o homem à sua frente. A frase que ele acabara de enunciar mexeu com ele.

— Bem, não é só a escola... — disse ele. — Acho que meus pais não gostariam que eu desaparecesse com um grupo de pessoas estranhas para ir para a França. Não se ofenda, mas vocês parecem completamente loucos, vestidos assim, falando desse jeito antiquado. — Ele tentou manter a calma, mas suas mãos estavam tremendo.

— Seus pais, você diz? É por causa deles que estou pedindo que nos acompanhe. Eles estão desaparecidos, sabe?

— O quê? — Jake quase gritou. — O que você quer dizer?

— Provavelmente estão bem. Os dois são sobreviventes. E é certo que já enfrentamos muitos perigos ao longo dos anos. Mas o fato é que perdemos contato. Há três dias. E estamos preocupados.

A cabeça de Jake estava girando.

— Desculpe... Não entendi. Como você os conhece?

Jupitus Cole olhou para Jake com frieza antes de responder.

— Trabalhamos para a mesma organização. — Ele gesticulou em direção à sala com a mão elegante. — *Esta* organização — acrescentou.

Fez-se silêncio por um momento, e então Jake riu alto.

O PRINCÍPIO DA TEMPESTADE

— Você se enganou. Meus pais vendem peças para banheiro. Pias, bidês, vasos sanitários. Neste momento, estão voltando de uma feira de comércio em Birmingham. Mas é claro que você saberia disso *se* os conhecesse...

— Alan e Miriam Djones — interrompeu Jupitus —, de 45 e 43 anos, respectivamente. Casaram-se na ilha de Rhodes, em um pomar de laranjas perto do mar. Eu estava lá. Foi um dia inesquecível — acrescentou ele, sem sinal de emoção. — O nome "Djones" é um tanto incomum, pois o dê é mudo. Têm um filho vivo — Jupitus apontou para Jake, sem muita energia —, Jake Archie Djones, de catorze anos. Desconhece a situação. Um outro filho, Philip Leandro Djones, morreu aos quinze anos, três anos atrás.

— Pare com isso! — Jake deu um salto e ficou de pé, furioso. Jupitus tocara, com indiferença repugnante, no único assunto que era sagrado para Jake: seu irmão mais velho, Philip. — Vou sair por onde entrei! Navios para a França e examinar meus olhos... Vocês são todos lunáticos. — Ele olhou para Jupitus com raiva e pegou a mochila, virou-se e saiu pela porta. Quando estava cruzando a sala, suas emoções o dominaram e seus lábios tremeram, mas ele retomou o controle de si.

— Se for embora agora, pode nunca mais voltar a ver seus pais! — anunciou Jupitus, com tanta intensidade que Jake parou na mesma hora. O pavor o dominou.

— Como você foi informado, sua tia vai nos encontrar aqui — continuou Jupitus, em um tom mais calmo. — Vai nos acompanhar na viagem. Vai tranquilizar você. Isso se chegar na hora. A pontualidade nunca foi o forte dela.

Jake se virou. Estava agora tão confuso que não conseguia entender mais nada.

— *Se* quer encontrar seus pais, *se* quiser permanecer vivo, você não tem escolha a não ser vir conosco — concluiu Jupitus, sombriamente.

Jake falou em estado de choque:

— Exatamente aonde na França você vai?

Pela primeira vez, Jupitus olhou para ele com um leve toque de respeito.

— Para um lugar onde você certamente nunca esteve.

Houve uma batida firme na porta, e uma voz profissional anunciou:

— Capitão Macintyre

— Entre — instruiu Jupitus.

A porta se abriu e revelou um homem com aparência robusta e enérgica, usando um paletó de capitão de navio. Ele cumprimentou Jake com a cabeça e se dirigiu a Jupitus.

— Sr. Cole. Se tiver um minuto, precisamos especificar as coordenadas. — Macintyre colocou um mapa sobre a escrivaninha de Jupitus. Era um desenho antigo que mostrava a costa da Bretanha, o mar do Norte e o canal da Mancha. — Estou preocupado, senhor, pois, se seguirmos nosso tradicional ponto leste no horizonte — Macintyre indicou um símbolo em formato de estrela no mar do Norte —, poderemos ser interceptados por qualquer coisa que esteja vindo para cá. Então sugiro que sigamos *este* ponto, sul-sudeste.

Houve outra batida na porta aberta. Um dos homens uniformizados estava em posição de sentido com uma caixa vazia nas mãos.

— Perdão pela interrupção, Sr. Cole, senhor. O que o senhor quer que eu encaixote em seu escritório? — perguntou o homem, educadamente.

O PRINCÍPIO DA TEMPESTADE

Jupitus foi até o gabinete de vidro que guardava livros antigos, abriu-o e apontou para itens específicos, um de cada vez.
— O Galileu, é claro, o Newton... O Shakespeare.

Ele parou e pegou um antigo manuscrito em uma prateleira. Jake inclinou a cabeça para ver o que era. Na frente, só dava para ver uma caligrafia em tinta roxa meio apagada: *Macbeth, uma nova peça para o The Globe*. Jake sentiu um arrepio percorrer-lhe a espinha quando se deu conta de que o autor tinha assinado o nome com a mesma caligrafia: *William Shakespeare*.

Jupitus entregou o livro para o homem uniformizado.
— Leve *todos*. Só Deus sabe quando voltaremos.

Ele tirou um quadro da parede, abriu um cofre, enfiou a mão no buraco e puxou uma pilha de notas antigas. Jogou-as em uma mala, pegou uma bolsa de couro muito cheia e esvaziou o conteúdo na mão: diamantes, esmeraldas e turmalinas reluzentes. Voltou a colocá-las na bolsa e a jogou na mala.

Jupitus pegou o último objeto, uma pequena caixa entalhada. Manuseou-a com muito cuidado. Em seu interior de veludo havia três objetos. No meio fora colocado um dispositivo de prata cintilante, do tamanho de um suporte para ovo cozido, com vários mostradores e medidores confusos. Em cada lado desse objeto havia uma garrafa de vidro em miniatura. Uma delas era lisa e continha um líquido cinza; a outra era lindamente entalhada em cristal e continha um fluido dourado. Com o maior cuidado, Jupitus pegou a segunda garrafa e a ergueu contra a luz. O conteúdo ocupava um quarto da garrafa e brilhava com uma leve aura espectral.

Jupitus se deu conta de que Jake ainda estava na sala.
— Isso é tudo, Sr. Djones.
— Eu... Para onde devo...? — gaguejou Jake.

— Espere ali por mais instruções.

Jake se viu assentindo obedientemente. Ao sair da sala, ouviu Jupitus falar:

— Certo, Macintyre, onde estávamos? As coordenadas, sul-sudeste...

4 O *ESCAPE*

Confuso, Jake voltou para a biblioteca. Sua mente estava em torvelinho. Metade dele, a metade lógica, queria se afastar daquele lugar louco, ligar para a tia, procurar os pais, denunciar o incidente, tentar restabelecer a normalidade. A outra metade implorava que ficasse, que descobrisse quem eram aquelas pessoas, como sabiam tanto sobre seus pais e, em particular, como sabiam sobre seu irmão, Philip.

Quase três anos antes, Philip fora escalar os Pireneus em uma excursão da escola. Ele tinha 15 anos. Amava excursões mais do que tudo — escalar, velejar, andar de canoa — e tinha uma paixão inesgotável por aventura. Desejava viajar por desertos, florestas e selvas, descobrir lugares desconhecidos.

Naquela viagem em particular, ele se afastou sozinho, sem permissão, e foi subir um pico famoso. A noite caiu. Philip nunca voltou. Buscas exaustivas foram feitas nas muitas ravinas profundas, mas seu corpo não foi encontrado. Os risos que sempre preencheram o lar da família Djones desapareceram; em seu lugar, só havia um silêncio infeliz. O som do telefone tocando era a única trégua na tensão insuportável. Por um momento, olhos cansados pela falta de sono ganhavam vida, repletos de esperança... Mas logo se desapontavam quando a ligação era atendida. Jake tinha onze anos na época, e a perda deixara uma ferida profunda e incurável.

Os pais de Jake eram fortes; depois do primeiro choque, eles tentaram segurar as pontas. Sempre apareciam com novas ideias de passeios esquisitos e competições familiares para manter a alegria de todo mundo. Embora Jake apreciasse o esforço deles para manter a vida animada, não conseguia deixar de sentir certo ressentimento por eles terem mergulhado no trabalho, desaparecendo com frequência por causa daquelas malditas feiras.

A porta da escadaria se abriu, e três pessoas entraram no aposento. A primeira era Norland, o chofer de rosto vermelho. Estava se esforçando para carregar uma quantidade de malas enfeitadas e caixas de chapéus. A segunda pessoa era alguém que Jake nunca tinha visto: uma mulher alta e elegante, com um ar esnobe, usando um longo casaco de pele com caudas sedosas penduradas na bainha. Concluiu que aquela era a mulher a quem Jupitus tinha se referido como "sua majestade". Norland a acompanhou pela sala até um corredor do outro lado.

A terceira era uma garota, e vê-la fez a garganta de Jake ficar seca, seus lábios congelarem e seus olhos se arregalarem, mesmo sem perceber. Ela tinha um sorriso engraçado, divertido, cachos compridos e dourados que caíam sobre os ombros e seus grandes olhos, que brilhavam em um tom entre azul e anil, resplandeciam, cheios de vida. Era magra e cheia de energia impaciente e radiante.

Com alguns rápidos olhares ao redor da sala, a garota pareceu registrar tudo que estava acontecendo. Assim que viu Jake, foi em direção a ele.

O PRINCÍPIO DA TEMPESTADE

— O que está acontecendo? Nós sabemos? *Nous partons tout de suite?* É uma missão?

O coração de Jake derreteu mais um pouco: ela falara com um delicioso e alegre sotaque francês ao fazer as perguntas a Jake, como se o conhecesse a vida toda. Ele lutou para colocar um sorriso confiante no rosto, mas só conseguiu dar um sorrisinho trêmulo.

— A princípio, quando o Sr. Norland apareceu no Museu Britânico, fiquei irritada. Eu estava cheia de trabalho para fazer — prosseguiu ela, deslumbrando-o com seus olhos. — Minha pesquisa sobre Tutancâmon tinha chegado a um estágio crítico. *Il a été assassiné*, ele foi assassinado, sem dúvida: as provas são inegáveis. — Jake amava o modo como ela lutava sem medo com as longas palavras em inglês. — E tenho certeza de que foi nas mãos daquele contador glorificado, Horemheb. Mas então o Sr. Norland me disse que íamos embora às pressas. O Sr. Cole não disse nada para você, nada mesmo?

— Hum... não mesmo — gaguejou Jake, passando nervosamente a mão pelo cabelo denso. — Tudo isso é meio novo para mim.

Mas a garota não ouvia. Concentrava-se na porta do escritório de Jupitus, que estava se mexendo lentamente, como se alguém estivesse prestes a abri-la. Ela gritou para o garoto próximo ao papagaio, que ainda digitava energicamente.

— Charlie, será que você pode me contar o que está acontecendo?

— Se eu contasse, teria de matar você — respondeu ele, secamente.

De repente, um pensamento ocorreu à garota, e ela se virou para Jake com a testa franzida.

— Você disse que isso tudo era novo pra você?

Jake assentiu.

Ela ofegou e seu sorriso surgiu de novo.

— *Mon Dieu!* Você é o filho de Alan e Miriam! — exclamou ela, olhando-o de cima a baixo e dando uma volta ao redor dele para examiná-lo de todos os lados. — Consigo ver as semelhanças. Você tem os olhos da sua mãe, sem dúvida alguma.

— Jake, sim. Jake é como... normalmente... as pessoas me chamam... — falou ele, com a voz mais grave que conseguiu emitir.

— Topaz St. Honoré. *Enchantée* — disse ela, apertando a mão de Jake com confiança calorosa. Seu tom mudou. — Norland me contou sobre seus pais no caminho para cá. Por favor, não se preocupe com eles, são os agentes mais capazes na ativa e os mais gentis.

— Sim... bom... — Jake se ouviu dizendo.

— Quantos anos você tem? Imaginei que você fosse mais novo.

Ele sentiu a garganta apertar, mas endireitou a postura.

— Ah... tenho catorze anos. E você? — perguntou ele.

— Acabei de fazer quinze.

— E você é... francesa...?

— *Bien sûr.* Mas de uma era diferente.

Jake assentiu com segurança, sem ter a menor ideia do que ela estava falando.

A porta do escritório se abriu completamente.

— Não temos mais tempo — anunciou Jupitus. — Peguem o que estiver à mão e embarquem no *Escape*.

— Sr. Cole, senhor. Posso perguntar o motivo de nossa partida repentina? — perguntou a garota, Topaz, seguindo-o pelo aposento.

— Ordens do quartel-general. Temos de retornar ao Ponto Zero imediatamente. — Jupitus entregou a Charlie a mensa-

O PRINCÍPIO DA TEMPESTADE

gem que escrevera no escritório. — Mande isto para a comandante Goethe. Diga a ela que estamos a caminho, depois embale tudo.

— Nossa localização foi descoberta? — persistiu Topaz.

— A situação presente tem alguma ligação com o desaparecimento dos agentes Djones e Djones? — perguntou ela, sussurrando para que Jake não ouvisse.

— Estou tão perdido quanto você.

— É provável que sejamos enviados em uma missão quando chegarmos ao Ponto Zero?

— Não sei mesmo.

Houve um surto de atividade. Os homens uniformizados começaram a se mexer, erguendo as caixas que ainda estavam lá e indo em direção ao corredor rapidamente.

Em meio à confusão, Jake ficou paralisado, apavorado.

— Desculpe... E minha tia? Ela vem ou não? — perguntou a Jupitus.

— Está atrasada. E nosso tempo acabou. Ela foi avisada.

— Não posso ir sem ela.

— Bem, vai ter de ir. Pelo bem dos seus pais. A âncora vai subir em três minutos. — E Jupitus foi embora.

O garoto de óculos se aproximou, com Mr. Drake balançando nos ombros e a estranha máquina de escrever debaixo do braço.

— Charlie Chieverley, como vai? — disse para Jake. — O Sr. Cole está certo. Ficar em Londres não é uma opção. Quem sabe o que poderia acontecer a você? Está bem mais seguro conosco. — Mr. Drake guinchou, concordando.

Jake sentiu como se estivesse na beirada de um precipício. Pensou na mãe e no pai, imaginando os rostos calorosos e amados.

— Tudo bem — concordou ele.

Topaz segurou a mão de Jake e a apertou. Foi levado rapidamente em direção à porta, para uma passagem longa e cheia de curvas. Nas paredes havia mais pinturas apagadas como as da escada que desciam pelo monumento: momentos da história, retratos de civilizações desaparecidas. Os olhos de Jake foram atraídos para uma pintura em particular: um grande galeão navegando por uma tempestade em direção a uma costa montanhosa.

— Não temos tempo — disse Topaz, empurrando-o. Ele era levado cada vez mais rapidamente em direção a um retângulo indistinto de luz. Por fim, saíram ao tempestuoso ar livre.

Jake demorou um momento para se achar. Tinham saído em um aterro com vista para o Tâmisa. As ondas quebravam na encosta. Os olhos de Jake se arregalaram quando ele viu um navio parado no rio, sacudindo violentamente e preso por amarras.

Era uma embarcação robusta e castigada pelo mar, no estilo de um galeão espanhol — parecido com o navio da pintura. Era o tipo de navio que, centenas de anos atrás, velejara em jornadas heroicas na exploração do Novo Mundo. Na proa, uma figura dourada esticava os braços em direção ao mar, uma deusa guerreira com olhos de pedras preciosas. Abaixo da figura, Jake mal conseguiu ler o nome do navio, apagado depois das muitas viagens: *Escape*.

— Todos a bordo! — gritou Jupitus.

Jake olhou para o corredor, desesperado para ver a tia. Por um momento, Jupitus permaneceu na costa. Olhou para o curso do rio Tâmisa, agitado pela tempestade, com suas águas violentas e luminosas sob o céu preto.

— Adeus, Inglaterra, por enquanto — disse ele, baixinho. Em seguida: — Soltem as amarras! — E pulou a bordo.

O PRINCÍPIO DA TEMPESTADE

Naquele exato momento, um táxi preto parou no lado norte da ponte de Londres.

— Você vai ficar bem nessa chuva, querida? — perguntou o motorista.

Uma mulher saiu do carro, sem fôlego. Usava um longo casaco de couro e pele e uma echarpe de seda que segurava o denso cabelo avermelhado e encaracolado. Tinha nas mãos uma bolsa de pano abarrotada. Ela bateu a porta do táxi.

— Acredite, já passei por coisa pior. Você deveria experimentar estar no meio de um campo de batalha em uma tempestade assim, com metade da cavalaria prussiana prestes a atacar. Aí você realmente entenderia o que significa tempo hostil! Fique com o troco. Não vou precisar dele aonde vou — anunciou ela, entregando um punhado de notas.

O rosto do taxista se iluminou.

— Muito bem, senhora.

Mas a mulher já saíra andando para descer a escada até a beira do rio, com o longo casaco balançando atrás de si. No fim da escadaria, ela ficou paralisada, e todo o sangue do seu rosto sumiu.

— Parem! — berrou ela, quando o *Escape* começou a se afastar da beira do rio. — Esperem por mim!

A bordo, o coração de Jake deu um salto. Aquela voz era inconfundível. Ele saiu correndo até a lateral do navio.

— Rose! — gritou ele, o mais alto que pôde. Esticou os braços e quase caiu pela amurada dentro do rio Tâmisa. — Você tem que pular!

Alguns tripulantes se juntaram a ele, todos gritando ao mesmo tempo.

Rose respirou fundo.

OS GUARDIÕES DA HISTÓRIA

— Tudo bem, tudo bem, vou tentar. — Ela jogou a bolsa de pano no ar. Um dos marinheiros se esticou para pegá-la. Então, ela deu alguns passos para trás e saiu correndo. Gritou ao saltar do píer e voar em direção ao convés, mas caiu um pouco antes, e seus joelhos bateram no casco do navio. Ela conseguiu se segurar no parapeito, mas suas mãos estavam escorregando. Na hora certa, um marinheiro esticou a mão e a segurou. As veias do pescoço dele saltavam conforme a puxava. Rose despencou no convés, onde ficou deitada por um minuto. Seu peito subia e descia como um fole enquanto recuperava o fôlego. Ela olhou para Jake e caiu na gargalhada.

— Graças a Deus cheguei a tempo. Graças a Deus!

Os marinheiros a ajudaram a ficar de pé, e ela jogou os braços ao redor do sobrinho.

— Você deve estar tão confuso, meu querido.

E então os olhos dela mudaram de direção e ficaram sérios. Jake se virou e viu o indiferente e frio Jupitus de pé atrás deles.

— Rosalind Djones. Sempre tem de criar algum drama, não é? — Ele a olhou com aqueles olhos inescrutáveis. — Teríamos partido sem você.

Rose ergueu o queixo.

— É bom ver você também, Jupitus, depois de quinze anos — respondeu ela, enfaticamente. — Considerando que tive pouco mais de uma hora para colocar minha vida toda na mala, acho que eu deveria ser parabenizada.

Jake observou os dois. Havia uma corrente de antagonismo vibrando entre eles.

Sem querer que Jake ouvisse, Rose chegou um pouco mais perto de Jupitus e sussurrou:

— Você não podia explicar ao telefone, mas pode agora. Para onde Alan e Miriam foram mandados?

O PRINCÍPIO DA TEMPESTADE

Jake esticou o pescoço para tentar entender o que estava sendo dito.

— Como já mencionei — respondeu Jupitus, com voz suave — essa informação é sigilosa...

— Sigilosa? Bobagem! Esse seu truque nunca funcionou comigo. Onde eles *estão*? — insistiu Rose. — É claro que foi *você* quem assinou a ordem!

— Assinei a ordem? — exclamou Jupitus. — Nada podia estar mais distante do meu desejo do que ter Alan e Miriam Djones trabalhando para o serviço de novo.

— Apenas me diga onde eles estão — repetiu Rose, endireitando-se para olhar nos olhos dele. — Diga!

Jake ouviu com atenção.

Jupitus respirou fundo.

— Em Veneza — anunciou ele. E acrescentou com seriedade: — Em 1506.

Rose deixou a cabeça pender entre as mãos.

A mente de Jake girou de tanta confusão. Que diabos Jupitus queria dizer?

Jupitus deu um sorrisinho para Rose.

— Bem-vinda a bordo. — Ele olhou para o relógio. — Vamos jantar em trinta minutos. — Ele desceu os degraus que levavam aos conveses inferiores. — E é melhor você contar ao garoto quem ele é e o que está fazendo aqui. Ele não acredita em nada do que digo. A postos, todo mundo — ordenou ele, e desapareceu de vista.

Conforme o *Escape* adquiria velocidade no rio Tâmisa em direção à Tower Bridge, Jake ficou olhando para a tia.

— Rose, o que está acontecendo? Não estou entendendo. Onde *estão* mamãe e papai?

Rose remexeu na bolsa de pano, pegou um lenço de papel velho e limpou os olhos. Depois, olhou ao redor, pelo navio.

— Nunca pensei que colocaria os pés nestas tábuas barulhentas de novo. Já faz quinze anos.

— Você conhece este navio? — perguntou Jake, impressionado.

— Ah, conheço. Quando eu era um pouco mais velha do que você, passei muito tempo olhando deste convés — relembrou ela. — Minha última viagem foi para Istambul. Ou Constantinopla, como era chamada naquela época. Uma viagem perigosa.

Ela olhou para frente. O vento uivava e a chuva começava a cair com vigor renovado.

— Vamos para dentro e vou tentar explicar tudo — disse Rose. Ela levou Jake para baixo enquanto o capitão Macintyre, ao leme, guiava o *Escape* pelo Tâmisa em direção ao mar.

5 Jantar e Atomium

A cabine principal era um espaço quente e confortável. O piso de madeira antiga estava coberto com vários tapetes. As robustas mesas de carvalho, bambas pelo tempo, atulhavam-se de mapas do mar e instrumentos de navegação. Nas paredes havia pinturas de velhos marinheiros e exploradores austeros. Jake depois descobriria que o *Escape* era um galeão do século XVII, mas nos tempos vitorianos fora adaptado ao mundo "moderno" com um motor a vapor.

Rose levou Jake até um dos sofás perto do fogo. Ela colocou a bolsa de pano no chão, arrumou as pulseiras, respirou fundo e começou a falar:

— Muitos anos atrás, Jake, antes de você nascer, seus pais fizeram uma escolha. Até então, tinham vivido... como posso dizer? Uma vida incomum. Era uma vida de aventura, descoberta e empolgação. — Ela fez uma pausa por um momento, com os olhos brilhando com a lembrança. — Mas também era uma vida de muito, *muito* perigo. Quando Philip nasceu, eles começaram a se questionar se deviam permanecer nesse mundo perigoso. Sua chegada três anos depois selou o assunto de uma vez por todas. Eles fizeram a escolha, a mais dolorosa que tiveram de fazer, de viver uma vida "normal". E eu os apoiei fazendo o mesmo.

Jake ficou olhando para a tia, os olhos apertados com a expectativa da próxima bomba.

— Eles guardaram o segredo de você. Mas não pode mais ser guardado. Uma situação nos pegou de surpresa. — Rose respirou fundo e continuou falando baixinho. — Você tem uma habilidade, Jake. Uma aptidão, pode-se dizer. Um *poder* que poucas pessoas possuem. Você o tem, mesmo sem saber, desde que nasceu. Seus pais têm; eu tenho; e todo mundo neste navio, em maior ou menor grau, também tem.

— Uma "habilidade"? — Isso foi tudo o que Jake conseguiu falar.

— Primeiro, conte-me. Jupitus usou um instrumento nos seus olhos?

— Usou, logo depois que cheguei.

— E você viu formas?

— Diamantes. Eu vi diamantes.

Rose quase gritou de empolgação e agarrou a mão de Jake.

— Diamantes? É sério? Que notícia maravilhosa! Maravilhosa! Eram pontudos? Bem definidos?

— Acho que sim, eram.

— Grau um, sem dúvida! — Rose bateu palmas. — Como seus pais e eu. Nem sempre é herdado, sabe? É raro, muito raro.

— O que significa?

Naquele momento, Rose olhou ao redor para verificar se ninguém estava ouvindo.

— Significa que o poder é mais puro em você do que nos outros. Diamantes são fortes, mas os pontudos são os mais

O PRINCÍPIO DA TEMPESTADE

fortes. — E contou um segredo: — O que Jupitus Cole não daria por diamantes?!

— Então me diga: o que é essa habilidade?

Rose olhou para Jake com seriedade.

— Você pode viajar pela *história*. Pode viajar por ela como as outras pessoas viajam pelo mundo. E, com diamantes, você pode viajar para *todos* os destinos, estejam perto ou longe.

Jake olhou para a tia e caiu na gargalhada. Mas era uma risada nervosa e insegura: *será que ela também está completamente maluca?*, perguntou-se.

— Não estou dizendo que é fácil. Nenhuma viagem é fácil. Uma simples viagem por Londres pode ser cheia de complicações. E uma viagem para outro lugar na história é tão difícil quanto se pode imaginar. Mas *você* é capaz de fazer o que outros não fazem.

Jake olhou para a tia e sacudiu a cabeça. Queria dizer a ela que estava cansado dessa besteira, mas o olhar no rosto dela permaneceu sério.

— Sei que vai ter muitas perguntas — prosseguiu ela. — Mas logo você verá. Esta noite vamos viajar.

— Para a França?

— Para a Normandia, sendo mais precisa. Embora não seja a Normandia de hoje. Vamos para 1820; é o Ponto Zero, sabe.

— Ponto Zero?

— O quartel-general do Serviço Secreto dos Guardiões da História. É para ele que todas essas pessoas trabalham. Essas e muitas outras. O Serviço Secreto dos Guardiões da História tem agentes de todas as partes do mundo e de todos os cantos da história. É uma organização importante. Talvez a mais importante que já existiu.

OS GUARDIÕES DA HISTÓRIA

Embora Jake sentisse um formigamento na coluna e os cabelos da nuca se arrepiando, continuou a protestar.

— Rose, é sério, por mais que eu gostasse da ideia de *viajar pela história*, como você diz...

— Parece absurdo, eu sei. E não me peça para explicar a parte científica, sou péssima nisso. Jupitus pode fazer isso bem melhor. Ou peça para Charlie Chieverley, ele é o verdadeiro cientista. Tem a ver com nossos átomos. Eles têm uma memória da história, de cada momento dela.

Jake se lembrou de repente da curiosa frase que ouvira no convés.

— Quando Jupitus disse *1506*, o que exatamente ele queria dizer? — perguntou com nervosismo.

— Como assim, querido? — disse Rose vagamente, mexendo nas pulseiras e evitando os olhos dele.

— 1506 — repetiu Jake. — Não me diga que ele estava falando do ano 1506.

Rose deu uma risadinha.

— Acho que é isso o que ele queria dizer, mas não vamos nos preocupar com isso agora. Alan e Miriam sempre desapareciam. Era o estilo deles, instintivo.

— 1506? — Jake sacudiu a cabeça. — Está tentando me dizer que é lá que eles estão?

Rose o segurou pelos ombros e olhou-o nos olhos.

— Vamos encontrá-los, Jake — prometeu ela. — Vamos encontrá-los. Não tenho dúvida disso!

Jake soube no mesmo momento que Rose não estava mentindo. Não entendia por quê, como ou quem podia viajar pela história, mas sabia, podia sentir na boca do estômago, que podia ser verdade. Naquele momento, também entendeu (e foi

O PRINCÍPIO DA TEMPESTADE

uma revelação surpreendente) que seus pais estavam mesmo desaparecidos.
Uma das portas da cabine se abriu, e a senhora de casaco de pele entrou no aposento. Ela parou quando viu Jake e Rose.
— Oh... não está na hora do jantar? — perguntou ela, parecendo irritada.
— Vai ser a qualquer momento, eu acho — disse-lhe Rose.
— Como está, Oceane? Não mudou nada.
— E você está... essencialmente igual. — Isso foi o melhor que Oceane conseguiu dizer. — Talvez um pouco mais abatida na área dos olhos.
— E *você* não perdeu seu talento para o elogio — riu Rose, em resposta. — Este é Jake, meu sobrinho.
— Oceane Noire — apresentou-se a senhora, sem interesse. — Espero que não se importe de eu ficar aqui. Meu camarote está gelado, como sempre. — Ela se instalou em uma poltrona, acendeu um cigarro e olhou com um exagero dramático pela janelinha.

Naquele momento, dois tripulantes chegaram e arrumaram depressa a mesa no centro do aposento. O restante dos passageiros chegou: Charlie Chieverley e o papagaio, Mr. Drake, além da radiante Topaz St. Honoré e de Jupitus Cole. Jake não pôde deixar de reparar que Oceane Noire se animara quando Jupitus entrou na cabine. Ela apagou o cigarro, arrumou o cabelo rapidamente e cruzou a sala, lançando um sorriso radiante para Jupitus antes de se sentar em frente a ele para exibir as costas elegantes. Infelizmente, a operação toda passou despercebida por Jupitus, que estava perdido em seu mundo, examinando mapas.

A atenção de Jake foi capturada por um curioso instrumento náutico que estava pendurado no teto, acima da mesa. Era composto de uma esfera rodeada de três anéis dourados de tamanhos diferentes que se encaixavam perfeitamente um dentro do outro. Em cada anel havia um grupo diferente de sinais, alguns com números e outros com símbolos indecifráveis.

— Aquele é o Constantor — sussurrou Rose. — Ele nos guia para o ponto de horizonte. É um aparato muito importante. Tem outro no convés. Dá para vê-lo se movendo.

Jake o examinou mais de perto. Rose estava certa; dava para perceber de leve os anéis girando, quase imperceptivelmente, ao redor do próprio eixo.

— Quando os três anéis estão alinhados, chegamos ao ponto de horizonte, e é aí que toda a diversão realmente começa. A primeira vez é inesquecível. É a melhor montanha-russa do mundo.

Jupitus, vermelho de irritação, olhou para o relógio de novo.

— Norland! — gritou em direção à escada. — O jantar vai ser servido ou não? — A sala ficou em silêncio enquanto ele murmurava: — Que indivíduo inútil. Qual é o sentido de um mordomo que não consegue ser pontual?

Norland voltou da cozinha abaixo e parecia bem calmo. (Já aprendera com a experiência que a melhor maneira de lidar com o humor de Jupitus era fingir que nenhum crime fora cometido.) Ele puxou a corda do monta-cargas, abriu a portinha e distribuiu pratos de um suculento frango assado. Todo mundo se sentou para comer, Jake com Rose de um lado, Oceane do outro, e Topaz e Charlie bem em frente.

Oceane deu uma olhada nos pratos de legumes e suspirou com cansaço.

— Porcaria de comida inglesa.

Ninguém prestou a menor atenção nela.

O PRINCÍPIO DA TEMPESTADE

Jake comeu uma das melhores refeições de sua vida e ouviu com confusa estupefação pedaços de conversas ao seu redor. Topaz perguntou a Jupitus sobre a experiência dele em Bizâncio, defendendo a rota da seda da China. Jupitus minimizou o evento com seu tradicional estilo impassível, mas obviamente apreciava o nome que lhe deram na época: Herói dos Turcos. Oceane adorou a história e ofereceu outra em troca, sobre suas "experiências intoleráveis" em Paris, onde se viu diante de uma horda de revolucionários franceses "sem nem uma lixa de unha para se defender". A conversa inexplicavelmente se voltou para Norland, que se sentara depois de ter terminado de servir (guardando a maior porção para si) e contou uma enfadonha história de que ouvira Mozart tocar piano quando foi mandado para a corte austríaca de José II.

Todas essas histórias foram contadas com casualidade, como se tivessem acontecido em férias normais na Costa del Sol. Para Jake, parecia um sonho ou uma elaborada peça teatral. Ainda assim, que ideia fascinante e irresistível era a de realmente viajar pela história! Rose dissera que ele "veria por si mesmo". Jake estava esperando com ansiedade que isso acontecesse.

De vez em quando, ele olhava para a garota radiante e confiante sentada à sua frente. Ela não era como nenhuma outra garota que Jake já vira. Na parede do quarto de Jake, ele tinha colado fotos de pessoas que achava interessantes. Uma em particular, que ele tinha cortado de uma revista de domingo, o fascinava: era de uma garota, uma princesa guerreira — ao menos era o que ele imaginava. O rosto dela era pálido e bonito, seu olhar era ao mesmo tempo imponente e inseguro. Havia pedras preciosas em seu longo cabelo, e ela usava uma reluzente armadura de batalha. Atrás dela havia uma paisagem misteriosa

OS GUARDIÕES DA HISTÓRIA

de montanhas e castelos sobre os quais havia nuvens sinistras de tempestade. Topaz fazia Jake se lembrar dessa imagem: misteriosa, bonita, corajosa.

Corajosa? Jake teve dúvida; nunca pensara que alguém pudesse parecer corajoso. Enquanto observava Topaz conversando com Charlie, perdeu-se nos olhos azuis dela. Eles pareciam brilhar e cintilar com mil emoções ao mesmo tempo: animação, felicidade, impaciência e assombro. Em um determinado momento, ela perdeu a concentração, e seus olhos pareceram escurecer, indo de azul anil a um tom profundo de azul mais escuro, repletos de uma grande tristeza. Um segundo depois, ela gargalhava com a imitação de Charlie de um encantador de papagaios de um olho só que conhecera em Tanger.

Durante a conversa, olhos ansiosos se direcionavam de tempos em tempos para o reluzente Constantor, pendurado acima da mesa. Os anéis dourados estavam chegando mais perto do ponto de alinhamento.

No fim da refeição, Jupitus se levantou e seguiu em direção ao bufê. Todo mundo ficou em silêncio quando ele abriu a caixa entalhada que Jake o vira tirar com tanto cuidado do cofre em Londres. Primeiro o homem tirou o dispositivo de prata cheio de mostradores e medidores; depois, a garrafa simples, de líquido cinzento; por fim, com cuidado, o delicado frasco de cristal com fluido dourado.

— O que está acontecendo? — sussurrou Jake para Rose, querendo saber por que todo mundo ficara quieto.

— Aquela pequena máquina se chama Taça do Horizonte — respondeu sua tia.

Jake observou Jupitus mexer com cuidado nos mostradores e medidores do dispositivo, para ajustar as configurações.

O PRINCÍPIO DA TEMPESTADE

— Ele está colocando a data exata para a qual estamos viajando — explicou Charlie. — Em um momento, vai colocar uma gota de cada líquido na taça. A taça então funde os líquidos em uma determinada proporção, uma proporção incrivelmente específica. Aí nós bebemos e pronto. Olá, história.
— Ela funde os líquidos? — Jake estava se esforçando para entender.
— No nível molecular, claro — prosseguiu Charlie, empurrando os óculos para mais perto dos olhos. — Uma certa porcentagem do líquido dourado vai levar você até 1750; com um pouco mais, você pode tomar café da manhã na Roma antiga. Isso, é claro, se você tiver *valor*, ou seja, a habilidade, a força para viajar na história. Não pense que qualquer pessoa pode beber isso e sair viajando pelo passado. Só alguns poucos, os que têm formas nos olhos, diamantes ou retângulos. Uma quantidade ainda menor de pessoas pode viajar para uma época significativamente distante, para antes de Cristo e ainda mais longe.
— E o *que* são esses líquidos? — perguntou Jake, quando Jupitus abriu as garrafas e colocou uma única gota de cada em um funil sobre o dispositivo.
— O cinza é só uma espécie de infusão comum, mas o dourado...
Rose concluiu a frase de Charlie, falando com profunda reverência:
— É atomium.
— Atomium? — perguntou Jake, fascinado.
— Uma das substâncias mais extraordinárias da história — disse Charlie. — Não poderíamos trabalhar sem ela. Mas vou logo avisando: tem gosto de coisa que se coloca no carro.
Jupitus se afastou um passo da Taça do Horizonte. Todo mundo deu um passo para trás. Oceane Noire chegou a pro-

teger a cabeça com mãos brancas como porcelana. Jake ficou completamente desnorteado quando Rose o guiou mais para longe.

— A Taça fica muito quente! — explicou ela.

Em seguida, Jake reparou que estava mudando, brilhando em um tom vermelho, como metal fundido. Mesmo do outro lado da cabine, ele podia sentir o calor intenso vindo da máquina do tamanho de um ovo. Ela tremeu e assobiou de leve ao voltar para o estado normal.

Jupitus esperou uns três minutos antes de voltar até o dispositivo e usar um guardanapo para pegá-lo. Ele abriu a parte de cima (lá dentro, o metal brilhava aos olhos como luz do sol) e depositou o conteúdo, uma gota de solução cintilante como diamante líquido, em uma jarra de água. Em seguida, misturou com uma colher de cabo longo e encheu sete pequenas taças de cristal. Norland as colocou em uma bandeja e começou a servi-las.

— À viagem! — brindou Jupitus, erguendo a taça.

— À viagem! — repetiram todos depois dele.

Rose olhou para sua taça.

— Não há nada a perder agora, eu acho. Ao meu retorno ao Serviço Secreto dos Guardiões da História! — E tomou tudo de uma vez.

Charlie deixou um gole no fundo do copo e o deu para Mr. Drake. O papagaio, por obviamente detestar a bebida, enfiou a cabeça no peito.

— Você já conhece os procedimentos — disse Charlie para ele, pegando um amendoim no bolso. Mr. Drake esvaziou o copo com relutância e recebeu sua recompensa com um som baixo.

— Leve o resto da solução para o capitão Macintyre e a tripulação — instruiu Jupitus a Norland, que desapareceu com a jarra da atomium.

O PRINCÍPIO DA TEMPESTADE

Todos os olhos gradualmente se viraram para Jake.
— *Bon voyage*, meu querido — disse Rose. — Nós todos desejamos sorte a você.

Pessoas gritaram "É isso aí!" na cabine toda, embora Jupitus não tivesse mostrado a mesma empolgação e Oceane tenha permanecido em silêncio.

Quando Jake ergueu a taça de cristal, viu que tinha gravado o emblema da ampulheta e os planetas girando ao redor dela. Ele respirou fundo e bebeu o líquido reluzente. Imediatamente tossiu, e Charlie teve que lhe dar uns tapinhas nas costas.

— Sr. Chieverley — chamou Jupitus —, quando chegarmos ao ponto de horizonte, fique perto do garoto. — Ele sacudiu os dedos em direção a Jake. — É a primeira vez dele, não queremos nenhum drama. — Ele olhou para o Constantor e para o relógio. — Falta uma hora até o ponto de horizonte — anunciou, antes de sair da cabine e fechar a porta.

— Já está sentindo alguma coisa? — perguntou Charlie Chieverley ao ir para o convés com Jake.

Jake sacudiu a cabeça.

Charlie olhou para o relógio.

— Já tem quase uma hora que tomamos o atomium. Você logo vai sentir alguma coisa.

O *Escape* agora estava em mar aberto, singrando as ondas em direção a uma área iluminada pela luz da lua que ficava eternamente fora de alcance. A chuva tinha parado, mas o vento fresco persistia.

Jake estava fascinado por Charlie: ele era excêntrico, tinha um senso de humor sarcástico, mais parecia um adulto experiente do que um garoto. Jake refletiu que, se Charlie não gostasse de alguma coisa, não hesitaria em dizer. As pessoas que tinham coragem o bastante para falar o que pensavam sempre o impressionavam.

— Só quero ter certeza de que entendi direito. Tem dois líquidos, atomium e uma infusão...

— O atomium é o importante. É absurdamente raro.

— E a proporção exata decide o ponto da história para o qual viajamos?

— Resumindo, é.

— Mas o que não entendo é... Como o atomium funciona?

— Ah! — exclamou Charlie com animação, empurrando os óculos para mais perto dos olhos. — Ele reage com nossos átomos e nos leva para o fluxo do tempo, para a rede de caminhos intangíveis que conecta todas as eras. O atomium desperta cada átomo em nosso corpo e pede um inventário de tudo o que há nele. Nossos corpos têm mais átomos do que podemos imaginar. Em um único fio de cabelo, cem bilhões deles lutam por espaço. E esses átomos são eternamente reciclados ao redor do universo. Você tem uns dois mil átomos que já pertenceram a Shakespeare, outros de Gengis Khan e de Júlio César, assim como alguns que foram de um ouriço que mora na Noruega.

Jake se esforçou para conseguir entender a ideia.

Com os olhos brilhando de empolgação, Charlie prosseguiu:

— Isso é uma coisa. Mas um átomo por si só é algo extraordinário, como um miniuniverso. Pense nisso: se o átomo fosse do tamanho da catedral de St. Paul, o núcleo não seria maior do que uma ervilha. E quanto ao espaço ao redor dele? O que contém?

— Não sei — disse Jake, dando um meio-sorriso.

Charlie se inclinou para mais perto e tirou os óculos para passar a ideia com mais ênfase.

O PRINCÍPIO DA TEMPESTADE

— Contém *história*. A história de tudo.
Mais uma vez, um formigamento desceu a espinha de Jake. Mais perguntas surgiram de imediato em sua cabeça.
— E o ponto de horizonte? — perguntou ele. — O que é isso?
— Há *muitos* pontos de horizonte ao redor do mundo. Cada um é foco de intensa atividade magnética... Você sabe, é claro, que a Terra tem um campo magnético. O ponto de horizonte fornece a *força* para que o atomium funcione. Nós invariavelmente usamos pontos de horizonte que estão no mar; os que estão em terra firme são cheios de complicação.
Mais uma vez, Jake pensou com intensidade sobre essa estranha ciência.
— Rose disse que só "alguns poucos" podem viajar pela história. Mas todos nós temos átomos. Por que nem todo mundo pode fazer isso?
Charlie sorriu e respirou fundo.
— *Essa* é a pergunta que não tem resposta — disse ele, apreciando o mistério. — Ninguém sabe de onde tiramos nosso valor. Porém, a verdade é que, se você não tiver uma forma no olho, não vai viajar para o passado.
— E o navio? Os instrumentos? As xícaras e pratos? Como viajam para o passado?
— Sem falar nas roupas que estamos vestindo. Nenhum de nós gostaria de chegar ao passado como veio ao mundo! — Charlie riu sozinho. — Como um grupo, nós *prolongamos nosso foco*. Telepaticamente, pode-se dizer — ele mostrou grandiosamente com a mão todo o navio — nós levamos isso tudo conosco: o *Escape*, tudo que há nele e um pouco da água também. Os guardiões mais talentosos, normalmente os diamantes, que eu mesmo tenho a honra de ser — acrescentou ele, com orgulho

— podem carregar mais coisas. Não só os objetos inanimados, mas *os outros guardiões* também, os menos qualificados.

— Foi por isso que Jupitus Cole pediu que você ficasse comigo?

Charlie sussurrou:

— Por também ser um diamante, pelo que me disseram, você deve conseguir fazer isso instintivamente, mas é melhor tomar precauções na primeira viagem. — Ele olhou ao redor e baixou ainda mais o volume da voz. — Quando disse que os diamantes "carregam" os outros agentes, eu estava falando de mais do que paralelogramos e os sem forma definida. É muito difícil fazer uma jornada importante sem ao menos um diamante a bordo.

Embora todas essas ideias ainda fossem abstratas para Jake, ele não conseguia deixar de sentir certo orgulho por seu status.

— E, se podemos viajar no tempo — perguntou ele —, podemos visitar nós mesmos, só que mais novos?

Charlie olhou para Jake como se fosse louco.

— Você anda lendo muita ficção científica. Nossas vidas são como as de todo mundo. Começam no começo e terminam no fim. Só podemos estar em um lugar, no presente... seja lá qual for esse presente. Olhe... — Charlie ergueu o pulso e mostrou a Jake o relógio (que, assim como os óculos, estava gasto e colado com fita adesiva). — O número ali — ele apontou para uma janelinha de numerais no meio do mostrador do relógio — é minha idade. Catorze anos, sete meses e dois dias. Independentemente de onde eu esteja na história, esse relógio acrescenta os dias. No meu aniversário, ele toca uma musiquinha: a Quinta Sinfonia de Beethoven.

Ele deu um tapinha carinhoso no relógio e assobiou sua música de aniversário. Parou quando viu que a atenção de Jake fora

O PRINCÍPIO DA TEMPESTADE

atraída por alguma coisa. Topaz St. Honoré aparecera no convés. Os olhos de Jake brilharam e mais uma vez sua garganta secou enquanto ele a observava andar em direção à proa do navio.

— Ah, Deus. — Charlie revirou os olhos. — Outro coração roubado por *le sphinx français*.

Jake corou de constrangimento.

— Topaz provoca isso na maioria dos garotos — prosseguiu Charlie.

— Não, nada disso, eu... — gaguejou Jake. — Ela apenas parece um tanto... misteriosa... Ela mora na Normandia? — perguntou ele, tentando desviar a atenção de si mesmo.

— Desde que foi adotada pela família de Nathan, sim. Ela mora a maior parte do tempo no Ponto Zero com eles. É claro que ela e Nathan brigam como loucos, assim como qualquer irmão e irmã.

— Nathan? — perguntou Jake.

— Nathan Wylder. Vai conhecê-lo quando chegarmos. Na verdade, vai *ouvi-lo* primeiro. Ele tem a voz mais alta deste lado de Constantinopla. É americano. Foi uma criança que lutou na guerra civil. — E Charlie acrescentou, com mais admiração do que inveja: — É sem dúvida alguma a estrela do serviço. Um herói de verdade.

Jake ainda estava pensando em Topaz.

— Adotada? O que aconteceu com a família dela?

Charlie se inclinou para chegar mais perto e sussurrou ao ouvido de Jake:

— É uma história longa e triste e ninguém nunca fala sobre isso. — Seus olhos se apertaram ao observar Jake. — Está sentindo o atomium agora?

Jake assentiu. Acontecera bem de repente. A cabeça tinha começado a latejar e ele parecia estar flutuando no ar sem ter se erguido do chão. Em segundos as sensações de enjoo ficaram dez vezes piores. Ele deu um salto para a frente; Charlie o segurou e o ajudou a ir até um banco.

— Sente-se. O pior já vai passar.

Jake olhou para o mar. Sabia que era o mar, mas ao mesmo tempo não o reconhecia. Não sentia mais frio, e todos os sons ao redor pareciam vir de muito longe.

Um a um, os outros passageiros foram até o convés para se preparar. Oceane Noire olhava o mar como se ele fosse dela. Respirou fundo e segurou o ombro de Jupitus, mas ele a ignorou.

— Faltam cinco minutos! — anunciou o capitão Macintyre.

Jake se virou e viu o outro Constantor ao lado do grande leme de madeira; era parecido com o instrumento na cabine abaixo, mas maior e feito de metal mais resistente. Os três aros reluzentes estavam quase alinhados.

— Quatro minutos! — anunciou o capitão.

A dor de cabeça e a náusea de Jake tinham passado, e só o que sentia era uma empolgação intensa. Topaz se virou para ele, sorriu, e de repente Jake passou a ver coisas, coisas extraordinárias: exércitos, reinos, grandes catedrais meio construídas, palácios vistosos, luz da lua, luz de velas, passos de montanhas, aventuras heroicas. Algo tinha sido destrancado dentro dele, e ele foi dominado pela sensação da glória do mundo.

— Um minuto... — avisou o capitão.

Fez-se silêncio. Charlie chegou mais perto de Jake, enquanto do outro lado Rose segurava sua mão com força. Todos os olhos estavam fixos em um ponto à frente, iluminado pela lua. Eles esperaram.

— Dez, nove, oito, sete... — prosseguiu Macintyre, quase inaudível.

O PRINCÍPIO DA TEMPESTADE

Os olhos de Jake se arregalaram. Ele prendeu a respiração. Um redemoinho surgiu do nada; um ciclone selvagem circulou cada indivíduo. Cores brilharam. Rose e Charlie chegaram o mais perto de Jake que puderam. Então houve o som de uma detonação em câmera lenta, e de repente o garoto viu a explosão de formas de diamantes em todas as direções, saindo de um epicentro dentro dele. Ele parecia estar decolando como um foguete, acima do navio, acima do oceano. Jake ouvira o termo "experiência extracorpórea", mas, como a maioria das pessoas, nunca tivera realmente uma. Sabia que ainda estava de pé no convés, mas era como se estivesse bem acima e pudesse se ver lá embaixo. As formas de diamante voaram para as extremidades do campo de visão de Jake, as cores piscaram de forma insana; por fim, houve um estrondo.

E de repente tudo voltou ao normal. Jake estava novamente no convés, com tia Rose ao lado. Todos deram um grito de vitória e começaram a parabenizar uns aos outros.

Charlie se virou para Jake e apertou sua mão.

— Espero que tenha feito uma boa viagem. Bem-vindo a 1820.

6 História Viva

Embora Jake estivesse exausto depois dos eventos das últimas vinte e quatro horas, estava determinado a ficar acordado até ter algum sinal de que estava mesmo respirando o ar de um século diferente. Ficou segurando a amurada do navio e olhando para o mar enquanto suas pálpebras ficavam cada vez mais pesadas.

Todos, exceto o capitão, tinham ido até os camarotes para descansar. Rose ficou com o sobrinho por muito tempo, mas, quando começou a bocejar sem parar, Jake sugeriu que fosse se deitar em um dos sofás confortáveis perto da lareira. Rose pegou um cobertor de lã para ele, beijou-o na testa e desapareceu, dizendo que "provavelmente nem conseguiria dormir".

Um minuto depois, Jake ouviu os roncos dela vindo da cabine abaixo.

Com o cobertor enrolado no corpo, ele olhou para o mar e para a suave luz no horizonte e pensou novamente nos pais. Uma estranha mistura de sentimentos tomava conta de sua cabeça. É claro que estava muito preocupado, mas também sentia-se assombrado pela sensação de traição. Tinham *mentido* para ele, fingido que iam a uma feira de artigos para banheiro em Birmingham, quando na verdade não só tinham cruzado a Europa, mas também os séculos.

Jake sacudiu a cabeça para afastar os pensamentos.

— Deve haver uma explicação para isso — disse em voz alta, e voltou a examinar o oceano. Desde o desaparecimento do irmão, Jake aprendera, pelo doloroso método da tentativa e erro, o truque de bloquear qualquer pensamento ruim que o ameaçava.

Lentamente o vento, que estava forte e frio, começou a sumir. Dentro de minutos, foi substituído por uma brisa quente dos trópicos. Então, uma sonolência da qual Jake não podia escapar tomou conta dele. Primeiro ele se ajoelhou no convés de madeira; alguns minutos depois, deitou-se de lado com a mochila debaixo da cabeça, como travesseiro, ainda olhando para o mar; por fim, adormeceu.

No mesmo momento, no começo daquela manhã em 1820, perto do povoado de Verre, na Normandia, um mascarado andava com cautela pelos arbustos de topiaria em direção a um imponente castelo localizado no meio de jardins grandiosos e simétricos. Ele parou nas sombras e observou o prédio.

Um guarda com um lampião patrulhava o terreno. O mascarado esperou que ele desaparecesse na lateral do castelo para cruzar o gramado e escalar a glicínia até chegar à altura da janela do segundo andar.

Dentro do quarto, uma garota andava impacientemente de um lado para o outro. O invasor abriu a janela, pulou para dentro e tirou a máscara.

— Nathan! Graças a Deus! Achei que você nunca conseguiria chegar — exclamou a jovem, enchendo-o de beijos. Nathan não reagiu; estava acostumado a ter jovens se jogando para cima dele. Tinha dezesseis anos, era atlético, muito bonito e tinha um delicioso brilho nos olhos que denotava segurança. Estava vestido com roupas da moda. Ele olhou ao redor do quarto luxuoso; estava decorado em tons de dourado e com tecidos de seda lilás.

— Opa, estilo exagerado — comentou ele, com seu leve sotaque americano. — Isabella, seu futuro marido obviamente confundiu dinheiro com bom gosto.

— Ele nunca vai ser meu marido! Ele disse que, se eu não quisesse subir no altar amanhã, iria me forçar. Sob a mira de uma arma. E este é o horrendo vestido que quer que eu use.

— Ela indicou com asco um elaborado vestido de noiva pendurado em um manequim.

Nathan estava perplexo.

— O homem é um monstro! Ele não sabe que esse tipo de corpete saiu de moda na época da arca de Noé? Precisamos tirar você daqui.

Ele desceu pela glicínia com cuidado, segurando a ofegante Isabella nos braços como se ela fosse leve como uma pena.

— Quero me casar com um homem como você, Nathan, forte e heroico — suspirou ela.

— Isabella, minha querida, já não falamos sobre isso? Eu seria um péssimo marido. Posso ser irresistível, mas sou irresponsável, imaturo, irritante. Você estaria desperdiçando seu tempo comigo. — Nathan colocou-a no chão. — Agora, vamos, rápido. Este lugar está cheio de guardas.

Minutos depois, corriam por um pasto em direção ao cavalo de Nathan, que esperava no limite da floresta. De repente, uma voz soou no meio das árvores.

— Tive uma premonição da sua desobediência — rosnou a voz, com um sotaque francês. Isabella tremeu quando um aris-

O PRINCÍPIO DA TEMPESTADE

tocrata de aparência irritada, obeso e de bochechas vermelhas saiu das sombras; ao lado dele estava um guarda que parecia britânico, segurando as rédeas do cavalo do chefe.

— Por isso tomei precauções.

— Ah, *Chevalier* Boucicault... — Nathan sorriu, inabalado.

— Estamos felizes de tê-lo encontrado. Sua premonição se justifica. *Signorina* Montefiore está tendo dúvidas quanto ao casamento. Ela tem um problema com seus modos, sem contar com o tamanho de calça que o senhor usa.

O cavalheiro esticou a mão, e o guarda entregou-lhe uma pistola.

— *Très amusant* — zombou ele, enquanto verificava se estava carregada.

— Já que toquei no assunto, por mais que eu admire seus corajosos esforços de alfaiataria — continuou Nathan, indicando o paletó do cavalheiro —, tenho de observar que as listras não estão lhe favorecendo. São cruéis em um corpo como o seu.

Os olhos de Isabella se arregalaram quando o cavalheiro armou a pistola e apontou-a para Nathan. A reação do garoto foi tão rápida que foi quase invisível: de repente, puxou o florete, viu-se um brilho de metal, e a pistola foi arrancada da mão do cavalheiro. Ela voou e caiu com firmeza na mão de Nathan.

— Vamos! — gritou ele, ao montar na bela égua negra. Pegou a mão de Isabella e a puxou para trás de si.

— *Arrêtez! Voleur!* — gritou o cavalheiro, enquanto eles cruzavam o campo. Em segundos, estava em seu próprio cavalo e saiu correndo atrás deles.

— Segure-se firme! — gritou Nathan para a acompanhante, ao galopar pelo caminho estreito que cortava o denso bosque de coníferas.

OS GUARDIÕES DA HISTÓRIA

Um enorme galho surgiu na névoa da manhã, bem à frente deles.
— Nathan, cuidado! — gritou Isabella.
Nathan disparou a pistola, e o galho foi derrubado. Eles prosseguiram em velocidade máxima. Nathan jogou a arma fora depois de acabar com a munição.
O cavalheiro de bochechas vermelhas açoitou o cavalo com selvageria até estar quase ao lado da presa. Nathan pegou novamente a espada e verificou a lâmina antes de se virar para o cavalheiro. Enquanto os dois cavalos seguiam em frente, os dois homens lutaram, com as espadas brilhando ao sol da manhã. Isabella ofegou e se protegeu dos galhos das árvores ao redor.
— Devo avisá-lo — falou Nathan, provocando o adversário — de que não perco uma luta de espadas desde meus oito anos. E foi para o *Chevalier* d'Éon, considerado por muitos o melhor espadachim da história. Suas chances são poucas, meu amigo.
Com isso, deu o golpe decisivo. Boucicault cambaleou e houve um baque alto quando sua cabeça bateu em um galho grosso. Ele voou pelo ar e caiu sobre o traseiro.
— *Adieu, mon ami* — gritou Nathan, embainhando a espada. — E mais uma vez: estamos em 1820, amigo. Tecidos lisos não são mais preferência; são necessidade.

Meia hora depois, eles pararam em rochedos acima do mar, onde um homem da cidade esperava com uma carruagem. Nathan desceu do cavalo, ajudou Isabella a descer e foi falar com ele. Por um momento, conversou jovialmente em francês entrecortado, depois entregou o cavalo e uma quantidade de moedas de ouro e voltou-se para Isabella.

O PRINCÍPIO DA TEMPESTADE

— Jacques vai levar você de volta para sua família em Milão. Então, agora, como dizem, é hora de dizer adeus.

— Mas, Nathan — falou Isabella, com lágrimas nos olhos —, eu não entendo! Não posso ir com você?

— Não dá, infelizmente. — O leve sotaque de Charleston na voz de Nathan ficou mais claro então. — Começo a trabalhar em uma hora.

— Que emprego bobo é esse que você tem, afinal? — Isabella fez biquinho com os lábios. — Esse seu grande segredo...? Nathan respirou fundo, mas preferiu não responder. Ele a beijou na testa.

— Você vai me esquecer mais rapidamente do que imagina — disse ele, e havia um toque de tristeza em seus olhos.

— Nathan, eu amo você — disse Isabella.

— E eu amo uma aventura! — respondeu ele, e depois correu para a beirada do precipício e mergulhou, com os braços esticados, para dentro do oceano.

Isabella observou, surpresa, com lágrimas descendo pelas bochechas, Nathan sair nadando em meio à névoa.

O horizonte estava começando a se encher das cores da alvorada, em tons de azul e rosa, quando Jake acordou com o cheiro de pão recém-assado. Um prato de croissants, ainda fumegando, estava a seu lado no convés.

— Sem dúvida está se sentindo acabado... — comentou uma voz.

Era Charlie, que olhava para o mar com um telescópio.

— O atomium deixa você grogue na melhor das experiências, mas a primeira é a pior. Tem suco de laranja — disse ele, apontando para uma caneca de porcelana ao lado dos croissants —, e sirva-se de um desses. São de amêndoas e chocolate.

OS GUARDIÕES DA HISTÓRIA

Jake realmente se sentia péssimo: a garganta parecia uma lixa, os músculos doíam, e a cabeça latejava. Ele esticou a mão para pegar a caneca e bebeu o suco. Isso o reanimou o suficiente para que se sentasse.

— É um East Indiaman, se não estou enganado — murmurou Charlie. — Holandês, eu acho. Provavelmente a caminho do Ceilão ou de Bombaim.

A princípio, Jake não entendeu o que Charlie estava dizendo. Mas, pela amurada do navio, viu um suave contorno no horizonte. Deu um pulo e ficou de pé.

— Aquilo é o que penso que é?

Um navio singrava majestosamente no horizonte vermelho. O casco longo e robusto era pontuado por uma sucessão de janelinhas; três enormes mastros seguravam as velas, cada uma inflada no vento forte. Embora estivesse a certa distância, Jake podia ver atividade no convés.

— Será que posso pegar seu telescópio emprestado por um segundo? — perguntou ele.

Charlie passou o instrumento para Jake. Ele o pegou e apontou para o navio. Ofegou de assombro pelo que viu: um grupo de marinheiros estava de pé na popa, subindo as últimas velas. Todos usavam o mesmo uniforme, com camisas brancas bufantes, calças apertadas e botas até os joelhos. Um homem de aparência distinta fiscalizava a operação, usando um paletó azul e um chapéu triangular que o fazia se parecer com lorde Nelson.

Essa era a prova que Jake procurava, e o deixou fascinado. Examinou com ansiedade as outras partes do navio. Em uma das janelinhas havia um camareiro jogando fora água suja de uma tigela. No castelo de proa, três cavalheiros trajavam casaca e bengala; ao lado deles, um guarda estava inclinado de lado,

O PRINCÍPIO DA TEMPESTADE

observando o horizonte com um telescópio. Jake instintivamente se escondeu à sombra, ciente de que podia ser descoberto por seu uniforme escolar.

— Você está pisando nos meus croissants — observou Charlie. Jake olhou para baixo e viu um deles esmagado debaixo de seu calcanhar.

— Desculpe — disse ele, distraído, e imediatamente voltou sua atenção para o East Indiaman. — Mas isso é incrível!

— Se olhar *naquela* direção — disse Charlie, indicando a curva do navio —, vai ter outra surpresa...

— Que surpresa?

— Você verá — respondeu Charlie, com uma piscadela bem-humorada, e desceu para as cabines.

7 Um Castelo no Mar

Jake esperou pacientemente na proa do *Escape*. De pouco em pouco, começou a discernir o suave contorno da terra firme, escondida pela névoa da manhã. Depois, bem à frente, viu uma leve forma triangular perfilada contra a costa rochosa. A princípio parecia ameaçadora, como um enorme gigante disfarçado andando a partir da margem. Mas, ao olhar com mais atenção, Jake percebeu que era uma ilha em forma de cone, compacta e cinza granito.

Jake se lembrou de que ainda estava com o telescópio de Charlie, então o ergueu e examinou melhor o curioso triângulo. A base larga e sólida era de pedra natural, mas acima dela havia o que parecia ser uma série de construções *feitas pelo homem* — prédios erigidos sobre prédios como tijolos de brinquedo, até formar uma única torre com um cume pontudo.

— É ele — disse uma voz suave atrás dele. — O monte Saint-Michel. — Topaz foi se juntar a Jake na proa. — O Ponto Zero, o quartel-general do Serviço Secreto dos Guardiões da História. — Ela estava comendo um dos croissants de chocolate

O PRINCÍPIO DA TEMPESTADE

e amêndoas de Charlie. Os franceses sempre comem doces com desenvoltura, refletiu Jake, e Topaz não era exceção. Até o simples ato de pegar as migalhas e colocá-las na boca era inexplicavelmente deslumbrante.

Conforme a ilha continuava a se materializar na névoa, Topaz contou a Jake sobre ela.

— A história dela como fortaleza começa no ano 808. É por isso que o Serviço Secreto a escolheu como base. Em mais de mil anos, os muros nunca foram invadidos.

Ela explicou que os comandantes dos Guardiões da História não só tinham escolhido a localização *geográfica* mais segura para o quartel-general, mas também a localização *histórica* mais segura.

— Os anos 1820 são uma época de paz — disse ela. — A confusão sangrenta dos últimos duzentos anos passou da pior fase. A Guerra Civil Inglesa, a Guerra de Sucessão Austríaca e a inesquecível Revolução Francesa, todas terminaram. O legado de Napoleão Bonaparte, querendo ele ou não, trouxe um período de harmonia para esta região da Europa.

A década também estava livre dos perigos do mundo *moderno*, prosseguiu ela: a Revolução Industrial que se aproximava originaria muitos males necessários e o desenvolvimento do motor a vapor acabaria por levar à "diabólica bomba atômica".

— Os tempos modernos são *merveilleux*, cheios de magia, mas também de perigo. A década de 1820 está livre disso tudo.

Quando Topaz terminou o *tour* expresso sobre a história, deu um rápido sorriso.

— Agora você entende a localização do Ponto Zero. — E colocou o último pedaço de croissant na boca.

Jake não entendeu completamente.

— Então o quartel-general fica em 1820... *permanentemente?*

— Fica por uma década e então, na véspera de ano-novo de 1829, todo mundo entra em um navio, segue para o ponto de horizonte de 1º de janeiro de 1820 e volta para a ilha, e assim continuamos por mais dez anos. Sei que parece loucura, mas funciona.

Jake concluiu que esperaria para ver se com o tempo aquilo tudo ficaria mais claro.

A ilha agora entrara em foco. Ele esticou o pescoço para examinar as torres, os picos, os arcobotantes, as colunatas e as janelas com arcos gigantes impressionantes. De todos os lados vinha o guinchar de aves marinhas quando voavam para perto e para longe da fortaleza. Mr. Drake não gostava delas e ficava o tempo todo olhando com desconfiança.

Em uma escarpa à frente havia um grupo de pessoas, um comitê de boas-vindas. Se os marinheiros do East Indiaman tinham mostrado a Jake que ele estava mesmo em uma época diferente, essas pessoas de aparência incomum confirmaram. Ele já tinha visto pessoas vestindo roupas antiquadas em programas de TV ou em festas a fantasia, mas nunca se sentira convencido de que pertenciam mesmo a uma época passada — eram sempre arrumadas demais e artificiais demais. Essas eram diferentes; pareciam adequadas.

As pessoas estavam vestindo roupas de todos os períodos da história, desde a era vitoriana até a época de Elizabeth I e antes ainda. Dentre elas havia um homem de meia-idade com um fraque berrante de veludo vermelho com uma cartola combinando. Segurando seu braço havia uma mulher de aparência elegante; saias bufantes rodeavam-na, com armação e franzidos. Outro cavalheiro usava um gibão preto, com uma gola branca embaixo do rosto de aparência austera. Mas para Jake a pessoa que mais chamava atenção no grupo era uma mulher alta de pé na frente de todos.

Tinha grandes olhos azul-claros e cabelo longo e grisalho, penteado para trás e deixando evidente o rosto orgulhoso. Jake supunha que devia ter uns cinquenta anos, mas ainda tinha os traços da juventude. Uma capa azul-marinho estava pendurada em seus ombros altivos. Completamente parado ao lado dela estava um galgo inglês com pelo cinza brilhante e olhos cintilantes.

Um sorriso gentil enfeitava o rosto pensativo da dama enquanto ela observava os ocupantes do navio um a um. Quando os olhos dela passaram por Jake, ele sentiu uma emoção insegura.

— É uma velha amiga minha — disse Rose, juntando-se a Jake e Topaz no convés. — Galliana Goethe. É a responsável aqui, a líder dos Guardiões da História.

O navio atracou no píer, uma prancha de desembarque foi posicionada, e os passageiros começaram a desembarcar.

— Com licença — disse Oceane, passando para frente.

— Tenho de ir ao departamento de figurino. Preciso tirar essas horríveis roupas modernas. — Ela jogou o casaco de pele sobre o ombro ao descer pela prancha.

Topaz a seguiu, e o homem de fraque vermelho gritou:

— Lá está ela! Lá está nossa garota! — E irritou instantaneamente a esposa.

— Truman, por favor, não grite! — disse ela, repreendendo-o.

Topaz se aproximou deles, sorrindo calorosamente.

— São os Wylder: Truman e Betty — informou Rose.

— São os pais de Nathan e tutores de Topaz. Truman é um pavão vaidoso, como o filho, mas *ela* é encantadora. É claro que os dois são de séculos completamente diferentes.

OS GUARDIÕES DA HISTÓRIA

Jake observou Topaz cumprimentá-los com um abraço.
— Como você está, querida? — disse Betty com emoção e carinho, abraçando-a. — Fez boa viagem?
Topaz assentiu.
— Vamos dar uma olhada nela — gritou Truman, segurando-a pelos ombros. — Você cresceu. Ela não cresceu, Betty? Está tão alta para catorze anos...
— Quinze.
— Quinze? *Não!* Ela tem quinze anos?
— Quase dezesseis.
— Como isso foi acontecer? Você tinha apenas seis alguns anos atrás.
Topaz e Betty trocaram um olhar carinhoso.
— Acabei de perceber o quanto está silencioso aqui — disse Topaz, olhando ao redor e examinando o resto do comitê de boas-vindas. — O Sr. Tagarela está indisposto?
— Nathan saiu em uma missão para resgatar seu mais recente *amour fou* — suspirou Betty, sacudindo a cabeça.
— Sem dúvida ela está completamente apaixonada, alegremente inconsciente de que vai ser largada como todas as outras.
Jake seguiu a tia pela prancha. O rosto de Galliana se iluminou quando eles se aproximaram.
— Faz um século — disse ela, abraçando Rose.
Jake agora podia ver que a capa de Galliana era bordada com uma variedade de desenhos: sóis, luas, relógios e fênix.
— Talvez tenha se passado um século — respondeu Rose —, mas você continua tão encantadora como sempre.
— Tem certeza de que não quis dizer *maltratada*? — retrucou Galliana. — Não durmo há três dias. Estou com olheiras.

O PRINCÍPIO DA TEMPESTADE

— Mas as maçãs do seu rosto nunca vão deixá-la na mão. Galliana riu, e o rosto se enrugou ao redor dos cintilantes olhos azuis.

— Não me diga que ainda é Juno... — Rose olhou para o galgo de olhos brilhantes.

— É a neta de Juno, Olive — respondeu Galliana, passando a mão pela pelagem sedosa da cachorra. — A cada geração eles ficam um pouco mais inteligentes. — Ela se virou para o garoto com Rose. — E este, é claro, é Jake.

Embora Jake sentisse uma terrível timidez perto dessa mulher alta e suntuosa, ele sorriu com coragem, esticou a mão e falou com o tom mais masculino que conseguiu:

— É um prazer conhecê-la.

— *Tão* educado. — Galliana envolveu a mão de Jake na sua. — Imagino que tenha tido muita coisa para absorver. Mas não se preocupe, vamos encontrar seus pais. — De repente, a expressão dela mudou: tinha visto uma coisa se aproximando na água. — Que diabos...?

Houve um murmúrio de consternação quando todo mundo viu o nadador seguindo em direção ao cais. Topaz soube imediatamente quem era. Ela sacudiu a cabeça e revirou os olhos.

— Olá! — anunciou Nathan, ao sair da água com um sorriso radiante. Ele nadara de roupas pela costa por mais de uma hora, mas dava a impressão de que fora a coisa mais fácil e natural do mundo. Sacudiu o cabelo longo e verificou sua aparência em um espelhinho que tirou do bolso de trás.

Os olhos de Jake se arregalaram quando Nathan andou pelo píer. Ele estava intrigado. O garoto não podia ser mais do que um ano mais velho do que ele, mas transpirava confiança. Certamente era um pouco arrogante, porém, de alguma forma fazia o dia parecer mais luminoso.

— Lamento ter perdido a chegada — disse Nathan, com voz grave. — Mas eu *tinha* de salvar uma jovem dama de um destino pior do que a morte.

Galliana estava tão impassível quanto Topaz.

— Devo lembrá-lo, agente Wylder, de que esta organização não tem tempo para atos de heroísmo *pessoais*. O risco só é aceitável quando o dever estiver sendo cumprido, independentemente do brilho que o prêmio pareça ter. Entendeu?

— Claramente — disse Nathan —, mas posso garantir que não foi para ganho pessoal. A dama estava um tanto... entusiasmada demais. Como tantas outras — acrescentou ele, dando de ombros.

— *Mon Dieu!* — Topaz fez uma careta. — A humildade do meu irmão não tem limites.

O olhar de Nathan se iluminou ao vê-la.

— Voltou inteira, então? — perguntou ele, casualmente.

— É o que parece — respondeu Topaz, com indiferença similar.

— Seu cabelo... Diferente?

— Está solto.

— Mais bonito. Sedoso.

Esse foi o resumo do cumprimento dos irmãos.

Galliana anunciou para todo o grupo:

— Sei que todos devem estar cansados, mas o tempo é essencial. Marquei uma reunião no salão para as dez horas em ponto. Todos devem comparecer.

O grupo começou a se separar.

O PRINCÍPIO DA TEMPESTADE

— Agentes Wylder e St. Honoré...? — disse Galliana para Nathan e Topaz. — Podem levar Jake para conhecer o castelo e contar a ele um pouco do que fazemos aqui?

— Jake? — gritou Nathan. — Jake Djones! — repetiu ele, batendo calorosamente no ombro de Jake. — Por que ninguém me disse que você estava aqui? Nathan Wylder. Já deve ter ouvido sobre mim. E a maior parte é verdade! — Ele prosseguiu em um tom mais sério: — Vamos encontrar seus pais, nem que seja a última coisa que façamos.

— Comandante — interrompeu Topaz —, talvez eu devesse levar Jake sozinha. Se formos juntos, é capaz de eu sufocar o estilo de Nathan.

— Por favor — respondeu Nathan —, você não poderia sufocar meu estilo nem que o trancasse e jogasse fora a chave.

— Já chega! — intercedeu Galliana, cansada. — Os dois vão. Quero que ele tenha uma visão equilibrada. E Jake, vá ao salão de reuniões como todo mundo às dez horas. Eu gostaria que você estivesse lá, para que possa entender o que está acontecendo.

Jake assentiu. Na verdade, queria fazer a Galliana toda espécie de pergunta *agora*, mas sabia que teria de esperar. Topaz já segurava seu braço e o levava em direção à entrada do castelo.

Na base do monte havia um par de portas gigantescas, repletas de rebites de ferro. Na frente delas, uma antiga placa entalhada com um símbolo já familiar: a ampulheta com dois planetas orbitando ao redor de si. Essa versão do símbolo era bem mais decorada, e Jake percebeu que os dois satélites girando em torno da ampulheta eram ambos o planeta Terra. Dando uma dimensão adicional e mágica a esse desenho em particular, o monte de areia na parte de baixo da ampulheta tinha a forma do monte Saint-Michel.

OS GUARDIÕES DA HISTÓRIA

— Está pronto? — perguntou Topaz.
Jake assentiu. Sentia-se muito animado.
Topaz girou a maçaneta. A porta não estava trancada. Abriu com um rangido, e os três entraram.

8 O Ponto Zero

Eles subiram uma escadaria larga que levava ao coração do castelo medieval. De cada lado havia uma sucessão de retratos em tamanho natural de todas as épocas da história, com os rostos olhando das paredes.

— São todos os ex-comandantes do serviço — explicou Topaz, enquanto Jake examinava os rostos austeros e com ar importante. — Aquele homem ali — disse ela, apontando para uma figura misteriosa de turbante em frente a uma paisagem escura e tropical — é Sejanus Poppoloe, o fundador do Serviço Secreto. Ele era um cientista e explorador de Bruges, na Bélgica. Um verdadeiro visionário. Foi ele quem descobriu o atomium e o fluxo do tempo e desenhou o mapa original dos 107 pontos de horizonte da Europa. Morreu na corte inglesa da rainha Elizabeth I, duzentos anos antes de nascer. Viajou para o passado de navio.

Os olhos marcantes de Sejanus Poppoloe pareciam seguir Jake quando ele passou por eles.

No alto da escadaria, eles viraram à direita, passaram por um arco e chegaram a uma sacada com vista para o porto in-

OS GUARDIÕES DA HISTÓRIA

terno, uma enorme caverna natural com abertura para o mar em um dos lados.

— É aqui que fica a maior parte da frota dos Guardiões da História. Observe. — Ela apontou para cada navio, um de cada vez. — O *Campana*, uma galé mercante genovesa; o *Conqueror*, um *dhow* bizantino; o *Lantern*, um junco chinês da dinastia Yuan, construído para aguentar os ciclones dos mares do sul da China, os piores do mundo — acrescentou ela com conhecimento, e sua voz ecoava na caverna. — O *Barco Dorado*, um navio de guerra espanhol, um dos poucos sobreviventes da frota da Invencível Armada. E o *Stratagème*, um dos primeiros submarinos. Um navio holandês e um veleiro atlântico estão sendo consertados no porto de Brest. Podemos seguir em frente?

Quando Topaz passou pelo arco, Nathan alcançou Jake e sussurrou bem alto no ouvido dele:

— Caso você estivesse em dúvida, ela ama o som da própria voz.

Eles cruzaram o patamar e passaram por uma porta para entrar em um grande salão abobadado.

— O arsenal — anunciou Nathan com orgulho, assumindo o papel de guia.

No centro do salão havia duas plataformas mais altas, como ringues de boxe, onde agentes com capacetes e armadura treinavam. Cada centímetro da parede estava coberto de armas reluzentes.

— Gregas, romanas, celtas, bizantinas — Nathan indicou as várias sessões. — Da época das Cruzadas, do início do período medieval, da Renascença, do Iluminismo, da Revolução Industrial e assim por diante. Catapultas, fundas, bestas, arcos e flechas. Espadas, sabres e montantes, espadas de lâmina larga. Machados, lanças, maças, adagas, espadins...

O PRINCÍPIO DA TEMPESTADE

— Acho que ele entendeu a ideia — interrompeu Topaz, com enfado. — Tem muito metal.

— E você certamente reparou na ausência de armas de fogo e de material explosivo — acrescentou Nathan, arqueando a sobrancelha.

Jake não tinha reparado em nada, mas assentiu com segurança.

— Explosivos não podem ser transportados no fluxo do tempo — prosseguiu Topaz. — Se fossem levados ao navio, os elementos instáveis poderiam se misturar aos nossos átomos e...

— ...seria um adeus ao amanhã! — Nathan imitou uma explosão. — Você é bom com arco e flecha? — perguntou a Jake, e pegou um do suporte.

— Ele quer exibir sua capacidade limitada — explicou Topaz.

— Não, eu... Acho que eu nunca... — gaguejou Jake.

Nathan armou o arco e flecha, mirou e atirou no alvo num canto distante da sala. Todos apertaram os olhos para ver aonde a flecha tinha ido. Foi na mosca, mas não exatamente no centro.

Topaz suspirou, pegou outra flecha e a disparou. Atingiu o centro exato do alvo. Mas não parou aí. Atirou outra, depois outra e outra e outra. Nathan apertou os olhos em direção ao alvo. Com os tiros perfeitos, Topaz tinha escrito a letra T.

Nathan observou o alvo e se virou para Jake.

— Ela está com inveja, sabe, porque atualmente sou visto como o agente mais valioso do Serviço Secreto.

— Quantos agentes existem exatamente? — perguntou Jake, tentando amenizar a tensão.

OS GUARDIÕES DA HISTÓRIA

— Normalmente — respondeu Topaz — são quarenta *agentes* trabalhando para a organização, embora haja dezenas de auxiliares, como a tripulação de um navio etc. Cerca de um terço dos agentes tem como base a agência em Pequim, na China da dinastia Ming. Eles se reportam à comandante, naturalmente, mas são responsáveis pelo hemisfério oriental.

— E os agentes daqui, do hemisfério ocidental, todos moram no monte? — perguntou Jake.

— *Ça depend.* — Topaz deu de ombros. — Depende do quanto de atividade perigosa há. Em épocas tranquilas, a maior parte retorna à própria era. Exceto Nathan e eu, é claro.

— Estamos presos um ao outro. — Nathan deu uma piscadela. — Você deveria contar a Jake que, dentre todos esses agentes que mencionou, só uns dez são *realmente* feras como nós.

Topaz explicou:

— Um pequeno número, invariavelmente nós, os agentes mais novos, tem o maior *valor*, daí nosso nome: *Valorosos*. Significa que conseguimos viajar mais longe na história e com maior facilidade. Conforme os agentes envelhecem, suas habilidades costumam enfraquecer. Com os diamantes acontece menos, é claro, mas mesmo o valor deles se enrijece com o tempo. Esses agentes *mais velhos*...

— Os coroas — provocou Nathan.

— ...se chamam *Avançados*. Estão envolvidos com o direcionamento diário das coisas. Mas os fortes, os diamantes, como seus pais, podem permanecer na ativa se necessário.

— Um fato interessante — interrompeu Nathan — é que Jupitus Cole, que não é jovem nem diamante, nunca perdeu seu valor. Ainda poderia viajar para a antiga Mesopotâmia e não sentir nada.

O PRINCÍPIO DA TEMPESTADE

— Pois bem, são os Avançados — continuou Topaz — que escolhem, por voto secreto, quem vai ser o comandante dos Guardiões da História. A comandante Goethe está no cargo há três anos.

— Depois de ter vencido Jupitus Cole por pouco — confidenciou Nathan. — Ele não ficou nada feliz com isso.

Os três saíram do arsenal e subiram as escadas para o andar de cima.

— Comunicação — anunciou Topaz, guiando-os por uma porta até outra sala.

Ao longo de uma das paredes, quatro pessoas, dois homens e duas mulheres, todos com roupas do século XIX, estavam trabalhando em escrivaninhas antigas. Eles assentiram de leve para os jovens. Em frente a cada um havia um instrumento parecido com a estranha máquina de escrever que Charlie Chieverley usara no escritório de Londres, incluindo a haste cristalina que zumbia com relâmpagos em miniatura. Usando penas e tinta, eles anotavam informações em pergaminhos.

— Estão decodificando — explicou Topaz. — Esses aparelhos são chamados máquinas Meslith, em homenagem a Vladimir Meslith, o inventor. São usadas para mandar e receber mensagens através do tempo. Qualquer mensagem *importante*, enviada diretamente ao comandante, chega ao "núcleo Meslith", ali.

Ela apontou para um gabinete de vidro grosso, no meio da sala, que continha outra máquina distinta. Era bem maior e mais complexa do que as outras, e sua haste cristalina era maior. Havia um complexo arranjo de engrenagens e alavancas saindo da parte de trás do aparato que levava a duas penas, cada uma apoiada sobre rolos brancos de pergaminho, prontas para anotar uma mensagem que chegasse.

OS GUARDIÕES DA HISTÓRIA

— Quando uma mensagem é recebida, duas cópias são transcritas. Uma é depositada na caixa abaixo da máquina. A outra é enviada, por um tubo, diretamente para a sala da comandante, abaixo de nós.

— Por um tubo? — perguntou Jake, tentando acompanhar.

— Isso mesmo. Esqueça tudo sobre os sistemas modernos de comunicação — acrescentou Nathan, inspecionando seu reflexo no gabinete de vidro. — Não valem nada em 1820. Estamos mais de cinquenta anos antes do advento da eletricidade.

— Embora pessoalmente eu ache a comunicação Meslith infinitamente mais mágica — comentou Topaz. — Veja, há uma mensagem chegando agora.

Ela apontou para a máquina. A antena cristalina estava piscando com uma luz tão vibrante quanto fósforo flamejante. Isso desencadeou uma reação em corrente, que levou as duas penas mecânicas a escrever uma mensagem curta em duas folhas de pergaminho. Uma cópia foi depositada em um buraco abaixo da máquina. A outra foi mecanicamente enrolada dentro de um tubo e enviada por um cano que ia para baixo, pelo chão.

— A comandante vai recebê-la a qualquer segundo — disse Topaz. Ela se virou com cansaço para Nathan, que estava hipnotizado pela própria imagem. — Quando seu penteado estiver arrumado, talvez possamos continuar...

— Foi o condicionador que papai me deu — suspirou Nathan. — Não sei para que tanto alarde sobre a jojoba.

Quando Jake foi levado para fora da sala, viu um relógio. Só restavam vinte minutos até a hora da reunião no salão, e ele sentiu uma onda de medo ao pensar nas novas revelações que o esperavam.

O PRINCÍPIO DA TEMPESTADE

Nathan e Topaz o levaram abaixo por uma escadaria até outro local incomum.

— A Biblioteca de Rostos — anunciou Topaz.

Jake olhou com admiração para o comprimento da galeria. Tanto na parede da direita quanto na da frente havia prateleiras de enormes livros com capas de couro. Toda a parede da esquerda estava coberta de retratos. Cada um tinha trinta centímetros quadrados e parecia uma obra de um mestre da pintura mundial. Jake achou a visão de mil rostos olhando para ele bastante impressionante, mas a parede tinha outro segredo: depois de dez segundos, uma campainha tocou, houve um barulho de máquinas, e cada retrato girou em seu eixo para revelar outro retrato atrás. Depois de um intervalo similar, o sino tocou de novo, e os retratos giraram mais uma vez, revelando um terceiro grupo de rostos. No último giro, os retratos voltaram para a configuração original.

— Os rostos na parede — disse Nathan para Jake — são pessoas da história consideradas atualmente importantes ou perigosas para o Serviço Secreto dos Guardiões da História. Os livros — disse ele, pegando um da prateleira e folheando as páginas rígidas e enrugadas — contêm todas as outras pessoas que já viveram.

— Shhhh! — A voz veio das sombras na extremidade da sala. Na penumbra, Jake podia perceber uma pessoa sentada a uma escrivaninha rústica atrás de uma pilha de livros. Tinha uns cinquenta anos e usava um vestido preto do período barroco, com enormes mangas bufantes e colarinho de renda. Seu cabelo estava preso debaixo de um chapéu, e ela estava lendo com o auxílio de óculos de meia-lua.

— Aquela é a bibliotecária-chefe, Lydia Wunderbar — explicou Nathan, o mais silenciosamente que conseguiu. — Ela pode parecer fanática por regras e regulamentos, mas é só levá-la para a pista de dança que a coisa muda!

A penúltima parada no *tour* apressado pelo castelo foi o departamento de figurino. De todas as salas a que Jake tinha ido desde a noite anterior, esse espaço amplo era o mais impressionante.

O salão tinha pelo menos cinco andares de altura, formato cilíndrico, e havia galerias em cada andar. Ficava em uma das grandes torres redondas que Jake tinha visto do navio. Cada andar continha um número infinito de roupas, chapéus e acessórios e estava ligado aos outros por escadarias e por um elevador meio frágil no centro do salão.

— Aqui ficam os trajes de todas as épocas da história. — Topaz era a guia de novo. — Desde os séculos XIX, XX e XXI no térreo até tempos mais remotos conforme se sobe. Tudo, do antigo Egito ao México asteca e à Moscou moderna. E cada peça de roupa é totalmente autêntica. Como você pode adivinhar, este é o salão favorito de Nathan. Tem mais espelhos até do que a suíte dele.

— O que posso dizer? Sinto-me atraído pela beleza — respondeu Nathan.

Jake estava com os olhos arregalados. No andar de cima, podia ver Oceane Noire experimentando um vestido extravagante. Os assistentes estavam prendendo à saia um par de *panniers*: aparatos redondos que aumentavam a largura de cada lado. Quando estavam posicionados, Oceane fez uma pose e se examinou no espelho.

— Hummm, acho que precisamos de bem mais largura! — disse ela. Os assistentes pacientemente removeram os objetos reprovados.

O PRINCÍPIO DA TEMPESTADE

— Bom dia, *Signor* Gondolfino. O caimento da minha sobrecasaca está perfeito — dizia Nathan, com um forte sotaque americano. Dirigia-se a um homem distinto e bem-vestido que estava saindo do meio dos cabides de roupas com um monóculo na mão. — *Signor* Luigi Gondolfino — disse Nathan. — Chefe de figurino. Ele é um gênio.

O rosto velho de Gondolfino se enrugou com um sorriso enquanto ele mancava em direção a eles.

— Srta. St. Honoré, é você? — perguntou ele, com voz trêmula. — Juro que você fica cada vez mais linda a cada mês. Como foi em Londres? Quantos corações partiu?

— Todos os corações de Londres ainda estão intactos.

— Besteira, besteira. Você parte corações. É seu dever.

— Como vai o senhor, *Signor* Gondolfino? — interrompeu Nathan. — Eu só queria dizer que minha nova sobrecasaca bordada está perfeita.

O sorriso sumiu do rosto de Gondolfino assim que se virou para Nathan e o examinou com o monóculo.

— Ah, é você — comentou ele. — Veio devolver alguma coisa? — A refinada sensibilidade europeia dele evidentemente achava a impetuosidade de Nathan um pouco demais.

— Não, eu só estava... elogiando...? — Pela primeira vez, Nathan pareceu inseguro.

— Este é Jake Djones — disse Topaz. — O filho de Alan e Miriam. Acabou de se juntar a nós.

Gondolfino segurou a mão de Jake com firmeza com seus dedos frágeis e sussurrou:

— É um prazer conhecer você. Tudo vai ficar bem. Seus pais são sobreviventes.

Por alguma razão, o comentário de Gondolfino fez Jake imaginar os pais na cozinha de casa. Na cabeça dele, eles não

OS GUARDIÕES DA HISTÓRIA

estavam mais perdidos, e sim esperando nervosamente pelo retorno dele, segurando a mão um do outro enquanto olhavam para o caminho vazio que cruzava o jardim. O transe de Jake foi interrompido pela voz de Gondolfino.

— Roupas modernas, tão sem graça e sem charme — murmurou ele para si mesmo, examinando o blazer e a calça da escola de Jake com o monóculo. — Sem querer ofender, meu rapaz — acrescentou, com um sorriso.

— Não me ofendi — disse Jake, sorrindo em resposta. Ele nunca gostara da calça da escola; era quente e coçava, independentemente de como estivesse o tempo.

— Mais tarde — garantiu Gondolfino — vamos encontrar alguma coisa elegante para você. Você tem o rosto para isso. *Bel viso.*

De repente, sinos começaram a tocar de todos os lados do monte.

— Dez horas! — exclamou Nathan. — Hora de ir.

Os três se despediram do *Signor* Gondolfino. Quando saíam, os olhos de Jake permaneceram mais um pouco nas fileiras de roupas magníficas. Voltaram pelo caminho que tinham seguido, por escadarias e corredores, em direção ao salão de reuniões. A mente de Jake agora estava disparada. Embora achasse incrível que tantas pessoas conhecessem seus pais e reconfortante que tivessem opiniões tão boas sobre eles, cada nova menção trazia um novo espasmo de ansiedade em relação a vê-los.

Na verdade, Jake também se esforçava para entender a ideia da organização extraordinária para a qual os pais tinham trabalhado secretamente todo esse tempo. Já começara a entender os detalhes de como ela operava, mas uma pergunta enorme e primordial não havia sido respondida.

O PRINCÍPIO DA TEMPESTADE

— Não quero parecer burro — disse ele, ao se aproximarem de um par de portas no fim do corredor —, mas o que exatamente vocês todos *fazem*? Quero dizer, o Serviço Secreto dos Guardiões da História... para que *serve*?

Nathan parou completamente; Topaz também. Eles se viraram para Jake. Nathan sorria com orgulho.

— É uma boa pergunta — disse ele, assentindo. Depois respirou fundo, endireitou os ombros e anunciou com um sussurro dramático: — Nós salvamos a história. Colocamos nossas vidas em risco para salvar a história.

— Sim, acho que entendi isso — retrucou Jake, ainda sem compreender direito. — Mas como? De que *forma*?

Topaz explicou melhor:

— Você provavelmente sempre imaginou que a história era uma coisa terminada... concluída... no passado?

— Não é esse o significado de história? — perguntou Jake.

Nathan riu e sacudiu a cabeça.

— *Pas du tout* — respondeu Topaz, com a voz carregada de sotaque. — Nem um pouco. A história está *sempre* evoluindo. Não é uma linha reta, sabe? É uma estrutura complexa em constante mutação.

Jake ouviu com atenção.

— E como a história nunca está concluída — prosseguiu ela —, há pessoas que sempre tentam mudá-la. Mudar para pior. E se Tamerlão tivesse conseguido escravizar toda a Ásia, se Robespierre tivesse transformado a Europa em um estado policial, ou se Adolf Hitler tivesse vencido a última grande guerra?

— Essa foi a primeira vez que Jake ouviu Topaz falar assim, com a voz solene e baixa. — Como você deve ter aprendido na escola, já aconteceram catástrofes diabólicas. O que fazemos é tentar manter o resto da história o mais segura possível.

Jake se viu assentindo apaixonadamente. Olhou para Nathan: até *ele* agora parecia sério. Mas seu sorriso retornou, e ele bateu no ombro de Jake.

— Vamos entrar e ver que confusão é essa! — Ele abriu as portas duplas e os três entraram.

9 Código Roxo

O salão de reuniões era uma sala grande e iluminada, dominada por quatro janelas gigantescas que tinham vista para o mar. No centro havia uma longa mesa de conferência com cadeiras ao redor. Norland enchia taças com água e as colocava com cuidado em todos os lugares da mesa.
Enquanto esperavam os outros chegarem, Topaz disse para Jake que o salão de reuniões fora secretamente planejado e construído em 1670 pelo mais célebre arquiteto francês da época, Louis Le Vau (que também construíra o palácio real em Versalhes), e que Magnesia Hypoteca, a elegante esposa do sétimo comandante do Serviço Secreto, uma vez dissera sobre as famosas janelas: "Elas são os olhos pelos quais se pode ver o mundo inteiro."
Jake entendeu o que ela queria dizer: a vista era espetacular. Parecia que dava para ver por cima do Atlântico e além.
Um a um, os Guardiões da História entraram no salão. A maior parte tinha trocado de roupa. Charlie Chieverley usava calção e casaca, com uma echarpe quadriculada no pescoço. Isso

OS GUARDIÕES DA HISTÓRIA

fez Jake se lembrar de uma fantasia que ele usara uma vez na produção escolar de *Oliver!* (O calção de Jake pegara fogo durante a música *Consider Yourself.*) Jupitus Cole, obcecado por etiqueta, colocou seu fraque vitoriano mais formal. Em sua lapela brilhava um pequeno distintivo dourado: o símbolo familiar dos Guardiões da História. Truman Wylder colocara um smoking de seda e Oceane Noire recebera *panniers* tão largas no vestido (com extensão de noventa centímetros para cada lado) que teve de passar de lado pela porta. Havia mais umas quinze pessoas, quase todas adultas, com roupas de vários séculos diferentes.

— No Ponto Zero, como moramos aqui secretamente — explicou Topaz —, as pessoas têm permissão para usar as roupas de suas épocas. *C'est jolie, n'est-ce pas?* — acrescentou ela, com um sorriso.

Jake observava em transe todos tomarem seus lugares à mesa. Mais uma vez se lembrou da colagem de rostos fascinantes que fizera na parede do quarto, em casa. Sempre achara que as pessoas que viviam seguindo as próprias regras peculiares tornavam o mundo um lugar mais rico e interessante, e este era o grupo mais estranho e excêntrico que já vira.

— Há um lugar vazio aqui — falou Nathan, já sentado à mesa, para Jake.

Ele se sentou em frente a Nathan, entre Charlie e um homem distinto com chapéu de abas largas e punhos de renda como um dos três mosqueteiros. Ainda de uniforme escolar e com a mochila no ombro, Jake se sentia meio constrangido.

— Não precisa ficar nervoso. São todos tranquilos, na verdade — disse Nathan do outro lado da mesa, no que ele achava ser um sussurro.

— Desculpem-me, perdi alguma coisa? Não ouvi o sino. O sino tocou? — A voz veio da porta. Tia Rose entrou rapidamente, com as pulseiras balançando. Com o casaco de couro, o vestido tie-dye e a bolsa de pano no ombro, parecia ainda mais deslocada do que Jake. — Meu Deus, não há lugar — murmurou ela, observando a mesa.

— Espere! — gritou Nathan. Ele pegou galantemente uma cadeira extra e a colocou entre Jupitus e Oceane, para a irritação de Oceane, que se empertigou quando Rose se sentou e começou a procurar na bolsa um lenço de papel para assoar o nariz.

Um minuto depois, todo mundo se virou quando a cadela galgo, Olive, entrou na sala; ela andou ao redor da mesa, pulou em uma base elevada ao lado da cadeira da comandante e observou o grupo com olhos brilhantes. Em seguida, Galliana Goethe entrou e ficou de pé na extremidade da mesa, segurando o encosto da cadeira.

— Bom dia, pessoal. Primeiro, para aqueles que não o conhecem, eu gostaria de apresentar o mais novo membro do nosso serviço, Jake Djones. Por favor, pessoal, vamos fazer o garoto se sentir em casa. Ele já tem muito com que lidar.

Houve um murmúrio geral de boas-vindas do grupo. Rose sorriu para Jake com orgulho; Jupitus olhou para ele com o canto do olho.

— Vou diretamente ao ponto — continuou Galliana. — Como a maioria de vocês sabe, dois dos nossos agentes estão desaparecidos. Há duas semanas estamos seguindo uma conversa Meslith. Um evento "catastrófico" foi mencionado. A localização Veneza, Itália, em julho de 1506 foi citada em várias ocasiões.

— E essa conversa era completamente confiável? — perguntou Jupitus, sem olhar para ninguém em particular.

Galliana fez uma pausa e respirou fundo.

OS GUARDIÕES DA HISTÓRIA

— Senti que era confiável o bastante. Tomei a decisão de mandar uma pequena equipe para investigar. Alan e Miriam Djones foram despachados há quatro dias a bordo do *Mystère*. Era para ser uma missão de levantamento de fatos de rotina, nada mais.

Mais uma vez, Jake sentiu uma pontada de dor ao ouvir os detalhes da farsa dos pais. Alguns outros ao redor da mesa perceberam a dor dele e o olharam com solidariedade.

— No dia seguinte em que eles chegaram à cidade — prosseguiu Galliana — recebemos este comunicado Meslith...

— Ela colocou os óculos e leu um pedaço de pergaminho. — *Código Roxo...*

Ao ouvir isso, várias pessoas murmuraram e olhares assustados foram trocados. Até o tranquilo Jupitus Cole engasgou com a água. Apenas Jake não entendeu a horrível importância da expressão.

Charlie sussurrou para Jake:

— Código Roxo é o mais alto estado de emergência, depois do laranja e do vermelho.

— *Código Roxo...* — repetiu Galliana, antes de prosseguir com a mensagem. — *Encontrem o Ápice de Superia. Perigo Extremo. Repito, Código Roxo.* — Ela tirou os óculos e entregou o pergaminho para Jupitus. Ele o avaliou sem expressão alguma.

— Recebemos isso três dias atrás... Não tivemos notícias deles desde então. — Galliana fez uma pausa, e mais uma vez Jake se viu sendo objeto da solidariedade de todos. — Como precaução — concluiu ela —, fechei o escritório de Londres até fazermos contato com eles.

— Você quer dizer em caso de terem sido forçados a divulgar segredos? — perguntou Jupitus, com malícia.

O PRINCÍPIO DA TEMPESTADE

— Você sabe exatamente o que quero dizer — respondeu a comandante. — Um aviso de Código Roxo requer historicamente que *todos* os guardiões europeus se reúnam e que os escritórios associados sejam temporariamente neutralizados. Estou seguindo o protocolo, nada mais.

— Senhor... posso? — perguntou Topaz, esticando a mão para o comunicado. Jupitus o entregou a ela. — *Encontrem o Ápice de Superia?* — repetiu ela em voz alta, tentando decifrar o enigma. — O que é Superia? É uma montanha?

Havia expressões vagas ao redor da mesa.

— Se é, não temos ideia de onde fica — disse Galliana.

— Eu mesmo nunca ouvi falar disso — anunciou Jupitus com arrogância, como se quisesse dizer: *Se eu não conheço, ninguém conhece.*

— Tem alguma coisa que ligue o Código Roxo ou o desaparecimento dos agentes a Zeldt e ao Exército Negro? — perguntou Nathan.

Jake por acaso olhava para Topaz naquele momento. Foi quase imperceptível, mas, à menção da palavra "Zeldt", os olhos dela brilharam, e ela respirou fundo.

— Nenhuma ligação tangível ainda. Como você sabe, Zeldt não é visto há três anos. A última vez foi na Holanda em 1689, e ainda supomos que está morto. — Galliana continuou, em um tom profissional. — Considerando nossa posição com cuidado...

— Mas sem dúvida — interrompeu Jupitus — os agentes Djones e Djones acreditaram que Zeldt estava envolvido... Não foi por isso que se voluntariaram?

— Eles não se voluntariaram. Eu lhes ofereci a missão — Galliana olhou para Jupitus com olhos de aço — como fiz nas missões anteriores. Eles continuam sendo dois de nossos melhores agentes. — Ela voltou para o assunto original. — Considerando nossa posição com cuidado, não tenho opção além de enviar outra equipe a Veneza para investigar. Vai partir hoje à tarde.

Topaz foi a primeira a levantar a mão.

— Comandante, peço permissão para participar da equipe.

Nathan ficou de pé e sacudiu o cabelo castanho.

— Naturalmente, suponho que serei selecionado...

— Vocês dois serão designados, assim como Charlie Chieverley — anunciou Galliana. — Topaz, você é a líder do grupo.

Topaz sentiu uma onda de empolgação.

— Obrigada, comandante. Não vou desapontá-la.

O queixo de Nathan caiu.

— Você não pode estar falando sério — falou ele baixinho, e ergueu a mão. — Comandante, essa posição é negociável? Afinal, sou mais antigo do que Topaz, tanto em idade...

— Por dois meses — observou Topaz.

— ...quanto em experiência. Acho que não preciso mencionar o sucesso recente da minha missão turca.

Galliana lançou seu olhar mais fulminante para Nathan.

— Não, não é negociável. — Ela voltou a atenção para o restante da mesa. — Alguma pergunta?

Embora o coração batesse com força debaixo do blazer da escola, Jake ergueu a mão. Todos os olhos se voltaram para ele.

— Eu... eu também gostaria de me voluntariar para a missão — disse ele, em voz tão baixa e insegura que todo mundo se esforçou para ouvir.

Desde pequeno, Jake sempre se preocupara com os pais, mas nos últimos três anos, desde o desaparecimento do irmão, seu desejo, sua *necessidade* de ajudar, aumentara cem vezes.

O PRINCÍPIO DA TEMPESTADE

— Fique de pé! — gritou Truman Wylder, sacudindo a bengala. — Não consigo ouvir aqui de trás.

Jake ficou de pé e olhou para os rostos sérios. Todos o observaram com frieza: um garoto de uniforme escolar, com olhos brilhantes e bochechas vermelhas. Jake respirou fundo e, sabendo que tinha de mostrar que não era criança, falou com a voz mais grave que conseguiu:

— Eu falei que também gostaria de me voluntariar para a missão.

Algumas pessoas murmuraram, constrangidas. Oceane deu uma gargalhada tensa, que foi imediatamente respondida com um olhar de raiva de Rose.

Galliana sorriu para Jake.

— É muito corajoso de sua parte fazer essa oferta, Jake, mas...

— Como são minha mãe e meu pai os desaparecidos, sinto de verdade que eu *devo* ser incluído. E eu... acredito que poderia contribuir com a missão... — Ele tentou desesperadamente se lembrar de algumas falas de seus filmes de aventura favoritos.

Houve mais murmúrios. Jupitus ficou pasmo com a ousadia de Jake. Mas Galliana permaneceu tranquila. Ela continuou falando em seu tom calmo e equilibrado:

— Obrigada, Jake. Apreciamos sua coragem e preocupação, mas a jornada em si é extremamente perigosa. Precisamos mantê-lo seguro aqui conosco.

Jake sentiu suas bochechas ficarem vermelhas de vergonha e se sentou com relutância.

— Alguma outra pergunta? — indagou Galliana.

— Eu tenho uma — disse Jupitus, tomando outro gole de água. — Bem, é mais uma observação do que uma pergunta.

OS GUARDIÕES DA HISTÓRIA

Você não concordaria que esse incidente claramente demonstra que está na hora de revogar as licenças de Alan e Miriam Djones para operar em campo? Eles podem ter tido uma boa reputação, mas, na idade deles e depois de uma ausência de dez anos, não podem mais ser considerados "ótimos". Mesmo sendo diamantes, o valor deles deve ter enfraquecido e enrijecido a estas alturas.

Tanto Jake quanto Rose sentiram uma onda de raiva, mas foi ela que falou.

— Que ousadia! — exclamou ela. — Meu irmão arriscou a vida pelo serviço. E uma vez, talvez você tenha convenientemente esquecido, ele a arriscou para salvar *você*! Só Deus sabe o motivo.

Jupitus ficou tenso, mas prosseguiu, falando com calma.

— Só estou sendo prático. *E* manifestando os pensamentos de muitos outros aqui da mesa. Sempre se pode contar com Rosalind Djones para transformar tudo em drama — acrescentou ele, com desprezo mal disfarçado.

— Pronto, já chega, vocês dois — interrompeu Galliana.

— Alan e Miriam Djones não perderam nada do valor deles. Foram os únicos agentes que considerei para essa missão. E, Jupitus, tenho certeza de que não preciso lembrá-lo de que você tem a mesma idade de Alan.

Jupitus contraiu os lábios com irritação.

— *Je peux dire quelque chose?* Posso dizer uma coisinha?

— Oceane levantou uma mão lânguida e coberta de joias.

Quase todos na mesa se prepararam para algum pedido egoísta. Não se decepcionaram.

— Como todo mundo sabe, vai haver um baile para comemorar *mon anniversaire* esta semana. Meu aniversário. A situação de Código Roxo vai afetar isso? Foram seis exaustivos meses de preparação. Até tive de suportar ir a Londres em uma expedição para comprar joias.

Houve murmúrios constrangidos, e Rose sacudiu a cabeça sem acreditar, mas Galliana não reagiu.

— Na verdade — disse ela —, a festa deve acontecer como planejada. Como todos sabemos, devemos abrir o monte de tempos em tempos para a inspeção local, para não despertar suspeitas.

Oceane soltou um gritinho de alegria.

— *Parfait, parfait!* — exclamou ela, batendo palmas.

— A reunião está encerrada — concluiu Galliana. — A equipe selecionada partirá às catorze horas em ponto. Vocês viajarão para a Veneza de 1506 e se encontrarão com Paolo Cozzo, nosso homem na Itália do século XVI, no cais Ognissanti. Isso é tudo.

Houve um burburinho generalizado quando todos ficaram de pé e começaram a sair do salão.

— Jake, posso dar uma palavrinha com você? — perguntou Galliana, baixinho. — E, vocês três — acrescentou ela, indicando Topaz, Nathan e Charlie —, será que podem esperar ali? Quero falar com vocês depois.

Todos assentiram com obediência.

— Líder de equipe! Acho que ela jamais vai nos deixar — murmurou Nathan, enquanto eles seguiam para a lateral da sala para esperar.

Galliana levou Jake até uma das grandes janelas.

— Está aguentando bem?

Jake assentiu com coragem.

— Há uma coisa que preciso compartilhar com você em particular — prosseguiu ela. — Vou contar porque não quero que pense mal dos seus pais. Como você sabe agora, eles se aposentaram do serviço depois que você nasceu. Mas houve uma razão para decidirem voltar para nós três anos atrás... — Galliana hesitou antes de prosseguir. — Eles tinham esperanças de finalmente entender o que acontecera com seu irmão, Philip, e deixar a memória dele descansar.

Jake engasgou de choque.

— O que você quer dizer? Ele morreu em um acidente de alpinismo.

Galliana colocou a mão reconfortante no ombro dele.

— Na época do desaparecimento, ele estava trabalhando para nós. Seus pais tentaram impedi-lo. Mas não podemos negar nosso destino. A atração é forte demais.

Jake se sentiu tonto e apertou a beirada da janela com força.

— Mas o que aconteceu? — perguntou ele.

— Philip foi enviado para Viena de 1689 para ir atrás de um de nossos piores e mais antigos inimigos, o príncipe Xander Zeldt — respondeu Galliana. — Ele descobrira um plano que envolvia o assassinato de três chefes de Estado europeus. Ninguém sabe o que aconteceu depois. O plano nunca se materializou, e não tivemos mais notícias de Zeldt. Infelizmente, nem de seu irmão. Achamos que ele perdeu a vida em serviço, mas o corpo nunca foi encontrado: a história, como você pode imaginar, é um lugar um tanto gigantesco para se perder.

Houve uma longa pausa enquanto Jake tentava absorver essa novidade.

— Então... o que exatamente você está dizendo? — gaguejou ele, tremendo tanto que mal conseguia emitir as palavras. — Que Philip pode estar vivo em algum lugar?

— É apenas uma possibilidade remota — disse Galliana.

O PRINCÍPIO DA TEMPESTADE

Era demais para Jake; seus lábios tremeram, sua respiração se acelerou, e ele não conseguiu conter as lágrimas. Assim que os três jovens agentes repararam no sofrimento dele, correram até lá. Topaz abraçou-o.

— Está tudo bem — disse ela. — Vai ficar tudo bem.

Jake assentiu.

— Estou bem, estou bem — repetiu ele, em meio a soluços. — Não sei por que estou chorando. Não sou mais um bebê... — Ele rapidamente limpou as lágrimas.

— Não precisa bancar o adulto conosco — afirmou Topaz.

— Entendemos por que está abalado.

Charlie se virou para Nathan e sussurrou:

— Não tenho lenço. Você tem?

Com um leve toque de relutância, Nathan tirou do bolso um de seda bordada.

— É seda chinesa — explicou ele, ao passá-lo para Jake.

Quando Jake assoou o nariz no lenço uma, duas, três vezes, Nathan fez uma careta.

— Obrigado — disse Jake, devolvendo.

— Por favor, fique com ele — insistiu Nathan. — Uma lembrança minha.

Jake finalmente se controlou, e Galliana falou de novo.

— Lamento se aborreci você ao contar isso. O fato é que nenhum de nós sabe o que aconteceu. Talvez jamais venhamos a saber. Mas seus pais foram atraídos de volta ao serviço na esperança de um dia poderem descobrir a verdade. Você entende?

Jake assentiu. Galliana colocou a mão na cabeça dele.

— Você deve estar exausto. Norland vai levá-lo até seu quarto. — Ela o acompanhou até a porta, onde o mordomo sorridente esperava.

Jake estava prestes a sair, mas parou na porta.
— Esse Código Roxo... É muito ruim? — perguntou ele.

Galliana não era do tipo que dourava a pílula.

— Infelizmente, ele significa uma ameaça de proporções potencialmente cataclísmicas. Só vi um na minha vida toda, e não terminou bem.

— E esse príncipe... Zeldt, seja lá quem for. O que exatamente ele fez?

Galliana respirou fundo e começou a explicar.

— É uma longa história. Por enquanto, é o suficiente dizer que antigamente só havia *bons* guardiões. Há muito tempo, a família de Zeldt trabalhava para esta organização, mas agora eles são nossos inimigos. — Ela fez uma pausa. — Se você decidir se juntar a nós... E não é uma coisa que posso recomendar; você precisa pensar com cuidado. Mas, caso decida, você aprenderá sobre isso tudo no devido tempo.

Jake assentiu e Galliana prosseguiu:

— Mais uma coisa, Jake: depois que já aconteceu, nunca devemos tentar *mudar* o passado. Não podemos e não trazemos pessoas de volta depois que morreram, não impedimos guerras nem desfazemos catástrofes *depois que já existem*. Não podemos e não devemos impedir o Grande Incêndio de Londres nem o naufrágio do *Titanic*, independentemente de como nos sentimos quanto a esses eventos. — O tom dela ficou sombrio. — A história é sagrada. O passado pode estar repleto de horrores, mas lembre, Jake, que esses horrores poderiam ser um milhão de vezes piores. Zeldt e seus similares desejam que esse mundo seja mais sombrio e infinitamente mais cruel; querem destruir nossa história. — Nesse momento os olhos dela brilharam com um certo ardor. — É por isso que lutamos contra eles: para impedir *novos* males, para *pro-*

teger o que aconteceu em nosso frágil passado. É por isso que os Guardiões da História existem.

Ela esperou que Jake absorvesse a informação.

— Agora vá descansar.

Jake fez um gesto de cabeça para os outros.

— Venha nos ver na despedida — disse Topaz, com um sorriso.

Jake assentiu de novo, virou-se e seguiu Norland para fora do salão.

Galliana ficou olhando para eles por um tempo, depois fechou a porta com cuidado e voltou para falar com os outros três, que esperavam perto da janela.

— Comandante? — perguntou Topaz. — O que deseja falar conosco?

Galliana respirou fundo.

— Com relação à sua missão, tenho mais uma instrução importante. Ela envolve você, Topaz, mas todos precisam compreendê-la...

10 Destino: 1506

Norland levou Jake para uma das torres.
— Como você deve ter reparado, há muitas escadas nesta ilhota — disse ele alegremente, fazendo uma careta.
— Pelo menos mantém os mais velhos em forma.
— Você mora aqui a maior parte do tempo? — perguntou Jake, com educação.
— Fico entre aqui e Londres. O Sr. Cole gosta de me ter por perto. Para ter certeza de que sua cabeça estará no lugar certo de manhã. — Norland uivou uma gargalhada, e as bochechas ficaram ainda mais vermelhas. Jake não tinha certeza de que era realmente engraçado, mas sorriu mesmo assim.
— E você participa de missões para outras partes da história?
— Ah, não, eu não, senhor. Tive alguns problemas com meu valor quando era mais novo, sabe?... As formas nos meus olhos eram uma tremenda confusão. Mas não me entenda mal, estou feliz aqui. É maravilhoso fazer parte dos Guardiões da História, seja como for.
Jake se lembrou de algo sobre a viagem pelo canal.

O PRINCÍPIO DA TEMPESTADE

— Você não disse que foi à Áustria uma vez? Que ouviu Mozart tocar piano...

— Meu bom Deus, que boa memória, senhor. Você está certo, é claro, mas essa acabou sendo minha primeira e única missão como agente secreto. Mas foi simplesmente mágico — acrescentou ele, com os olhos úmidos pela lembrança. — Toda a pompa e circunstância da corte de Habsburgo; as danças, os bailes e as pessoas importantes de perucas cheias de talco... — Norland os imitou com um floreio, depois limpou dos olhos lágrimas de admiração.

— Pois bem, chegamos — anunciou ele, ao pararem diante de uma porta de carvalho. — Sempre foi o quarto favorito de sua mãe e seu pai. Eles adoravam a luz. — Ele levou Jake para um quarto pequeno e redondo que ocupava o alto de uma das torres do castelo. — Imagino que você vá descer para a partida do grupo. Até lá, fique à vontade.

Norland se virou para sair, mas fez uma pausa na porta.

— A propósito, desculpe-me pelo sequestro em Greenwich. Não tínhamos intenção de fazer-lhe mal.

— Tudo bem. — Jake sorriu para ele. — Certamente não foi uma tarde de sexta-feira comum.

O mordomo ainda parecia um tanto nervoso.

— Então você me perdoa? Eu só estava seguindo ordens, senhor.

— É claro. Não voltei a pensar nisso — disse Jake.

— É mesmo? Você é um perfeito cavalheiro! — exclamou Norland. — Vejo que vamos nos dar muito bem. — Ele piscou, fechou a porta e desceu a escada.

Jake soltou a mochila e olhou em volta. Havia espaço suficiente para apenas uma cama com dossel, recém-arrumada com lençóis novos e travesseiros fofos, e para um armário antigo pintado.

OS GUARDIÕES DA HISTÓRIA

Ele se sentou na cama distraidamente, depois se deitou e olhou para o teto branco. Galliana sugerira que descansasse, mas sua mente estava cheia demais. Ele ouviu barulhos lá fora: Nathan dando ordens a plenos pulmões. Jake voltou a se levantar, abriu a janela e olhou para fora. O cais ficava diretamente abaixo do quarto dele. O *Escape* não estava mais lá; devia ter sido levado para o porto secreto. No lugar dele havia outra embarcação menor: o *Campana*, um dos navios que Topaz tinha mostrado. Era de uma cor amarelo-ocre distinta, com proa pronunciada e velas quadradas. Nathan, com a voz soando mais americana à medida que dava ordens, estava supervisionando um grupo de marinheiros carregar a embarcação.

Jake deixou a janela aberta e olhou dentro do armário. O sangue sumiu de seu rosto. Esperava encontrá-lo vazio, mas havia um item que ele reconheceu imediatamente: uma mala vermelha.

Era a mala que os pais dele tinham levado para a loja de peças para banheiro quando os viu pela última vez. Jake a pegou, colocou na cama e abriu. Reconheceu imediatamente as roupas dos pais. Ao mexer no conteúdo, arrumado rapidamente para a viagem a uma feira comercial em Birmingham, ele voltou a ser tomado pelo pânico. Abriu o compartimento da frente da mala e teve outro choque: dentro estavam os passaportes dos pais.

Jake os pegou e abriu. As fotos familiares do pai e da mãe, posando envergonhadamente na cabine de fotos da estação de Greenwich, o encararam. Ele se lembrava perfeitamente daquele dia. Eles riram tanto que tiveram de fazer cinco tentativas. Uma repreensão severa de um passageiro com aparência azeda só piorou as coisas.

O PRINCÍPIO DA TEMPESTADE

Conforme Jake olhava de uma foto para outra, a verdade o atingiu com mais intensidade do que em qualquer outro momento...

Seus pais estavam verdadeiramente perdidos.

Não apenas perdidos em algum lugar da Europa, mas perdidos na história. É claro que Jake sabia que eles não precisariam dos passaportes na Itália do século XVI, mas o fato de os documentos estarem na mão dele enfatizava o apuro: e se estivessem presos? E se tivessem sido separados? E se já estivessem...? Jake correu até a janela, desesperado por respirar ar fresco. Lá embaixo, os marinheiros ainda estavam carregando o *Campana*, embora Nathan não estivesse em lugar algum por perto.

De repente, Jake desejou navegar naquele navio, se juntar aos outros na expedição e ajudar a encontrar seus pais.

Vou voltar e falar com Galliana. Ela vai entender o quanto é importante. Já perdi meu irmão. Como podem esperar que também perca meus pais?

Ele sacudiu a cabeça ao se lembrar dos olhares constrangidos quando sugeriu que deveria ir também. E entendeu aqueles olhares: não sabia absolutamente nada sobre os Guardiões da História e o que faziam. Ainda assim, desejava ir. Talvez até seu irmão ainda pudesse estar vivo.

Então uma ideia tomou forma na cabeça de Jake:

— Eu podia me esconder — sussurrou para si mesmo. — Só preciso me esconder até estarmos longe, no mar. Não vão perder tempo para me trazer de volta. Eu podia convencê-los a me dar atomium e me levar.

Jake odiava a ideia de enganar pessoas, mas a alternativa era pior. Ele correu para colocar os passaportes dos pais no bolso interno do blazer. Na porta, parou para pegar a mochila. Colocou-a sobre a cama e tirou um dos livros: o exemplar sobre história que Jupitus desdenhara. Jake folheou as páginas de ilustrações com fatos da história. Sempre se perguntara como seria viver no mundo daquelas ilustrações. Ele soltou o livro e saiu correndo, deixando a mochila sobre a cama.

Ele percorreu o labirinto de corredores e escadas, voltando ocasionalmente quando seguia pelo caminho errado, até que chegou ao arsenal. Correu pelo aposento e desceu a escada principal. Mais uma vez, os olhos inescrutáveis de Sejanus Poppoloe, o fundador há muito tempo morto dos Guardiões da História, o observaram ao passar. Jake abriu as enormes portas duplas e saiu na área do cais.

Por sorte, não havia ninguém por perto: o *Campana* agora estava vazio. Seu coração batia em uma velocidade intensa enquanto ia na ponta dos pés até a embarcação. Estava prestes a subir na prancha quando ouviu uma voz retumbante vindo lá de cima.

— Está se acomodando bem? — perguntou Nathan ao aparecer no convés, abotoando o casaco.

Jake ficou estupefato: Nathan agora estava vestido de maneira completamente diferente. Usava um casaco justo de camurça azul-marinho, uma calça da mesma cor e um par de lindas e gastas botas com aparência macia. Uma espada reluzente estava pendurada em seu quadril, e havia amarrado em sua cabeça um lenço ao estilo de um pirata.

— Estou bem — respondeu Jake. — É isso o que vai vestir na viagem?

— A moda italiana do começo dos anos 1500 é uma coisa muito complicada — Nathan ajeitou um pequeno diamante na orelha —, mas acho que consegui o equilíbrio certo, você não acha?

O PRINCÍPIO DA TEMPESTADE

— Muito autêntico — concordou Jake, embora não soubesse a que equilíbrio Nathan se referia. — E este é o navio que você vai levar para Veneza? — perguntou rapidamente, para evitar que o outro garoto perguntasse o que ele estava fazendo ali.

— Pode não parecer grande coisa, mas este navio é um sobrevivente. — Nathan bateu no mastro com força. — Dizem que Cristóvão Colombo aprendeu a navegar nesta embarcação.

— Ele pulou até o cais. — Preciso pegar o resto das minhas roupas. O segredo de sempre estar bem é simples: ter opções!

— E andou em direção ao castelo.

Quando estava fora de vista, Jake respirou fundo e, fingindo estar apenas inspecionando o navio, subiu pela prancha e desceu no convés. Para o caso de alguém estar observando, ele fez questão de examinar as velas, o mastro e o leme antes de dar um último olhar furtivo ao redor e desaparecer pela escadaria íngreme e curva que levava ao nível inferior. Ele imediatamente começou a procurar um esconderijo. Havia uma pequena cozinha, e a área de jantar tinha duas portas: uma que levava a uma cabine arrumada, onde a mala de Topaz tinha sido colocada; e a outra, a uma cabine bagunçada na popa, com um beliche e um monte dos baús de Nathan.

No convés, Jack ouviu um baque: mais bagagem sendo carregada. Em seguida, ouviu a voz de Nathan:

— São as últimas . Deixe tudo na cabine. Eu mesmo desfaço as malas. Cuidado, essa túnica pertenceu a Carlos Magno!

— A voz se afastou novamente.

Um momento depois, houve o som de passos na escada, um grito quando 0um dos marinheiros deixou cair uma peça de bagagem e um murmúrio:

— Sorte que sua majestade não estava aqui para ver isso.

Jake rapidamente se escondeu atrás da porta enquanto levavam as últimas malas pesadas de Nathan para a cabine.
— Para que ele precisa disso tudo? — perguntou um deles.
— Doze malas.
Eles voltaram para cima, e Jake os ouviu desembarcar.
— Isso é ridículo, não consigo — falou ele em voz alta, ao sair da cabine de Nathan. Começou a subir a escada, parou, virou-se e desceu de novo. Tirou do bolso os passaportes dos pais e observou as fotos.
— E se eles não se importarem em salvar minha família...? — disse para si mesmo. E, mais uma vez, tomou a decisão. Naquele momento, reparou em uma entrada no chão. Abriu-a e viu uma escada que levava ao casco escuro do navio.

Como o *Escape*, o motor desse navio tinha sido convertido para funcionar a vapor: um motor que parecia um fogão Aga grande podia ser visto na penumbra. Dentre as pilhas de madeira e caixas de comida, havia lugares escuros onde podia se esconder; Jake desceu a escada com cuidado e fechou a porta atrás de si. Tateou pela escuridão até a proa e se acomodou entre uma pilha de caixas.

Ele se deu conta de que ainda estava usando o uniforme "sem graça" e não pôde deixar de sentir um pequeno arrependimento por ter faltado ao compromisso com o *Signor* Gondolfino. Queria mais do que nunca pertencer a esta época mágica e elegante.

Dentro de poucos minutos, Jake ouviu vozes abafadas de pessoas chegando ao cais. O navio balançou conforme a tripulação subiu a bordo. Nathan estava fazendo um discurso improvisado, usando expressões como "pela glória" e "pelo bem da humanidade". Em seguida, Topaz deu ordem para zarparem, ouviu-se um grito, e o navio se moveu quando as amarras foram soltas.

O PRINCÍPIO DA TEMPESTADE

Jake foi repentinamente tomado de pânico: *tinha* que tornar sua presença conhecida.

Mas não se moveu.

Embora a noite estivesse um breu, ele fechou os olhos e pensou nos pais, presos em um calabouço, passando fome, esperando pelo torturador. Pensou em seu irmão, Philip, em como bagunçava o cabelo de Jake quando ele estava se sentindo triste. Em uma viagem chuvosa para acampar em New Forest, Philip ficou acordado a noite inteira para proteger Jake do assassino que o irmãozinho imaginou estar se escondendo na floresta. Irmãos mais velhos não costumavam ser tão legais, mas Philip não era como um irmão qualquer.

Conforme o navio se afastava do píer, Jake sentiu o estômago revirar e teve certeza de ter ouvido a tia dizer:

— Onde está Jake? Acho que deve ter adormecido...

Uma hora depois, Jake estava se sentindo dolorido e mais do que um pouco enjoado. Na área de jantar acima, podia ouvir as vozes abafadas de Nathan, Topaz e Charlie Chieverley. Alguém estava cozinhando e aromas tentadores vinham da cozinha, fazendo seu estômago roncar.

Uma de suas pernas estava formigando, então ele se mexeu para ficar em uma posição mais confortável. Quando viu os dois pequenos olhos amarelos olhando para ele da escuridão, gritou, pulou para trás e derrubou uma pilha de caixas. Ofegando de medo, olhou ao redor, observando a escuridão. Os olhos voltaram a brilhar, e um rato passou correndo.

— Ratos! Odeio ratos! — disse ele.

Jake se deu conta de que as vozes tinham parado de soar. Um momento depois, o alçapão se abriu. Em um segundo Nathan estava no pé da escada, com a espada em riste à sua frente.

— Identifique-se ou morra! — ordenou, com voz grave e ameaçadora.

Jake se levantou e colocou as mãos ao alto.

— Em que diabos você estava pensando? — perguntou Nathan, batendo com o punho na mesa.

Jake estava de pé com desconforto na área de jantar, encarando três pares de olhos que não sorriam (quatro, contando os de Mr. Drake). Assim como Nathan, Topaz e Charlie tinham colocado roupas do século XVI. Ela estava linda, com um vestido de seda creme de gola quadrada e mangas bufantes. Charlie, que conseguia ter a aparência de um jovem cientista independentemente do que vestisse, usava um casaco e uma calça de quadriculado vermelho, além de uma boina de feltro com uma pena.

— Acha que isso é alguma brincadeira? — continuou Nathan. — Estamos em uma missão. Há vidas em jogo. Não apenas vidas, civilizações! — acrescentou ele, com dramaticidade.

— Eu só estava...

— Você só estava *o quê*?

Esse Nathan era bem diferente do brincalhão que Jake tinha conhecido quando chegara.

— Eu só queria encontrar meus pais.

— Não é tarefa sua. Temos de levá-lo de volta — decidiu Nathan, com ênfase.

— *Ce n'est pas possible.* Estamos a apenas 120 quilômetros do ponto de horizonte. — Topaz gesticulou em direção ao Constantor pendurado sobre a mesa de jantar. — Vamos perder um dia.

— Mas não dá. Ele vai botar tudo em risco. Faça a volta, Charlie.

O PRINCÍPIO DA TEMPESTADE

— Topaz está certa. Vamos perder um dia inteiro — disse Charlie antes de voltar para o fogão, onde tinha três panelas. Com um movimento profissional, ele mexeu os grandes cogumelos.

Mais uma vez, Nathan bateu na mesa com irritação.

— Bem, ele não pode viajar essa distância. Um novato? Isso não é um passeio até 1805. São 314 anos. Se ele detonar, estamos todos ferrados.

Jake olhou horrorizado para Nathan. Tinha mesmo acabado de ouvir a palavra "detonar"?

— Além do mais, olhe para ele — prosseguiu Nathan. — Está de uniforme da escola. Acho que vai chamar um pouco de atenção.

— Ah, sei. Tem roupas e acessórios em sua cabine o bastante para um exército — observou Topaz.

Mas Nathan estava decidido.

— Vamos colocá-lo em um barco a remo. Ele que encontre o caminho de volta.

— Que absurdo! — disse Topaz. — Como ele vai conseguir voltar sozinho?

— Não é nosso problema.

— Ele é um diamante, Nathan. E dos grandes, de acordo com Jupitus Cole. Ele vai sobreviver. De qualquer modo, como líder do grupo, a decisão é minha. — Topaz se virou para Jake. — Você pode ficar. Mas, quando chegarmos a Veneza, vai ficar na retaguarda. Entendeu?

Jake assentiu e olhou para todos com seriedade.

— Desculpem-me por eu ter vindo a bordo. Cometi um erro. Mas agora prometo fazer o que puder para ajudar.

A expressão de Topaz se suavizou um pouco.

Nathan deu de ombros e voltou a se sentar.

— Grau um, hein? — murmurou ele para si mesmo. — Quem imaginaria...? — O que exatamente significa... "detonar"? — perguntou Jake.

— Se o seu corpo não estiver preparado para níveis altos de atomium, e para isso precisa de um pouco de prática — disse Charlie, dando as costas para o fogão —, você pode se entalar no fluxo do tempo: seus átomos se partem em milhões de partículas, fazendo você explodir como uma bomba de hidrogênio e levando todos nós com você. — Ele tirou um prato do forno e verificou o conteúdo. — Este suflê de abobrinha está uma perfeição. Acho que eu talvez tenha me superado.

Embora Jake não tivesse apetite, o jantar que Charlie "improvisou" teria rendido um prêmio em qualquer restaurante chique de Londres. Incluía torrada com tomates-cereja, minipimentões recheados com cogumelos marinados *a la* Grecque e torta de framboesa com chantilly. Jake descobriu que Charlie aprendera a cozinhar na cozinha de Napoleão em Paris, mas a experiência o transformara em vegetariano convicto.

Depois de os pratos terem sido lavados, Topaz colocou uma caixa entalhada sobre a mesa. Fez-se silêncio absoluto. Ela a abriu e tirou um frasco de atomium e uma Taça do Horizonte. Durante a última meia hora, Jake imaginara sua detonação. Estava curioso sobre o quão sangrenta a explosão seria.

Mais uma vez, o atomium teve um gosto repulsivo, como o líquido que escorre de pilhas velhas, imaginava Jake, e o efeito foi mais rápido e alarmante do que na primeira vez. Assim que o tomou, Jake balançou a cabeça sem firmeza alguma e desmaiou. Só acordou com Charlie cutucando seu peito com o dedo.

— Acorde. Você não deve dormir. Acorde.

O PRINCÍPIO DA TEMPESTADE

Jake tentou se concentrar na confusão de rostos acima dele. Estava caído sobre a mesa de jantar.
— Acorde! É perigoso dormir.
— Já chegamos? A Veneza? — perguntou Jake, desfalecendo de novo.
Nathan assentiu para Charlie, que encheu um copo de água fria e jogou no rosto de Jake. Ele acordou, enfim, inspirando fundo.
— Não quero explodir.
Depois de dois minutos, ele desfaleceu de novo. Isso se repetiu por meia hora, até que Topaz gritou do convés:
— Cinco minutos para o horizonte!
De repente o estado de Jake se alterou completamente. Uma onda de eletricidade o fez saltar no assento.
— Estamos voando! — gritou ele, e começou a dançar na cabine de um jeito que parecia uma dança irlandesa.
Nathan ficou constrangido, e Mr. Drake gritou com animação.
— Preciso falar com Topaz! — anunciou Jake, subindo a escada para o convés.
Ela sufocou um gritinho quando ele a tomou nos braços, como o herói de um filme romântico; depois riu, confusa. Charlie apareceu no convés, também sacudindo a cabeça com uma perplexidade divertida. Jake estava prestes a beijar Topaz quando o Constantor estalou e entrou em alinhamento, e o garoto pareceu ser lançado no ar como uma bala.
Seu alter ego (ou fosse lá o que fosse) subiu até a extremidade da atmosfera da Terra, onde o azul vira espaço escuro. De lá, Jake pôde ver o oceano fazendo a curva e todo o continente da Europa: a França, a Espanha e a bota da Itália. A Inglaterra estava sob uma onda de nevoeiro, assim como indicava o mapa da previsão do tempo na TV. Ele se virou, descendo em direção ao mar, e se viu no convés do *Campana*, abraçando Topaz. Em seguida, caiu no chão de madeira, tremendo e rindo.

Charlie olhou para o relógio de pulso, bateu nele com os dedos e sorriu.
— Conseguimos. Dia 15 de julho de 1506.
Jake percebeu várias coisas de uma vez. Agora estava escuro e muito quente, o oceano estava achatado como uma panqueca e o céu brilhava com milhões de estrelas. Mas sua cabeça latejava como nunca acontecera antes, e ele sentia que preferia morrer a encarar Topaz. Ele tirou o blazer e se sentou com cuidado, observando a popa e o mar.

Era o meio da noite, e todo mundo estava dormindo no monte Saint-Michel. Uma ocasional chama de vela era tudo o que se movia nos corredores e nas escadarias silenciosos. Do lado de fora, entre as torres escuras de granito, as aves marinhas estavam quietas em seus ninhos.

Uma figura usando uma capa azul-escura e carregando uma vela apareceu da escuridão de uma passagem e andou nas pontas dos pés até a porta da sala de comunicação. A forma, impossível de distinguir se era masculina ou feminina, parou, olhou ao redor e, lenta e cuidadosamente, abriu a porta rangente e entrou.

A sala deserta estava banhada com a fantasmagórica luz da lua. No centro estava o armário de vidro com o núcleo Meslith. Mais quatro máquinas podiam ser vistas em mesas em um lado da sala. A pessoa se aproximou da primeira, sentou-se e começou a digitar, fazendo a haste elétrica zumbir com uma luz brilhante que se refletia pela sala como estrelas cadentes. O intruso sussurrou as palavras da mensagem conforme apareciam:

"*Agentes chegando em 15 de julho, no cais Ognissanti, Veneza...*"

Depois de completar a tarefa, a pessoa ficou de pé, recolocou a cadeira no lugar, limpou as teclas da máquina Meslith com um lenço e saiu do aposento furtivamente.

O PRINCÍPIO DA TEMPESTADE

Enquanto a pessoa voltava sorrateiramente pela passagem, a mensagem começou sua jornada pelo espaço e pelo tempo...

O sinal tremeluzente que tinha iluminado a haste cristalina pulou para o para-raios que se erguia da torre no cume da montanha. Ali, ele piscou de novo, com intensidade maior, iluminou as nuvens escuras e se lançou no fluxo temporal.

Fez sua jornada pela matéria negra de um trilhão de átomos e encontrou seu caminho pelos séculos.

O código, quase perfeitamente intacto, chegou, ainda tremeluzindo, em uma máquina Meslith que ficava sobre uma mesa velha em um quarto de teto alto. Em frente à máquina, uma janela dava vista para os telhados da velha e escura Veneza.

Uma figura adormecida foi despertada pela luz vibrante, que evidenciou uma grande cicatriz dominando a lateral da reluzente cabeça raspada. Ele se sentou, se levantou do colchão de palha e gritou. Dois guardas, os dois usando armaduras pretas e capas vermelhas, entraram no quarto. O homem com a cicatriz apontou para a mesa. A luz da máquina Meslith iluminou os rostos deles.

Eles sorriram.

11 A Joia do Adriático

O *Campana* singrou na noite quente, deslizando sem esforço pelo oceano plano. Topaz estava no leme, guiando o avanço da embarcação.

Charlie foi até o convés, viu Jake sentado nas sombras do cordame e sorriu para ele.

— Está se sentindo melhor agora?

Jake assentiu com timidez.

— Quanto tempo vai demorar para chegarmos a Veneza?

— Do Ponto Zero costuma levar quatro dias, mas nós demos um salto. Por isso o atomium estava tão forte.

— Estava mesmo — murmurou Jake, envergonhado. — O que você quer dizer com "demos um salto"?

— Pulamos pontos de horizonte. Economizamos quase três dias. Acho que sua alteza deve estar pronto para seus ajustes.

Jake acompanhou Charlie escada abaixo. Ele se esforçou ao máximo para olhar apenas para os pés, mas não conseguiu evitar um olhar furtivo para Topaz. Ela estava de pé ao leme,

O PRINCÍPIO DA TEMPESTADE

observando o horizonte com os grandes olhos azuis e com a bela paisagem de estrelas brilhando em volta.

Dez minutos depois, Nathan, Charlie e Jake estavam espremidos na cabine dos rapazes. Jake experimentava uma das roupas de Nathan. Já encontrara uma calça, meias e uma grande camisa branca. Charlie o ajudava a vestir o gibão de veludo.

— Por favor, tenham cuidado — implorou Nathan. — Essa peça de roupa é valiosíssima. Esse é o melhor veludo de Siena, e as flores-de-lis foram bordadas em Florença com linha de ouro de verdade.

— As mangas ficam assim mesmo? — perguntou Jake, referindo-se aos buracos no comprimento.

— São cortadas. Essa é a moda — disse Nathan, com a voz mais seca do que poeira.

— Sapatos? — perguntou Charlie.

— São um pouco antiquados para 1506, principalmente na Itália, mas têm de servir. Não tenho muitos sapatos — mentiu Nathan, ao entregar um par de botas a Jake.

Jake as calçou, e os outros dois se afastaram para examiná-lo. Por dentro, Jake podia estar se sentindo estranho, mas tinha a aparência certa. Parecia mais elegante.

— Vou ter uma espada? — perguntou ele, esperançoso. Reparara no belo florete de Nathan, feito de prata escura. Charlie e Topaz também estavam armados.

— Não vejo necessidade — respondeu Nathan, secamente. — Você não vai participar de nada.

— Mas ele vai precisar de uma mesmo assim — anunciou Charlie, ao atacar a terceira tigela de torta de framboesa. — Para o caso de alguma emergência.

OS GUARDIÕES DA HISTÓRIA

Nathan grunhiu de irritação.

— Desse jeito, não vai me sobrar nada.

Ele abriu um dos baús. Havia no mínimo doze espadas cuidadosamente arrumadas nas caixas forradas de veludo. Os olhos de Jake se iluminaram ao vê-las. A mão dele instintivamente foi em direção à mais impressionante: uma espada de duelo de lâmina dupla, com o punho entalhado no formato de um dragão.

— De jeito nenhum — disse Nathan, retirando a mão de Jake. — Está reservada apenas para ocasiões especiais. — Em vez dessa, ele escolheu a mais básica e menos interessante das armas. — Já manuseou uma espada antes? — perguntou ele, entregando-a com cuidado.

— É claro. No clube de esgrima na escola. Fui premiado — disse Jake, mentindo sem vergonha nenhuma. Ele tentou se exibir com alguns movimentos floreados, mas a espada voou de sua mão e caiu com um estalo em cima da torta de framboesa de Charlie.

Charlie não se mexeu; apenas a removeu com cuidado do doce, entregou-a a Nathan e continuou a comer. Nathan, sem se impressionar com a exibição, colocou a espada na bainha e a apertou ao redor da cintura de Jake.

— É aí que vai ficar. É apenas enfeite, entendeu?

— O que é isso? — perguntou Jake, com empolgação. Ao lado do baú de Nathan havia uma grande bolsa de couro com uma coleção de barbas e bigodes falsos.

Foi a vez de Charlie de tirar a mão de Jake.

— *Ne touche pas!* — avisou Nathan, com um péssimo sotaque francês. — Esses pedaços de pelo são o orgulho e a alegria de Charlie. Pessoalmente, prefiro sair *au naturel*, me disfarçar apenas com minha expressão facial. — Nathan demonstrou apertando os olhos e franzindo as sobrancelhas.

O PRINCÍPIO DA TEMPESTADE

Charlie fez um som de reprovação e pegou a coleção da qual se orgulhava. — Você sabe tão bem quanto eu, Nathan, que isso aqui salvou sua pele em mais de uma ocasião. — Ele fechou a bolsa e a prendeu ao cinto.

Jake não conseguiu sufocar o sorriso. Adorava o jeito como Charlie, embora tivesse apenas catorze anos, se comportava à semelhança de um velho professor maluco.

— Bem, é melhor você ver como ficou. — Charlie ergueu o espelho.

Jake se olhou de cima a baixo. Havia um aventureiro ousado olhando para ele.

O *Campana* prosseguiu até a manhã pela calmaria sem fim do Mediterrâneo. O sol quente subiu ao céu e alcançou o zênite antes de começar a lenta descida de verão.

Jake inspirou o ar fresco do mar e observou o horizonte. Olhou para a espada e, ao confirmar que não podia ser visto, tirou-a da bainha.

— Afaste-se, vilão! — exclamou ele, erguendo a arma contra um inimigo invisível. — Sou eu, Jake Djones, de Greenwich... — Ele parou. Isso não soava bem. — Sou eu, Jake Djones, agente especial do Serviço Secreto dos Guardiões da História, defensor do bem, inimigo de todo o mal. Você inspirou sua última lufada de...

Jake parou de novo, ciente de que olhos estavam pousados nele. Charlie e Mr. Drake estavam ao lado do mastro, observando o espetáculo. Ele ficou vermelho de vergonha e rapidamente guardou a espada.

* * *

OS GUARDIÕES DA HISTÓRIA

Às três da tarde Topaz avistou o destino deles. Ao longe, brilhando como ouro no calor da tarde, eles viram a silhueta inconfundível de Veneza.

Ao se aproximarem, o ar começou a se encher de uma cacofonia. O cais estava repleto de atividade; embarcações de todos os tamanhos e tipos estavam chegando e partindo, eram descarregadas ou carregadas. Jake nunca vira tantos navios em um mesmo lugar: uma floresta cintilante de cordames, mastros, estandartes e bandeiras, marinheiros, mercadores e negociantes, todos gritando atrás de atenção.

— A cidade de Veneza, a Joia do Adriático — disse Charlie, como se estivesse liderando um passeio guiado. — Originalmente fundada no século VI, Veneza ocupa uma posição crucial entre a Europa e a Ásia. Embora recentes descobertas espanholas no Novo Mundo tenham conseguido diminuir o poder veneziano, os mercadores e banqueiros daqui ainda dominam o comércio mundial. O prédio em tons pastéis ali — disse ele, apontando para um esplêndido edifício rosa — é o palácio do doge. O observatório ao lado é o Campanile, embora, é claro, ainda esteja longe de chegar ao seu máximo de esplendor.

Conforme o navio se movia entre um pequeno barco de pesca e um grande galeão persa, Jake olhou com assombro para as imagens extraordinárias que o recebiam. Sabia que jamais esqueceria aquele momento: a visão de todas aquelas pessoas fervilhando em terra, todas pertencendo a uma era diferente da dele. Era como se um dos velhos quadros que ele tanto amava tivesse ganhado vida.

Havia ricos mercadores de gibão e meias altas, soldados de armadura, homens de turbante e longas túnicas e pessoas pobres usando trapos. Havia cachorros para todos os lados. Um elegante cão de caça, que pertencia a uma dama aristocrática,

O PRINCÍPIO DA TEMPESTADE

estava brincando com o terrier de pelos crespos de um vendedor de rua. Havia gatos observando de cima dos muros ou rodeando pessoas atrás de cabeças de peixes. Havia cabras, cavalos e papagaios em gaiolas. (Mr. Drake os observou com grande interesse e um toque de solidariedade.) Jake foi bombardeado com aromas: especiarias, caixotes de ervas frescas, peixes e carnes fritas.

Ao observar a cena, seu coração bateu com excitação dentro de suas novas roupas de aventureiro. De repente, viu uma pessoa alta usando uma armadura preta e capa vermelha com capuz. O homem estava completamente imóvel enquanto a multidão fervilhava ao seu redor. Embora o rosto não estivesse visível, Jake teve a sensação desconfortável de que estava olhando diretamente para o *Campana*.

Ele se virou para Charlie.

— Está vendo aquele homem ali? Acho que está olhando para nós.

Charlie seguiu seu olhar, mas o homem não estava mais lá. Jake procurou na multidão a capa vermelha, mas não conseguiu encontrar.

Seus olhos encontraram, então, um garoto magro que percorria o cais, lendo sorrateiramente os nomes dos navios ao passar por eles. Tinha as bochechas vermelhas, era desajeitado e sempre esbarrava nas pessoas e pedia desculpas. Quando viu o *Campana*, o garoto parou e comparou o nome ao que estava escrito em um pergaminho que tinha nas mãos. Em seguida, olhou para Charlie e, meio que lendo as anotações, disse com rigidez:

— Bem-vindos a Veneza. Que carga transportam?

Jake supôs que era alguma espécie de código, pois Charlie respondeu do mesmo jeito ponderado:

— Trazemos tamarindo do leste.

OS GUARDIÕES DA HISTÓRIA

Ao ouvir isso, o garoto relaxou, sorriu e acenou para todo mundo do navio.

— *Buon giorno.* Paolo Cozzo, contato italiano, século XVI.

Nathan desceu para o cais ao lado dele. Era uns trinta centímetros mais alto do que o garoto italiano.

— Por que não usa um alto-falante da próxima vez, para que todo mundo possa ouvir?

Paolo demorou um momento para registrar que Nathan estava sendo sarcástico. Ele sorriu, assentiu e limpou o suor da testa. Charlie pulou para terra firme, seguido de Topaz.

— *Bonjour.* Agente Topaz St. Honoré — apresentou-se. — Este é o agente Chieverley, e este é Jake Djones. — Ela se virou para Jake, que ficara no navio.

— Ele só veio observar — disse Nathan.

Paolo ficou vermelho ao ver Topaz.

— Na verdade, Srta. St. Honoré, acho que já nos encontramos? — gaguejou ele. — Em Siena, na primavera de 1708? Eu estava com meus pais e fiz limonada para você? — Ele fez cada frase soar como uma pergunta.

— Eu me lembro — disse Topaz, com o rosto se iluminando. — Foi a melhor limonada que já tomei. Você ia me dar a receita.

Paolo riu e ficou ainda mais vermelho.

— Onde é que o Ponto Zero encontra esses palhaços? — Nathan revirou os olhos e murmurou baixinho, antes de perguntar para Paolo com cansaço: — Então sua base é Veneza?

— Na verdade, é Roma... Eu moro... em Roma — gaguejou Paolo. — Mas minha tia mora aqui. Vim para me encontrar com o último grupo de agentes, os que desapareceram.

Topaz, constrangida pela falta de tato de Paolo, lançou um olhar compadecido a Jake.

O PRINCÍPIO DA TEMPESTADE

— Minha instrução — disse Paolo — é levar vocês para o escritório de Veneza e ajudar com as coisas italianas.
— Para o escritório de Veneza, então. Vamos! — Nathan saiu andando pelo cais.
Ninguém mais se mexeu.
— Na verdade, é por aqui. — Paolo apontou, com nervosismo.
Topaz não conseguiu disfarçar um sorriso dissimulado quando Nathan se virou de repente.
— Fico aqui sozinho ou posso...? — perguntou Jake, esperançoso.
— Venha conosco agora — disse Topaz, compadecida.
— Mas, quando o trabalho começar, você volta para o navio. Entendeu?
Em um segundo, Jake pulou para o cais.

Paolo os levou pelo cais, pelo meio da multidão agitada da tarde.
— É uma loucura aqui na hora do *rush*, hein? — disse Nathan, ao erguer o chapéu para uma bela vendedora de flores.
— Temos tempo para um chocolate quente? Se minha memória não falha, o Florian's, na praça São Marcos, serve o melhor chocolate quente do Adriático.
— Você pode tentar, mas o Florian's só vai abrir daqui a 214 anos — observou Topaz.
— Aquele navio ali — afirmou Paolo, parando e apontando para uma pequena caravela — foi a embarcação na qual o Sr. e a Sra. Djones chegaram.
O estômago de Jake deu um salto. Ele examinou com ansiedade a embarcação de madeira: as velas estavam dobradas cuidadosamente ao redor da retranca, e o convés estava completamente vazio. O nome fora escrito em letras curvilíneas:

OS GUARDIÕES DA HISTÓRIA

Mystère. Mistério, pensou Jake; o nome não podia ser mais apropriado.

— Será que deveríamos dar uma olhada? — perguntou ele, com delicadeza, querendo pular a bordo e examiná-lo com atenção em busca de algum sinal dos pais.

Mas Nathan já tinha ido para o convés e pulado para dentro da cabine. Apareceu momentos depois, sacudindo a cabeça.

— Lá embaixo está parecendo o *Mary Celeste* — disse ele, voltando para o convés. — Este era o único sinal de vida.

— Ele abriu a mão e mostrou um punhado de sementes.

Jake conhecia bem aquilo, de uma maneira dolorosa.

— De tangerina — murmurou ele. — Minha mãe é obcecada por essa fruta. — Estava prestes a esticar a mão e pegar as sementes quando Nathan a jogou ao mar por cima do ombro, e elas afundaram sem deixar vestígios.

— Caso você não tenha notado — suspirou Topaz, segurando no braço de Jake —, a insensibilidade dele é do tamanho da vaidade.

Eles percorreram a cidade lentamente. Ao chegar à praça, viram uma multidão reunida em torno de um homem em um pedestal que falava com eles apaixonadamente, com voz rouca. Tinha uma barba longa e desgrenhada, usava vestes rasgadas de veludo e estava segurando uma melancia.

— O que exatamente ele está dizendo? — perguntou Nathan a Paolo. — Meu italiano está meio enferrujado. Acho que não está vendendo melancias...

Topaz interferiu antes que Paolo tivesse a chance de falar.

— Ele está dizendo: "Este é o formato do mundo. Não é achatado, mas redondo, como esta fruta. Não somos o centro do universo. O sol não gira em torno de *nós*, mas *nós* é que giramos ao redor do sol!"

O PRINCÍPIO DA TEMPESTADE

Paolo assentiu, concordando com a tradução perfeita de Topaz.
— Na verdade, o cavalheiro está bem à frente do seu tempo — comentou Charlie. — Embora a teoria exista desde a época dos gregos, Copérnico só apresentará sua teoria das Esferas Celestiais em 1542.

A maior parte das pessoas da multidão apenas olhava para o homem, mas algumas vaiavam e assobiavam. Pouco tempo depois, um grupo de homens corpulentos de armadura e elmos com esporões passou pelas pessoas e pegou o homem. Puxaram-no da plataforma e o empurraram, ainda gritando, para fora da praça. A multidão foi instruída a se dispersar.

— Isso se tornou uma coisa comum na cidade — comentou Paolo. — Muitas pessoas desconfiam das novas filosofias.

— Novas filosofias? — perguntou Nathan.

— Ele está se referindo à moda do humanismo que está começando a varrer a Europa — explicou Topaz.

— É mesmo? Eu não estava perguntando para você, mas... Humanismo, sim, foi o que pensei.

— Ele não tem a menor ideia do que seja isso, é claro — confidenciou Topaz a Jake. — Provavelmente pensa que é uma coisa que se pega na piscina.

— O humanismo prega a dignidade de *todas* as pessoas — retorquiu Nathan, com um controlado sotaque inglês —, independentemente das doutrinas de religião e crenças sobrenaturais. Usando palavras que você vai entender, essa doutrina diz que todos os homens são iguais.

— Todos os homens *e* todas as mulheres.

Enquanto Paolo olhava para Nathan e depois para Topaz, sorrindo inseguro, Charlie sussurrou no ouvido dele:

— É só cena. Eles se amam.

OS GUARDIÕES DA HISTÓRIA

O jovem italiano guiou Jake, Topaz, Nathan e Charlie para fora da praça, ao longo de um canal. Jake viu um homem treinando macacos e outro encantando serpentes. Paolo deu uma olhada furtiva ao redor e subiu os degraus até um prédio velho, de aparência descuidada, e fez sinal para os outros agentes o seguirem. Ao entrar, Jake reparou em uma versão rústica do símbolo dos Guardiões da História, com a ampulheta e os planetas, entalhado em uma placa de madeira ao lado da porta.

Entraram em um salão iluminado e abobadado, fervilhando de atividade. Havia oito cozinheiros trabalhando, todos cobertos de farinha dos pés à cabeça.

Os olhos de Nathan se iluminaram.

— Uma pizzaria!

— Na verdade, é de pão plano *galette*, uma nova invenção de Nápoles — corrigiu Paolo.

— Para mim, parece pizza. — Nathan deu de ombros.

— Seja como for, é um ótimo disfarce para o escritório.

— Ah, não é disfarce — prosseguiu Paolo. — Ela funciona normalmente e é a melhor da cidade. Mas o escritório, como só é usado esporadicamente, fica em uma sala alugada nos fundos.

— Adoro o modo como os italianos fazem negócios, é tão... *laissez-faire*. — Nathan suspirou ao pegar uma fatia de pão saído do forno.

— Vá em frente, sirva-se. — Topaz viu que o *chef* não estava impressionado pelo furto de Nathan.

— Emmental, se eu não estiver enganado... — Nathan falou. — Charlie, o que você acha?

Charlie experimentou um pedaço e mastigou, refletindo.

O PRINCÍPIO DA TEMPESTADE

— Acredito que seja gouda, embora esteja com mais nozes do que o habitual — concluiu ele. — Com um toque de noz-moscada. Está inspirador.

O *chef*, que não tinha se impressionado com Nathan, reconheceu uma afinidade em Charlie e acenou com apreciação. Topaz rapidamente os trouxe de volta à realidade.

— Quando o frenesi alimentar tiver acabado, talvez possamos discutir a questão do Código Roxo e a iminente catástrofe mundial.

Os jovens agentes entraram na pequena sala nos fundos da padaria. Ela parecia ser o que realmente era: uma despensa cheia de caixas de manjericão fresco e tomates, a um milhão de quilômetros de distância da grande austeridade dos outros quartéis-generais dos Guardiões da História que Jake vira.

— *Isto* é o escritório? — perguntou Topaz, um tanto surpresa. Estava apontando para uma escrivaninha torta no fim da sala, onde havia uma máquina Meslith de aparência gasta em meio a vários queijos.

O movimento culpado de ombros de Paolo respondeu à pergunta.

Topaz foi examinar a escrivaninha. A máquina Meslith, como todas as outras, tinha uma haste cristalina saindo por trás de si.

— Deve ter sido por esta máquina que Alan e Miriam Djones mandaram a mensagem de SOS — concluiu ela.

Jake chegou mais perto para examiná-la. Esticou os dedos para tocar na haste cristalina e levou um intenso choque elétrico.

— É o que acontece quando você faz isso. Lição aprendida — disse Charlie, antes de se virar para Paolo de novo. — Então para onde exatamente foram Alan e Miriam Djones?

OS GUARDIÕES DA HISTÓRIA

Paolo pegou uma pilha bagunçada de anotações no bolso e tentou ler a própria caligrafia. A primeira página o confundiu bastante, mas ele acabou por conseguir entender:

— Ah, é uma lista de compras da minha mãe. Ela coleciona louça veneziana. Adora as cores!

— Fascinante — murmurou Nathan.

Paolo passou para a segunda página.

— Aqui está. Eles chegaram a Veneza na terça à noite. Na quarta, visitaram a casa de um tal *Signor* Philippo, no norte da cidade. É o arquiteto famoso que desapareceu de repente a caminho do trabalho no começo deste mês.

— Desapareceu? Será que não caiu no canal? — perguntou Nathan.

— Não, esse é o problema — explicou Paolo, animado de repente. — Pelo menos dez arquitetos desapareceram nos últimos meses. Não só de Veneza: de Florença, de Parma, de Pádua. De todos os cantos. Não se fala em outra coisa na cidade.

— Por que alguém iria querer matar *arquitetos*? — perguntou Nathan, com um suspiro cansado. — Eu acharia que são inofensivos.

— Talvez não os estivessem matando — sugeriu Jake. — Talvez alguém precisasse dos serviços deles.

Topaz olhou para Jake, impressionada. Nathan deu de ombros, indiferente.

— Então Djones e Djones voltaram...? — perguntou ele.

— Por pouco tempo — prosseguiu Paolo. — Em seguida, às sete da noite, foram para a Basílica de São Marcos. Esperei a noite toda. Eles não voltaram.

Fez-se silêncio por um momento. Topaz apertou a mão de Jake.

O PRINCÍPIO DA TEMPESTADE

— Eles disseram que iam para a basílica? — perguntou Charlie.

— Pediram instruções de como chegar lá — respondeu Paolo.

— Seus pais eram religiosos? — perguntou Nathan para Jake.

— Não, a não ser que comer torta de carne no Natal conte...

— Tortas de carne são sagradas para mim — murmurou Charlie, baixinho.

— *Il y a quelque chose ici* — anunciou Topaz, examinando um pedaço de pergaminho aparentemente branco. — Alguém escreveu alguma coisa em cima disso. Dá para ver, o texto deixou marcas. — Nathan esticou a mão para pegar, mas Topaz o ignorou. Ela esticou o pergaminho em direção à luz e leu as palavras quase ilegíveis. — Você reconhece esta caligrafia? — perguntou ela a Jake.

Jake olhou para o pergaminho. Ele viu a escrita de leve, com letras grandes, exageradas, a deliciosa mistura de maiúsculas e minúsculas. Seu coração se apertou. Geralmente, quando via essa caligrafia, era em um bilhete avisando sobre tinta fresca ou explicando a ausência para ir comprar alguma coisa na loja da esquina.

— É do meu pai.

— Será que posso...? — perguntou Nathan de novo.

Mais uma vez, Topaz ignorou e leu o texto.

CoNfeSsar. São MaRCos. AmÉrIco VeSPúCio

— Ah, Américo Vespúcio! — interrompeu Nathan, quando do Topaz leu em voz alta. — Já ouvi falar dele. Ele era... — Parou de falar. — Quem era ele mesmo?

— Era um renomado explorador italiano que deu nome à América — informou-lhe Topaz. — Mas o que ele tem a ver com São Marcos?

OS GUARDIÕES DA HISTÓRIA

— É óbvio. Ele está enterrado lá. — Nathan mais uma vez esticou a mão para pegar a mensagem.

— Não — disse Topaz, com tranquilidade. — Ele foi enterrado em Sevilha, na Espanha. Já visitei o túmulo dele. — Por fim, ela decidiu passar o papel a Nathan. Ao pegá-lo, ele tirou o cabelo do olho.

— *Confessar. São Marcos. Américo Vespúcio* — repetiu. — Bem, tenho certeza de que uma visita à basílica vai deixar as coisas mais claras. Depois do jantar, é claro... Não vamos querer trabalhar de estômago vazio.

Em silêncio, os cinco agentes percorreram a multidão até chegar ao *Campana*. Era aquela hora da tarde em que os italianos fazem sua *passeggiata*: todo mundo tinha terminado o trabalho do dia e andava pelas ruas, olhando uns para os outros. Os agentes percorreram o caminho em fila única. Em determinado ponto, Jake pressentiu alguma coisa atrás de si e olhou para trás. Pensou ter visto alguma coisa vermelha, mas foi levado pelo movimento das pessoas.

Naquele mesmo momento, a pessoa de capa vermelho-escura e capuz foi para trás de um pilar, onde outra pessoa de capa vermelha a esperava. Das sombras, eles observavam os agentes irem em direção ao cais.

12 Sozinho na História

— Vamos sair por uma hora, no máximo duas — anunciou Topaz, chegando ao convés com Charlie. Ela colocou uma capa sobre os ombros, pois a noite já estava esfriando. Jake deu de ombros.

— Não é melhor ficarmos juntos?

— É melhor não ser morto na sua primeira semana.

— Nathan trocara de roupa e estava ocupado, inspecionando seu reflexo em um espelho dourado preso ao mastro (que ele mesmo tinha prendido, "em caso de emergência"). — Essa cor me cai bem? — perguntou ele, referindo-se à casaca.

— Verde pavão. O que poderia ser mais apropriado? — perguntou Topaz.

Nathan estava absorto demais no próprio reflexo para perceber que ela o estava provocando.

— Não se sobrepõe aos meus olhos? — perguntou ele, virando-se para Jake.

Jake não era especialista em moda, mas se lembrou de uma coisa que a mãe dizia às vezes.

— Acho que... combina com o tom da sua pele.

Nathan sorriu largamente.

— Gosto do seu estilo.

— Tome isso, Jake — disse Topaz, segurando uma correntinha com um frasco pendurado.

— O que é?

— É atomium. A quantidade certa para voltar ao Ponto Zero, caso você precise — disse ela para ele. — Posso...?

O coração de Jake disparou quando ela colocou a corrente ao redor do pescoço dele e enfiou o frasco para dentro do gibão.

— Cuide-se — murmurou ela. — Não devemos demorar.

— Deixei um pouco de quiche de espinafre na cozinha — disse Charlie, interrompendo o momento. — Está aceitável, mas não é meu melhor. Exagerei nos ovos.

Charlie, Topaz, Nathan e Paolo pularam para o cais e desapareceram no meio da multidão.

Quatro horas se passaram. A noite caiu e a lua subiu no céu. Eles ainda não tinham voltado. Jake estava sentado no convés, nos degraus que levavam à proa. Uma brisa gelada soprava vinda do mar. O velho navio estalava e as velas se balançavam ao vento. A costa estava quase completamente deserta. Jake podia ver em uma porta a silhueta de dois jovens amantes dando um beijo secreto. Um velho bêbado cambaleava, xingando baixinho. Em seguida, fez-se silêncio.

Jake enfiou a mão dentro do casaco e pegou o frasco de prata que Topaz lhe dera. Uma minúscula reprodução do emblema dos Guardiões da História estava entalhada na garrafinha. Ele a abriu com cuidado e inspecionou o conteúdo cintilante, depois a fechou e guardou.

O PRINCÍPIO DA TEMPESTADE

Reparou em algo que estava sobre a pilha de cordas ao seu lado: o blazer da escola, que tirara na noite anterior.

— Os passaportes! — disse ele baixinho, lembrando de repente que ainda estavam no bolso interno. Ele os pegou e olhou para as fotos: os rostos sorridentes dos pais olharam para ele.

Mais uma vez, Jake os visualizou na cozinha, quando tudo ainda era normal: o pai desmontando algum aparelho sobre a mesa com alegria e sem noção alguma do que estava fazendo, a mãe franzindo a testa ao criar outra catástrofe intragável no fogão. Em sua última tentativa de fazer um nêmesis de chocolate, Jake teve de apagar o fogo com a mangueira do jardim.

Quando o vento balançou as páginas dos passaportes, Jake olhou para a cidade e se perguntou se estavam lá, em algum lugar no meio da escuridão.

De repente, ouviu-se um grito agudo que o fez dar um pulo de susto. Ele enfiou os passaportes dentro do gibão e correu para a amurada do navio. Alguém corria pelo cais em sua direção. Era Nathan. Embora andasse rapidamente, Jake podia ver que mancava e segurava a perna. Ele se jogou no navio, ofegando.

— Rápido! Não temos muito tempo!

Jake arregalou os olhos: Nathan estava em péssimo estado. O cabelo estava desgrenhado, o gibão, rasgado e sangue escorria da sua coxa.

— Passe isso para mim! AGORA! — gritou ele, apontando para o blazer do uniforme de Jake.

Quando Jake o entregou, Nathan o rasgou em tiras. Jake sabia que não era muito útil para ele agora, mas mesmo assim... Então olhou para o ferimento na perna de Nathan. Tinha cinco centímetros de largura e era bem profundo.

— O que aconteceu?

— Estavam esperando por nós. Alguém deve ter avisado! — Nathan estava ofegante, e o sotaque da Carolina do Sul ficara evidente agora. Ele amarrou uma das tiras com força ao redor da coxa.

— E os outros...? — Jake estava quase com medo demais para perguntar.

— Capturados? Mortos? Talvez tenham escapado. Tínhamos nos separado, então quem vai saber?

Jake sentiu o estômago dar um salto de medo.

— Ajude-me a levantar!

Jake apoiou Nathan, que ficou de pé.

Nathan fez uma careta ao mancar escada abaixo.

— Rápido. Temos um minuto antes que cheguem aqui.

— *Quem* chegue aqui? — Jake quis saber.

Mas Nathan apenas percorreu a cozinha até chegar a sua cabine. Jake observou, confuso, enquanto ele abria o armário e tirava um baú do fundo de uma pilha, espalhando os outros pelo chão.

— Você vai trocar de roupa de novo? — perguntou Jake, sem acreditar.

— Cale a boca — disse Nathan, ao levantar a tampa e começar a espalhar as belas roupas pelo chão. Por fim, encontrou o que estava procurando e tirou lá de dentro. Jake não conseguia acreditar no que via: era uma capa vermelho-escura com capuz. Preso a ela havia um peitoral preto.

Nathan pegou uma última coisa: uma tesoura prateada.

— Rápido! Rápido!

Jake foi atrás dele até o convés. Nathan olhou para o cais para ver se alguém estava vindo.

— Segure isto. — Ele amontoou a capa, o peitoril e a tesoura nos braços de Jake e se inclinou em direção à máquina

O PRINCÍPIO DA TEMPESTADE

Meslith que Charlie deixara no convés. — Fique vigiando. Grite se vier alguém.

Ele girou a manivela na parte de trás da máquina. Quando estava carregada, digitou rapidamente uma mensagem. A luz da haste cristalina brilhou sobre seu rosto ansioso. No meio da mensagem, o aparelho ficou sem energia.

— Vamos, vamos! — gritou Nathan, ao girar a manivela de novo.

Jake olhou para o peitoril preto reluzente. Era leve, um tanto gasto, mas feito de algum metal forte. No centro, em prateado, havia o símbolo de uma cobra enrolada em torno de um escudo. Jake ouviu barulhos no cais e olhou para a escuridão. Seu estômago pareceu amolecer.

— Nathan, estão aqui! — ofegou.

Nathan se virou e viu um grupo de pessoas se aproximando.

— Vamos!

Ele pegou a máquina Meslith e mancou até a lateral. Ao subir pela amurada do navio, a perna ferida bateu na parte de cima. Ele gritou de dor, a máquina escorregou da sua mão e caiu no piso de pedras abaixo, partindo-se em pedaços.

Nathan não tinha tempo para se desesperar: as pessoas vestidas de capa estavam se aproximando rapidamente. Ele pulou para o cais e chutou a máquina quebrada para o mar.

— Por aqui, ou estaremos ambos mortos! — sibilou ele, e saiu mancando em direção a uma passagem obscura.

— Preciso levar alguma coisa? — Jake estava grudado no chão.

— Sim, sua mala e uma escova de dentes.

Jake ficou confuso por um momento, até perceber que Nathan estava sendo sarcástico.

— *Agora*, seu idiota!

OS GUARDIÕES DA HISTÓRIA

Jake pulou e seguiu Nathan pela passagem. Os passos se aproximavam rapidamente. Nathan o puxou para a sombra de uma árvore e fez sinal para que ficasse em silêncio. Eles observaram doze homens pararem em frente ao *Campana*: todos eram altos e atléticos, tinham espadas penduradas nos quadris e estavam usando as mesmas capas vermelhas com capuz e peitoris pretos.

Um dos homens estava acompanhado de um cachorro, um mastim de aparência forte e selvagem. Ele deu uma ordem em alemão e seis homens subiram no navio, reviraram cada centímetro e jogaram qualquer coisa sem importância para fora.

Nathan fez uma careta e sacudiu a cabeça quando suas preciosas roupas foram lançadas na água.

— Filisteus — murmurou ele.

O homem com o mastim se virou para a passagem escura onde Nathan e Jake estavam escondidos. Quando ele baixou o capuz, Jake ofegou: era alto, forte e a cabeça era raspada. Uma cicatriz profunda e branca ocupava toda a lateral do rosto. Ele usava um casaco de couro e botas altas e sujas de lama. O homem se virou para o navio, mas o cachorro, também com cicatrizes de luta, continuou a olhar para a escuridão, sentindo que havia alguma coisa lá.

Nathan cutucou Jake e sussurrou:

— Por aqui, o mais silenciosamente que conseguir.

Ao se afastarem, dobrando uma esquina, o cachorro começou a rosnar. Os dois agentes apertaram o passo. Percorreram a lateral de um canal, enquanto Nathan trincava os dentes por causa da dor na perna. Ele parou e se virou para Jake. À luz da lua, Jake podia ver que seu companheiro estava pálido como papel e que ofegava para respirar.

O PRINCÍPIO DA TEMPESTADE

— Perdi muito sangue... Você vai ter que ir em frente sozinho. — Nathan se sentou e apertou o torniquete em torno da perna.

— Ir? Aonde?

— Escute... é nossa única chance.

Eles agora podiam ouvir o cachorro latindo não muito longe.

— Aqueles homens lá atrás são soldados do Exército Negro. O homem com o cachorro se chama Friedrich von Bliecke. Ele e os outros trabalham para o príncipe Zeldt.

— Zeldt? — exclamou Jake. — Aquele que meu irmão foi procurar?

— Isso mesmo. Pensávamos que Zeldt estava morto. Em três anos, ninguém o viu. Mas ele obviamente está aqui, em algum lugar da Europa. Seja lá o que estiver acontecendo, ele está por trás disso.

Foi uma terrível revelação para Jake, mas ele não teve tempo de pensar nisso.

— Quando vi aqueles homens de capa vermelha nos seguindo — disse Nathan, fazendo uma careta —, eu soube que era ele! — Ele apontou para o fardo nos braços de Jake. — Isso já pertenceu a um deles. Este é o símbolo de Zeldt. — Apontou para a cobra e o escudo.

— Vi um homem de capa como esses quando chegamos — confessou Jake. — Comentei com Charlie, mas o homem desapareceu.

Nathan olhou nos olhos de Jake.

— Zeldt é a essência do mal. Entendeu? A essência do mal.

Jake tentou assentir, mas estava paralisado de medo.

— Você *não* entende! Pense no assassino mais cruel sobre o qual já leu e multiplique essa crueldade por mil. *Aí* você entenderá!

— Quem é ele?

— É muita coisa para explicar agora. Há uma família, uma família real. Ele não é o pior... — Nathan estava perdendo a consciência, mas foi despertado pelo som do cachorro latindo de novo, muito mais perto agora.

Ele segurou o braço de Jake.

— Você tem de ir à basílica de São Marcos. Descubra o que seus pais descobriram. *Confessar. São Marcos. Américo Vespúcio.* Descubra o que isso significa.

A cabeça de Jake estava girando.

— Use a capa para se proteger. Para se disfarçar como um deles.

Jake assentiu, piscando com apreensão.

— Está com a tesoura? — perguntou Nathan.

Jake a ergueu.

— Corte seu cabelo bem curto assim que puder. Se não, vai chamar atenção.

Mais uma vez, Jake assentiu. Tudo parecia um sonho.

Nathan enfiou a mão dentro do casaco, tirou uma pequena bolsa de couro e abriu-a. Havia moedas de ouro dentro dela.

— Tem dinheiro o bastante aqui. — Ele entregou a bolsa para Jake. — E leve isto. É um isqueiro de pedra — disse ele, ao apertar o pequeno aparato de ébano na mão de Jake. — Carregue com você. A história fica mais sombria do que você pode imaginar.

— Não estou entendendo... E os outros?

— Não *sei* dos outros! Escute: eu o atrasaria, então você precisa continuar sozinho. É nossa única esperança.

Os latidos ficaram mais próximos ainda. Nathan colocou as mãos nos ombros de Jake e o olhou com seriedade.

O PRINCÍPIO DA TEMPESTADE

— Olhe, Jake, você parece ser um bom homem. Dizem que seus pais eram dois dos melhores agentes que já passaram pelo serviço. Então você deve ser especial. Entendeu? Jake garantiu que sim, mas eles já podiam ouvir vozes naquele momento.
— Vou me certificar de que ninguém vá atrás de você. Não vão me matar. Sou valioso demais para eles. — Nathan conseguiu puxar a espada. — Olhe para minha pobre casaca — disse ele, passando o dedo por um pedaço rasgado e manchado de sangue. — Brocado florentino, o melhor que o dinheiro pode comprar... Que desperdício criminoso.
Jake olhou, ao longo do canal, para o caminho que usaria para escapar.
— Uma última coisa... — Nathan ofegou; Jake parou para ouvir o que ele tinha a dizer. — O que fazemos é importante. Entendeu?
Jake assentiu.
— Não, não entendeu — sibilou Nathan, com impaciência. Mais uma vez, Jake pôde ouvir o sotaque de Charleston enquanto Nathan procurava as palavras certas. — A história sustenta tudo. É a cola que mantém tudo intato. *Tudo!* Ela mantém a civilização civilizada. E nós *salvamos* a história. *Nós*, os Guardiões da História. Salvamos mesmo. Não é só papo. Somos *vitais*.
— Eu entendi — garantiu Jake, com certeza absoluta.
Nathan sabia que ele não estava mentindo.
— Agora vá. *Vá!*
Naquele momento, o mastim dobrou a esquina, com a boca espumando e latindo selvagemente, seguido pelos guardas. Jake saiu correndo ao longo do canal e desapareceu em uma das vielas.

OS GUARDIÕES DA HISTÓRIA

Nathan ficou de pé e ergueu impassivelmente a espada. O cachorro foi para cima dele e o derrubou no chão. Momentos depois, estava cercado pelos guardas de capa vermelha. Nathan olhou para o rosto marcado do capitão Von Bliecke antes de perder a consciência.

Jack correu sem pensar, sem olhar para trás. Percorreu passagens em disparada, subiu degraus, cruzou pontes. Depois de quinze minutos, chegou ao Grande Canal e parou. Estava em uma pequena área cercada de ciprestes e coberta de blocos de pedra destinados a algum novo prédio. Nos braços, ainda carregava a capa vermelha, o peitoril e a tesoura que Nathan lhe dera.

Seu peito subia e descia enquanto seus olhos percorriam a pequena praça. Ninguém o estava seguindo. O Grande Canal brilhava à luz da lua ao percorrer a cidade em curvas, com os majestosos palácios adormecidos em cada um dos seus lados. À sua esquerda, Jake podia ver o distinto arco da ponte de Rialto.

Ele se sentou à base de uma das árvores. O horror de sua situação começou a ficar claro. Lembrou-se de uma vez em que tinha oito anos e se perdera dos pais durante um passeio em um enorme shopping center. Lembrou-se do medo que tomara conta de si enquanto procurava freneticamente pelo labirinto de lojas com letreiros de neon. Naquela ocasião, a razão prevaleceu e o acalmou: ele sabia que podia encontrar os pais, sabia onde morava em Londres, sabia que todo mundo falava sua língua.

Agora era diferente. Estava sozinho. Tão sozinho quanto se podia ficar. Em uma cidade desconhecida, em um país estrangeiro, em outra era, abandonado pelos pais, separado dos ami-

O PRINCÍPIO DA TEMPESTADE

gos por um inimigo mortal. Jake pegou os passaportes dos pais e voltou a olhar para as fotos. Mas não conseguiu se concentrar nelas; eram apenas um borrão. O pânico estava deixando-o tonto; o terror estava saindo de controle. Ele abriu os olhos e tomou uma decisão. Não se deixaria dominar pelo desespero. Lutaria contra o medo usando a razão.

Nathan dissera: *Vá para a basílica de São Marcos... É nossa única esperança.* Certo, ele iria para lá; descobriria um modo de encontrar os pais, de encontrar os outros. Nathan dissera que era valioso demais para ser morto. Então *todos* eles seriam valiosos. Todos estariam vivos em algum lugar.

Jake estava eletrizado, mas sua cabeça rodava. Até onde sabia, os outros agentes, que tinham muito mais experiência do que ele, tinham sido capturados. Que chance *ele* teria? Como saberia o que fazer? Esse príncipe Zeldt, de quem Nathan falara, era a personificação do mal. Estava protegido por um exército inteiro de soldados. Jake era um estudante solitário, perdido e sozinho no século XVI. Como poderia sobreviver?

Pare! Já chega!, disse Jake, para si mesmo. *Você não tem escolha.* Ele segurou a tesoura de prata com determinação e começou a cortar o cabelo. Os grossos cachos castanhos que sabia que sua mãe amava tanto caíram silenciosamente no chão sujo. Em um minuto, o cabelo estava bem curto: ele tinha deixado de ser um romântico e se transformado em jovem soldado.

Ele respirou fundo, enfiou a tesoura no bolso, pegou a capa e o peitoril, endireitou os ombros e começou a descer o canal em direção à ponte. Mantendo os olhos bem abertos, cuidadosamente subiu os degraus da Rialto.

No cume da ponte, um grupo de pessoas estava reunido, bebendo e falando com vozes roucas. Quando Jake passou por eles, todos ficaram em silêncio e o olharam.

OS GUARDIÕES DA HISTÓRIA

Ele parou e sorriu com insegurança.

— Basílica? *Duomo? San Marco?* — perguntou, em seu italiano rudimentar.

Por um momento, ninguém respondeu. Mas uma senhora com olho roxo e cabelo ruivo sujo apontou para o sul, para o labirinto escuro de ruas.

Jake assentiu e seguiu pela ponte. Em silêncio, o grupo o observou partir, depois retomou a conversa.

Quando Jake chegou à praça São Marcos, os sinos anunciavam as cinco horas. A praça era enorme. De um lado havia a torre de Campanile. Perto dela, estavam os domos dourados de contos de fadas da catedral. Levando até eles havia uma longa passagem de prédios marrons-escuros imponentes. Ao longo deles, finas janelas arqueadas do primeiro andar, estavam pendurados toldos de lona, balançando levemente na brisa da manhã, com as listras manchadas e apagadas pelo sol e pela maresia do Adriático.

Amanhecia, e venezianos sonolentos começavam suas atividades. Jake olhou ao redor com cuidado enquanto cruzava a praça. Passou por um velho barbado de roupas rasgadas, que o observou por entre olhos apertados; Jake apressou o passo em direção à igreja e subiu os degraus correndo.

Ficou surpreso ao encontrar as portas escancaradas; lá dentro, a basílica estava tomada de movimento. Não havia bancos para as pessoas se sentarem. Era um espaço aberto, com serragem espalhada sobre o chão de mármore e gansos e ovelhas andando por lá. Havia até uma vaca ruminando o café da manhã. Pessoas estavam lá também, algumas fazendo permutas e trocando moedas amassadas por produtos (tecidos, especiarias e cerâmica) e conversando animadamente. Outras ainda dormiam nos cantos obscuros.

O PRINCÍPIO DA TEMPESTADE

Em um lado, havia um andaime de madeira preso à parede. Em cima da precária estrutura, um homem de chapéu quadrado trabalhava em um afresco. Jake podia ver que ele já desenhara o contorno de pessoas e agora pintava o brilhante céu azul entre elas. Jake foi atraído em direção ao andaime, se perguntando se o pintor era alguém famoso. Talvez fosse Leonardo Da Vinci ou Michelangelo, pensou ele.

O pintor pareceu sentir Jake de pé abaixo de si. Ele olhou para baixo e piscou, depois voltou à pintura. Foi nesse momento que Jake vislumbrou com o canto do olho uma pessoa que o fez quase engasgar de choque.

De capa vermelho-escura, andava em diagonal pela igreja. Jake baixou a cabeça e se afastou um pouco, mas continuou a observar o homem, que desapareceu em uma estrutura escura de madeira na parede ao longe.

Enquanto Jake cruzava com cuidado o salão com piso de mármore, um pensamento lhe ocorreu de repente: a mensagem dos pais dizia: *Confessar. São Marcos. Américo Vespúcio.* Aquela estrutura de madeira certamente era um confessionário.

Jake contornou um pilar de pedra para olhar melhor. O confessionário era feito de dois compartimentos. De um lado havia uma cabine com uma porta fechada, onde ficava o padre. Ao lado havia uma cabine aberta, com uma cortina meio puxada. Por trás dela, Jake podia ver claramente a capa vermelha do homem.

Em seguida, ela desapareceu.

— O quê? — disse Jake em voz alta, ao esticar o pescoço atrás do pilar para enxergar melhor. Ele podia ver a parte de trás da estrutura: estava vazia.

— *Per piacere.* — Uma voz fina falou bem no ouvido de Jake, fazendo-o dar um salto. Ele se virou e ficou cara a cara com uma senhora enrugada, que esticava a mão. Viu que um dos olhos dela era completamente branco. — *Per piacere* — repetiu ela, cutucando-o com dedos contorcidos.

Jake sorriu educadamente. Ele se lembrou da bolsa que Nathan lhe dera. Tirou-a cuidadosamente do bolso, pegou uma única moeda de ouro e a deu para a senhora.

Por um momento, ela não reagiu, mas a descrença rapidamente virou alegria. O rosto dela se abriu em um sorriso extraordinário.

— *Dio vi benedica* — sussurrou ela, ao passar a mão enrugada pelas bochechas coradas de Jake. Em seguida, fez uma reverência, afastou-se e desapareceu no meio da multidão.

Jake virou-se para o confessionário. *Deve haver uma porta do outro lado da cabine*, pensou. *Uma entrada para algum lugar.*

Embora a ideia o apavorasse, Jake sabia que devia encontrar a tal porta e ver o que havia atrás dela. Seu coração disparou: ele olhou para a capa e para o peitoril que tinha nos braços. Agora era a hora de vesti-los.

O peitoril cobriu seu peito e sua barriga. Era resistente, mas leve, e serviu bem nele. A longa capa ia até o chão. Ele ergueu o capuz sobre a cabeça.

Com passos decisivos, Jake se aproximou do confessionário, puxou a cortina e entrou na cabine. Não havia sinal óbvio de porta. Ele empurrou a parede, mas ela nem se mexeu.

— *Chi volete vedere?* — sibilou uma voz, e o sangue de Jake gelou. Ele podia ver a silhueta indefinível de um rosto atrás da grade.

— *Chi volete vedere?* — Estranhamente, a pessoa estava fumando cachimbo. A fumaça passava pela grade e entrava no lado de Jake do confessionário.

O PRINCÍPIO DA TEMPESTADE

Jake só tinha uma leve noção de italiano, mas tinha certeza de que *chi* significava "quem". Naquela hora, lembrou-se da frase que os pais tinham escrito. O homem que deu nome à América.

— Américo Vespúcio...? — respondeu ele, com seu melhor sotaque italiano. Houve silêncio por um momento. Em seguida, ele ouviu um leve estalo, e a parte de trás da parede do confessionário deslizou e se abriu, revelando uma passagem. Jake entrou e a parede se fechou atrás dele.

13 A SOMBRA DO MAL

A passagem que se estendia à sua frente era sombria e úmida, formada por paredes de pedra grossa. Jake viu uma pessoa vestida com uma capa desaparecer na extremidade e seguiu-a com cautela.

Passou pela abertura e chegou a uma antessala grande e escura, de formato circular e com teto abobadado. A luz suave vinha de uma passagem idêntica do outro lado da sala. Jake viu uma silhueta desaparecer por ela.

Ele cruzou o espaço com os olhos fixos na passagem. Tropeçou em uma beirada e ouviu um ruído de pedras caindo. Na mesma hora, parou, olhou para baixo e quase engasgou: abaixo dos pés dele havia uma enorme abertura circular que descia para um abismo sombrio. Uma velha escada de pedra descia em espiral até a escuridão. Lá dentro estava úmido e coberto de musgo; o som de gotejar ecoava lá de baixo. Jake calculou que devia descer até bem abaixo dos canais de Veneza.

Ele rapidamente deu um passo para trás e contornou a beirada, ainda olhando, espantado. Passou debaixo do arco que levava a uma sala grande: um "estúdio" com pé-direito duplo e

O PRINCÍPIO DA TEMPESTADE

janelas que iam do chão ao teto e eram cobertas com grades. O homem com a capa vermelha cruzava o aposento para chegar a outra passagem um pouco mais à frente.

— Não consigo fazer isso — disse Jake de repente para si mesmo, virando-se. Mas logo parou, pensando: *Você não tem escolha!* Ele cerrou os punhos e voltou para o salão. Por um momento, ficou ali de pé, paralisado.

O aposento tinha vista para um canal estreito. Amanhecia, por isso levou um momento para Jake se acostumar à iluminação estranha. Havia fileiras de longas mesas de madeira, cada uma com seu banco de carvalho. Havia candelabros baixos pendurados em intervalos regulares, mas nenhum estava aceso. À sua esquerda havia outra passagem, mas estava fechada por um robusto portão de ferro.

Quando Jake se aproximou de uma das mesas, bateu o dedão do pé em uma coisa de metal e viu várias argolas de ferro presas no chão.

Sua atenção foi então capturada por uma série de grandes ilustrações sobre as mesas: pergaminhos com diagramas complicados desenhados. Ao lado deles, havia penas em potes de tinta. Jake examinou um dos desenhos. O cabeçalho o fez ter um sobressalto. Era uma palavra escrita em tipografia gótica:

SUPERIA

— *Superia...* — Jake sussurrou o nome para si mesmo. — *Encontrem o Ápice de Superia.* — Ele se lembrou claramente da mensagem que os pais tinham enviado ao Ponto Zero.

Abaixo estava um símbolo como o que havia entalhado no peitoril de Jake: uma cobra enrolada em um escudo. O pergaminho estava coberto de plantas complicadas e elevações que mostravam um prédio de proporções incríveis. Era alto como qualquer arranha-céus moderno e tinha pelo menos quarenta andares, segundo a estimativa de Jake. Mas o estilo era antigo, com uma sucessão de janelas góticas em arco e detalhes de gárgulas. Parecia uma visão sombria do futuro vista por olhos do século XVI. O desenho o deixou inexplicavelmente nervoso. Jake olhou com mais atenção e reparou que cada janela tinha grades.

Na mesa ao lado, um desenho mostrava uma enorme passagem em arco, austera e colossal ao mesmo tempo, mas pontuada por centenas de janelas redondas, todas com grade.

Jake continuou a olhar pela mesa e examinar as ilustrações. Cada uma tinha a mesma palavra no alto, o mesmo símbolo da cobra e escudo; cada uma mostrava a planta de uma estrutura magnífica. Jake se lembrou da descoberta que fizeram na padaria. A única pista que os pais tinham conseguido eram os arquitetos desaparecidos. Não poderia ser coincidência.

De repente, ouviu passos se aproximando em um dos corredores e rapidamente procurou um lugar onde pudesse se esconder, mas não havia tempo. Ele se recolheu às sombras quando seis guardas, todos usando as mesmas capas vermelhas, entraram na sala. Eles carregavam tochas e começaram a acender as grossas velas dos candelabros.

Jake parou de respirar quando um dos guardas começou a se aproximar dele.

Mas o guarda não pareceu desconfiado: afinal, Jake estava vestido como eles. Ele passou uma tocha para Jake e deu uma instrução (estranhamente, em inglês) para que ajudasse os outros. Quando Jake pegou a tocha, ele viu rapidamente o rosto por debaixo do capuz vermelho: pertencia a um garoto alto de cabelo cortado, olhos frios e uma atitude assustadoramente madura. Olhou para os outros: havia garotas e garotos, mas os rostos eram todos iguais, de lábios apertados, duros, sem expressão. Eram como robôs. Ele soube instintivamente que, se não quisesse ser notado, teria de agir como eles.

Quando Jake começou a acender as velas, um dos guardas pegou um grande molho de chaves no bolso e destrancou o portão que bloqueava o corredor à esquerda.

— *Svegliati!* Acordem! Ao trabalho! — ordenou ele.

Houve um som de pessoas se mexendo, de correntes batendo e de vozes murmurando. Alguns momentos depois, uma fila de doze homens, todos presos pelas mãos e pelos pés, entrou na sala. Era uma visão perturbadora. Jake percebeu que já tinham sido pessoas prósperas. Suas roupas, agora em péssimo estado, eram boas. Foram levados para a sala como animais.

Um de cada vez, foram tirados da corrente, depois levados aos assentos nas mesas e presos aos anéis de metal no chão.

Jake não tinha dúvida de que eram os arquitetos desaparecidos. Com as mãos agora livres, um deles tentou passar um pedaço de pão para o velho homem que estava de pé atrás de si. O vizinho sorriu com gratidão ao pegar, mas em um piscar de olhos um cassetete o atingiu no pulso, o pão caiu no chão e foi chutado para o canto ao lado de Jake.

— Trabalhe agora! — gritou o guarda.

O velho obedeceu. Ele se sentou a uma das mesas e com a mão magra e trêmula ergueu a pena e começou a desenhar.

— Todos ao trabalho! — O guarda bateu com o cassetete na mesa com força.

Jake lutou para manter o rosto sem expressão embora o nervosismo crescesse dentro dele. Viu-se tateando dentro da capa para ver se a espada ainda estava lá.

OS GUARDIÕES DA HISTÓRIA

À medida que os arquitetos trabalhavam, ele os observou com mais atenção: seus rostos estavam pálidos e os olhos, fundos de desespero. O velho que não tinha podido comer o pão era o mais digno de pena. Enquanto trabalhava, seus olhos piscavam e os lábios brancos murmuravam baixinho. A visão desse pobre homem encheu Jake de raiva. A crueldade com os fracos era uma coisa que ele sempre odiara. Uma vez, em frente à escola, vira um grupo de valentões zombando de um garoto muito mais novo cuja perna precisava de um apoio de metal. Jake interveio corajosamente, mas levou um soco na barriga. O garoto não mostrou gratidão (disse para Jake que ele só atraíra *mais* a atenção dos valentões), mas Jake teria feito a mesma coisa de novo. Sua família era assim: eles defendiam as pessoas.

Todos os olhares se viraram quando uma porta do outro lado do salão foi destrancada. Sem pensar, Jake se abaixou, pegou o pedaço de pão e deu um passo para soltá-lo no colo do velho, que olhou para cima, sem entender. Jake respondeu com um olhar austero e voltou para sua posição.

Uma figura brutal entrou na sala, seguido de um mastim de aparência selvagem. Jake tremeu: era o homem com as cicatrizes que estava no cais, o capitão Von Bliecke. O capitão pegou uma grande jarra de água, tomou um gole e jogou o resto na cabeça para se despertar. O cachorro bocejou e se espreguiçou, depois andou pela sala, farejando. Jake ficou rígido quando o animal se aproximou dele. Agora podia ver a extensão de seus ferimentos: além da orelha arrancada e da cabeça cheia de cicatrizes, um dos olhos estava entreaberto e o flanco não tinha pelo. Ele sentiu um cheiro interessante e apertou o nariz frio e molhado contra a mão de Jake. O garoto se encolheu. Seu sangue ficou gelado nas veias quando

O PRINCÍPIO DA TEMPESTADE

o lábio superior do cachorro se retraiu e um rosnado baixo se ouviu.

— Felson! — gritou Von Bliecke.

Com relutância, o cachorro se afastou de Jake e andou até seu dono, que jogou um osso no canto. Felson se jogou sobre ele e começou a arrancar pedaços de carne. Jake suspirou de alívio. Enquanto isso, Von Bliecke tirou uma longa navalha do bolso e começou a raspar os fios de cabelo escuro que cresciam na cabeça, ignorando os cortes no couro cabeludo.

Jake o observou com o canto do olho. Sabia que aquele homem podia saber onde estavam não apenas Nathan, Topaz e Charlie, se ainda estivessem vivos, mas também seus pais desaparecidos. Talvez esse monstro até soubesse alguma coisa sobre seu irmão, Philip.

Depois de quase uma hora, com um olho nos arquitetos e outro em Von Bliecke (que poliu uma quantidade enorme de armas), Jake reparou que havia movimento no canal do lado de fora da janela. Uma gôndola coberta por um toldo preto. Quatro guardas de capa vermelha desembarcaram, prenderam a embarcação e ficaram em posição de sentido, com as cabeças abaixadas. Uma garota surgiu debaixo do toldo e desembarcou.

Von Bliecke também os viu chegar. Suas sobrancelhas escuras se franziram quando anunciou em voz baixa:

— Mina Schlitz...

Ao som do nome dela, todo mundo, tanto os prisioneiros quanto os guardas, ficou paralisado de medo.

Um pouco depois, houve uma batida firme na porta.

Felson andou até lá e farejou a parte de baixo da porta. De repente, enfiou o rabo entre as pernas e correu para debaixo de uma mesa, choramingando. Von Bliecke foi até lá, girou as quatro trancas e abriu a porta.

Mina Schlitz entrou no aposento, seguida por seu séquito. Era uma adolescente mais ou menos da idade de Jake e tinha uma frieza controlada, olhos escuros e cabelo comprido, liso e preto como um corvo. Usava uma saia pregueada e um corpete ajustado ao corpo. Uma boina de veludo enfeitava o rosto branco e perfeito, e uma pérola estava pendurada em um cordão escarlate em seu pescoço. Enrolada em seu braço estava uma cobra viva e fina, que tinha marcas vermelhas nas costas. Ela ondulou quando a garota a acariciou de leve com os dedos pálidos.

— *Guten Tag, Fräulein* Schlitz. Fez boa viagem? — murmurou Von Bliecke, com uma reverência de cabeça. Ele era um soldado experiente e tinha o dobro da idade dela, mas também ficou tímido naquele momento.

A garota ignorou a pergunta, ergueu a serpente e beijou-lhe a cabeça, depois a colocou cuidadosamente em uma caixa presa em seu cinto. Ninguém ainda ousava se mexer enquanto ela passava os olhos intensos pela sala.

— Terminem seus desenhos — disse ela para os arquitetos, com a voz parecendo ácido corrosivo, antes de se virar para Von Bliecke. Tinha um leve sotaque alemão, mas seu inglês era claro e preciso. — Capitão, você tem de levar imediatamente os agentes capturados para o castelo Schwarzheim.

Jake apurou os ouvidos. Com certeza ela estava falando de Topaz, Nathan e os outros. Ele se consolou pela notícia de que deviam estar vivos.

— *Und Doktor Talisman Kant... ein...* — começou a falar Von Bliecke, mas foi silenciado por Mina.

— Inglês! — disse ela, com firmeza. — A língua real é inglês.

Von Bliecke respirou fundo e prosseguiu:

— E o *Doktor* Kant? E o encontro em Bassano? — perguntou.

O PRINCÍPIO DA TEMPESTADE

— Você foi transferido. *Eu* vou me encontrar com o *Doktor* Kant. — Mina olhou para os guardas. — Esses soldados vão me acompanhar. Em seguida também irei para o castelo Schwarzheim. Isso é tudo.

Von Bliecke olhou para Mina com raiva, depois se virou, pegou suas armas, assobiou para Felson e saiu.

O coração de Jake disparou quando Von Bliecke cruzou a sala à sua frente. Queria desesperadamente ir atrás dele. Se fosse mesmo "levar os agentes capturados", esse homem o guiaria diretamente aos outros. Mas não se mexeu. O que fez foi memorizar cada detalhe da conversa: *Bassano, Doktor Talisman Kant, castelo Schwarzheim...* Ele repetiu os nomes na mente.

Assim que Von Bliecke chegou à porta, Mina falou de novo.

— Para o seu bem, espero que não haja mais erros. — O capitão ficou paralisado, com as costas voltadas para a sala.

— Foram quatro anos de preparação — disse ela, baixinho e com severidade. — Só temos quatro dias agora até o apocalipse. Não podemos fracassar.

Von Bliecke assentiu seriamente e saiu da sala.

Jake ficou pálido. De todas as coisas que ouvira desde que chegara à Itália, essa última era a mais alarmante. *Só temos quatro dias agora até o apocalipse*, dissera Mina. Que apocalipse? O que tinha precisado de quatro anos de preparação?

— Parem de trabalhar agora! — ordenou Mina.

Ela andou pelas mesas, recolheu todos os desenhos dos arquitetos e os colocou em uma pasta enorme. Depois, tocou um sino, e mais doze guardas de capa vermelha entraram na sala.

— Atenção! — gritou ela, e o grupo todo, inclusive Jake, formou uma fila. — Sairemos pelo túnel Veneto — avisou.

— Sigam até as carruagens em fila única.

OS GUARDIÕES DA HISTÓRIA

Os outros guardas sabiam o que fazer: eles se viraram e marcharam para o aposento onde o enorme buraco levava a um local subterrâneo. Jake entrou na fila e foi atrás. Lá, eles desceram a escada em espiral até o mundo subterrâneo, com as capas vermelhas esvoaçando atrás de si e os passos precisos ecoando no espaço profundo. Conforme o túnel ficava mais escuro e quente, com as paredes úmidas de musgo, Jake se perguntou aonde ele levava. Ergueu os olhos e viu a silhueta tensa de Mina Schlitz seguindo na retaguarda.

Depois de uma longa e vertiginosa descida, chegaram à base do túnel e marcharam por uma passagem em arco em direção a três carruagens, todas com cocheiros em posição. Duas eram abertas em cima e tinham fileiras de bancos rudimentares; e a terceira era polida e preta, decorada com o símbolo da cobra ao redor do escudo.

Quando Jake se virou para ver para onde essas carruagens iriam se dirigir, seus olhos se arregalaram de descrença: ele estava no fim de um túnel, perfeitamente redondo como os do metrô de Londres e iluminado em intervalos regulares por tochas acesas, que prosseguiam sob Veneza até uma longa distância.

Um a um, os guardas de capa vermelha assumiram seus lugares nos bancos das duas carruagens abertas. Jake foi o último de seu veículo. Ao subir, ouviu um leve ruído metálico quando a tesoura caiu do bolso da sua calça. Ficou paralisado, se perguntando se deveria pegá-la ou não. Mina Schlitz tinha acabado de aparecer na passagem, por isso Jake decidiu não atrair atenção para si. Ele se sentou no banco, em cima da capa do vizinho sem querer.

— Desculpe — disse ele, sem pensar. O outro guarda não reagiu; apenas olhou para Jake sem entender e voltou a olhar para frente.

O PRINCÍPIO DA TEMPESTADE

Mina Schlitz estava examinando as carruagens. Jake morreu de medo de ela ver o brilho prateado no chão, mas ela apenas subiu na carruagem fechada e bateu a porta. Pouco depois, os cocheiros estalaram os chicotes e saíram. As grandes rodas pretas da carruagem de Mina passaram por cima da tesoura de Nathan Wylder, e o veículo seguiu pelo túnel.

Jake olhou para as paredes, compostas de milhões e milhões de tijolos. Ficou tão impressionado pela passagem secreta por baixo dos canais da cidade que, por um tempo, esqueceu-se de seus problemas. Forças inimigas usavam aquele caminho com propósitos malignos, mas isso não diminuía o feito impressionante.

O túnel começou a subir gradativamente. Trinta minutos se passaram, até que Jake viu um ponto de luz do dia à frente. Mais vinte minutos se passaram até que chegassem ao ar livre. O túnel levara a um bosque. Quando saíram dele e chegaram ao alto de um monte, Jake olhou para trás e viu a lagoa veneziana abaixo de si. Suspirou. Apesar de seu medo e de sua ansiedade, estava de repente empolgado pela perspectiva de aventura.

Os três veículos seguiram para o norte, na direção de Bassano.

14 Notícias Indesejáveis

Era uma manhã resplandecente e revigorante no monte Saint-Michel. Os preparativos finais para a festa de aniversário de Oceane Noire estavam em andamento desde o nascer do sol. O evento aconteceria no salão de reuniões na noite seguinte.

Oceane Noire nascera em Versalhes, na luxuosa corte de Luís XV. Era uma época e um local de extravagância únicas e Oceane amara cada momento passado lá: os banquetes, as roupas, os banhos luxuosos de água de jasmim e pétalas de rosas.

Quando a Revolução Francesa irrompeu, em parte por causa do comportamento de pessoas como ela, Oceane ficou extremamente irritada: interrompeu uma temporada intensa de bailes de debutantes. Corria um boato de que ela criara para Maria Antonieta a famosa frase: "Se não têm pão, que comam brioches." Mas quem a conhecia dizia que Oceane jamais teria desperdiçado brioches com pessoas que não sabiam apreciá-los.

Enquanto a maior parte dos aristocratas franceses fugia pelo canal, os pais de Oceane (agora aposentados e morando

O PRINCÍPIO DA TEMPESTADE

em Cabo de Antibes, mas ótimos agentes na época deles) arrastaram a filha mimada pelo resto do século, para a segurança dos anos 1820 e do período romântico.

Depois disso, as coisas só pioraram. Oceane achava que a vida era comum; ansiava em vão que aqueles dias de opulência retornassem. Então, para a festa, embora não apreciasse muito fazer quarenta anos, decidiu que mudaria o conceito de luxo no Ponto Zero.

Todas as manhãs, um infindável fluxo de mercadores (floristas, fornecedores de carne de caça e até confeiteiros) chegava do continente com seus produtos para o banquete: toalhas de linho especial para as mesas; cestos de faisões e codornas; chocolates, nougat e café de Paris; peônias e delfinos para a decoração.

Só em raras ocasiões os moradores locais podiam entrar no monte. Por isso, quase todos eles, embora fingissem um ar de enérgica eficiência, estavam de olho aberto para qualquer coisa digna de fofoca. É claro que ninguém sabia o que realmente acontecia lá, que era o quartel-general do Serviço Secreto dos Guardiões da História. As pessoas acreditavam que era uma comunidade de escritores e pintores. Mas isso, é claro, não diminuía o apetite deles por fofoca.

Os ocupantes da ilha tinham de desempenhar seus papéis sem despertar desconfianças. Naquela manhã, Norland distribuíra um comunicado redigido por Jupitus Cole: como haveria a circulação de moradores locais naquele dia, disse ele, todos deveriam, "sem exceção", estar vestidos com roupas da época. Com essa finalidade, o *Signor* Gondolfino abrira o departamento de figurino ao amanhecer e estava trabalhando sem parar.

No salão de reuniões, Oceane supervisionava os floristas com olhos tão duros e brilhantes quanto os diamantes valiosos que trazia pendurados nas orelhas. Rose Djones entrou, enfeitiçada pela decoração magnífica, e se deslocou até onde Oceane estava.

— Está tudo grandioso aqui — afirmou ela. — Vai haver dança?

Uma nuvem desceu sobre o rosto de Oceane.

— Você vem, é?

— Não estão todos convidados?

Oceane ficou tensa.

— A exigência de traje é rigorosa, sabe?

— Tenho em algum lugar aqui o vestido que Olympe de Gouges me emprestou. Espero conseguir entrar nele. É incrível o que se pode fazer com um pouco de linha invisível.

— Ou, é claro, você pode acabar parecendo gorda e se sentindo idiota — respondeu Oceane.

Rose sabia que não devia levar nada que Oceane dizia a sério, mas não conseguiu resistir a um pouco de diversão.

— Cinquenta anos hoje? Você está ótima mesmo.

Oceane fez uma expressão imóvel de horror.

— *Comment?*

— Espero estar bem assim quando eu chegar ao temido meio século.

— *Quarante* — sibilou Oceane. — *J'ai quarante ans!* Quarenta.

— Ah, nesse caso... — Rose observou o rosto da adversária. — Tudo faz mais sentido.

— *A vrai dire, je suis très occupée.* Estou muito ocupada. — Oceane ergueu o nariz, virou-se e perguntou para as pessoas no salão: — Alguém viu Norland? Precisamos finalizar os cardápios *immédiatement!*

Um criado que estava no caminho quando ela seguiu em frente recebeu uma batidinha de leque.

O PRINCÍPIO DA TEMPESTADE

Rose saiu do salão e subiu a escadaria, com a mente se voltando para coisas mais sérias. Na véspera, recebera a notícia de que o sobrinho desaparecera e fora para Veneza com os outros. A mensagem Meslith de Charlie chegou tarde da noite: Jake se escondera no *Campana*. Rose soube imediatamente o motivo. Fora atrás dos pais. Ela se sentia apavorada por ele, mas também imensamente orgulhosa. Se ela ainda tivesse a coragem que tivera na juventude, teria feito o mesmo.

Quando Rose chegou à porta da suíte de Galliana, Norland estava saindo.

— Oceane Noire está procurando você. Acredito que seja urgente — disse ela.

— Urgente? — respondeu Norland, com um sorriso malicioso. — Nesse caso, acho que vou tomar um banho de banheira. — Ele soltou uma gargalhada alta e desapareceu pelo corredor.

— Galliana? Você está aí? — perguntou Rose, pela porta aberta.

O galgo, que estava tirando a soneca da manhã, ergueu as orelhas e sacudiu o rabo. Galliana saiu de dentro do quarto.

— Rose, obrigada por vir. Coloquei chá Lapsang no fogo.

Elas se sentaram nas poltronas do escritório de Galliana, tomando o chá em xícaras de porcelana. Rose sempre adorara aquele quarto. Havia cristaleiras de vidro em todos os lados, cheias de objetos adquiridos nas muitas viagens de Galliana pela história: coleções de bustos de mármore, estátuas de jade, peças de xadrez, leques espanhóis, estalactites de pedra calcária, fósseis de dinossauros, borboletas e besouros, espadas de duelo e adagas antigas. Em meio a esse tesouro, Galliana estava sentada com as costas eretas, o sorriso caloroso e os olhos cheios de sabedoria.

OS GUARDIÕES DA HISTÓRIA

— Você é a única pessoa em quem sinto que posso confiar completamente — disse ela, ao passar para Rose um prato de doces.

— Doces franceses *de verdade*. Como consegui viver sem eles? — Rose pegou um deles, de aparência deliciosa. Seus dedos pairaram sobre um *baba au rhum* e um Mont Blanc, acabando por escolher um mil-folhas cheio de creme. — Meu Deus, eles deveriam trazer um alerta — suspirou ela, ao dar uma mordida. — O que aconteceu?

— Acho que há um informante entre nós — disse Galliana, com frieza.

Rose parou de engolir. Em seguida, engoliu o resto do doce de uma vez.

— Prossiga — afirmou ela, com seriedade.

— Primeiro, recebi isto do agente Wylder tarde da noite de ontem. — Galliana pegou uma mensagem Meslith e a entregou para Rose.

Rose leu em voz alta:

— *Príncipe Zeldt vivo!* — Ela sufocou um grito. Galliana fez sinal para que prosseguisse. — *Eles sabiam que estávamos chegando. Possível espião...* É tudo o que diz? Está todo mundo bem?

— Não sabemos. A mensagem pode ter sido interrompida. Teremos de esperar para descobrir. Mas, Rose, se *houver* um espião, tenho razões para acreditar que ele ou ela pode estar entre nós, no Ponto Zero.

— É mesmo? Meu Deus do céu. — Rose esticou a mão e pegou o *baba au rhum* para aliviar o choque. — O que faz você pensar isso?

— Como você sabe, qualquer mensagem Meslith que chega da história é enviada imediatamente, por um tubo, para minha escrivaninha daqui. — Galliana apontou para onde os pacotes cilíndricos eram depositados na mesa dela. — Só *eu* leio essas mensagens, e elas permanecem secretas até que eu decida divulgar o conteúdo. Este é o comunicado que recebi ontem de Charlie Chieverley — prosseguiu ela, passando outro pergaminho para Rose. — Olhe para a extremidade inferior direita. — Ela pegou uma velha lupa com uma pequena vela presa à base e a entregou para Rose.

Rose o inspecionou.

— Isso é uma impressão digital? — perguntou ela.

— Meia digital, com certeza. E não é minha.

— Mas como qualquer outra pessoa poderia ter colocado as mãos nisso?

— Só posso concluir que alguém entrou no meu escritório ilicitamente. Só duas pessoas têm a chave de todas as suítes do castelo: eu... e Jupitus Cole.

— Você acha que ele é o informante?

— Digamos que eu gostaria que não fosse.

— Como você sabe, Galliana, há pouca afinidade entre mim e Jupitus. Mas espião? Será que isso é possível? Outras mensagens tiveram marca de digital?

— Até agora, não. Mas isso não significa nada. Suponho que precauções devem ser tomadas, luvas e coisas do tipo. A marca nessa mensagem deve ter sido acidental. Rose, o que preciso que você faça é o seguinte: esta noite, durante a festa de Oceane, quero que faça uma busca no quarto de Jupitus Cole.

— É mesmo? Meu Deus... É sério?

Galliana entregou uma chave a Rose.

— Com isso, você vai poder entrar no quarto. Primeiro, você precisa encontrar alguns papéis que possamos usar para comparar a digital. Além disso, precisa procurar pistas que o liguem a Zeldt, ao Exército Negro ou a qualquer outra organização hostil. Entendido?

— Tenho uma missão! — Rose quase deu um gritinho de empolgação. — Depois de quinze anos, tenho uma missão!

— Ela enfiou a chave na bolsa de pano. Em seguida, sua expressão se fechou de ansiedade. — E quanto a Veneza? Vamos mandar reforço?

— Não até sabermos exatamente qual é a situação. O que me leva à minha outra pergunta. Em sua opinião... seu sobrinho... é capaz?

Rose pensou no assunto por um minuto, depois olhou para a velha amiga com seriedade.

— Jake? Ele é um herói. Não tenho a menor dúvida!

O comboio de carruagens seguiu pelo dia quente de julho pelas estradas do interior italiano.

Os jovens "guardas" (os meninos e meninas com quem Jake compartilhava a carruagem) eram todos mais ou menos da idade dele. Fisicamente, eram uma grande mistura, morenos, louros, pequenos, de ombros largos, mas era como se suas personalidades tivessem sido apagadas. Nenhum deles era simpático com os outros e ninguém falava. Obviamente, isso era ótimo para Jake, pois significava que não corria o risco de dizer a coisa errada. Mas ele achava enervante.

Conforme o dia esquentou e o sol começou a subir, Mina gritou uma ordem para o comboio parar. Jake observou-a descer da carruagem preta e olhar ao redor com os olhos de águia. Tinham parado ao lado de um pequeno rio no centro de um vale largo. De um lado, uma floresta de abetos escuros seguia até o morro ao longe. À frente e à esquerda, Jake podia divisar a silhueta de uma cidade: Bassano, supunha ele. Mais além

O PRINCÍPIO DA TEMPESTADE

havia o leve contorno das montanhas, os Alpes, com os cumes brancos de neve.

Satisfeita por achar que o lugar era seguro, Mina ordenou aos guardas que esperavam:

— Vamos montar acampamento.

Houve uma onda de movimentação. Uma grande quantidade de equipamento foi tirada de compartimentos debaixo dos bancos e os guardas levantaram uma fileira de barracas ao lado do rio. Quando Jake fora para um desastroso acampamento em New Forest, aprendera como *não* montar uma barraca. Então agora pelo menos conseguiu parecer profissional.

A primeira estrutura que tomou forma foi o pavilhão portátil de Mina Schlitz. Era preto como carvão, como a carruagem, e tinha o dobro do tamanho dos outros. Depois de montado, ela desapareceu lá dentro.

Uma fogueira foi acesa dentro de um círculo de pedras, e alguns guardas começaram a cozinhar pedaços de carne-seca. Assim como viajaram em silêncio, trabalharam em silêncio, falando apenas o necessário.

De repente, Jake viu um falcão sobrevoando em círculos o acampamento. A ave desceu e pegou um peixe no rio. O peixe lutou em vão, debatendo-se inutilmente enquanto o falcão o carregava para seu lar no alto da escarpa. Ali, outra coisa chamou a atenção de Jake: uma diligência cigana puxada por cavalos, de uma cor amarela característica, percorria o caminho em direção ao acampamento. Um dos guardas, que também vira o veículo, foi até a entrada da barraca de Mina e anunciou:

— Srta. Schlitz, *Doktor* Kant está chegando.

Um momento depois, Mina surgiu de dentro da barraca, observou a diligência com os olhos negros, tirou a cobra da caixa e acariciou sua cabeça delicadamente. Ela se enrolou em seu antebraço como uma pulseira enorme.

Conforme a diligência chegava mais perto, Jake reparou que estava coberta de todo tipo de parafernália que a fazia sacudir e tilintar: instrumentos, ferramentas, panelas e potes. Também havia uma terrível coleção de animais de caça mortos pendurada nela: coelhos, lebres e até um cervo inteiro balançavam de um lado para o outro. O veículo diminuiu a velocidade e parou em frente a Mina Schlitz. O cocheiro era um garoto de não mais de doze anos, um adolescente vesgo, rabugento e com o rosto sujo.

Atrás dele, uma cortina foi puxada; um homem alto apareceu e desceu os três degraus de madeira da diligência. Ele imediatamente fez Jake se sentir desconfortável. Tinha um rosto fino e queimado de sol, que brilhava de suor, e uma barba longa e malcuidada. Apesar do calor, usava um chapéu de pele e uma túnica grossa amarrada com um cinto ao redor do corpo magro. Havia mais instrumentos pendurados no cinto: pequenos telescópios, colheres de medida, adagas e pistolas. Em seus dedos ossudos ele usava uma variedade de grandes anéis com pedras.

Ao ver Mina, seu rosto se retorceu em um sorriso sinistro, que revelou dentes pretos.

— Srta. Schlitz. — Ele fez uma reverência com a cabeça.

— *Doktor* Kant — respondeu ela. — Como estava Gênova?

— Como todas as outras cidades do mundo: cheia de sujeira, fedor e idiotice. — Ele fez uma careta. — Mas vamos deixar a conversa para depois. Primeiro, os negócios. Hermat, a mercadoria!

Hermat, o cocheiro, estava distraído, observando uma borboleta que passava. Ele rapidamente a pegou na mão e a segurou com firmeza enquanto ela lutava para escapar. Com cuidado, arrancou as asas dela.

— Hermat, seu imbecil! Traga a caixa — gritou Kant, e se virou para Mina. — Meu filho, você talvez se lembre, tem a capacidade mental de um peixe. Se não fosse pelo fato de ser o espécime perfeito para meus experimentos, eu provavelmente já o teria livrado do sofrimento.

Hermat não prestou atenção; foi para a parte de trás da diligência e voltou com uma pequena caixa de prata. Jake, pressentindo que isso era importante, chegou um pouco mais perto. Hermat colocou a caixa na mão magra e coberta de joias do pai, que agradeceu com uma bofetada na cabeça dele.

Kant passou a caixa para Mina, entregando-a como se fosse um valiosíssimo *objet d'art*.

— Os frutos de catorze meses de trabalho árduo... — Ele ficou paralisado quando viu a cobra no pulso de Mina se ondular e mostrar a língua fina.

— Ele não morde — assegurou Mina —, a não ser que eu mande... — A serpente sibilou para Kant e depois se enroscou no antebraço dela. Ela abriu a caixa e inspecionou o conteúdo. Um sorriso brincou em seus lábios.

Jake chegou para a frente, tentando ver o que havia dentro, mas Mina fechou a caixa de repente.

— Você e você — disse ela de repente, apontando para Jake e para outro guarda. — Busquem para Doktor Kant o baú no compartimento traseiro da minha carruagem.

Jake, com o coração em disparada, seguiu em direção à carruagem preta de Mina. Ele e o outro guarda abriram um compartimento de madeira e ergueram o baú. Jake ofegou quando sentiu o peso e quase deixou o objeto cair. Usando toda a força que tinham, eles seguiram para onde Mina estava e colocaram o baú no chão. Ela abriu a tampa com o pé, e o rosto de Kant se iluminou: estava cheio quase até a borda de moedas de ouro. Ele se inclinou mais para perto, tremendo de prazer ao enfiar a mão no meio do tesouro.

— Não há nada mais tranquilizante do que o frio toque do dinheiro — disse ele, rindo. — Como sempre, é um grande prazer fazer negócio com você, Srta. Schlitz... Tenho carne de cervo bem maturada — falou ele, apontando para o cervo morto pendurado na parte de trás da diligência. — Vamos comemorar com um jantar. Hermat! Coloque o baú na diligência e solte o animal.

Hermat seguiu as ordens: fechou a tampa e ergueu sem esforço nenhum o baú para colocar na diligência do pai. Em seguida, soltou as cordas das patas do cervo e o deixou cair no chão com um baque.

Jake observou Mina, segurando a caixa de prata presa com firmeza na mão, levar o convidado até o pavilhão negro. Ele pensou... Mina viajara o dia todo com um pelotão de guardas para encontrar esse homem e pagara uma fortuna por uma única caixa de prata. Jake sabia que sua primeira missão era descobrir o que havia nela.

15 Surge o Príncipe Negro

A noite caía à medida que a carruagem seguia pela estrada pedregosa em direção ao castelo, uma silhueta nefasta de torres altas no alto de uma montanha. No banco de trás estava Friedrich von Bliecke e Felson dormia aos seus pés. O capitão contemplou sombriamente seu destino. A missão era interceptar e capturar quatro agentes inimigos em Veneza. Tivera sucesso parcial: estava dolorosamente ciente de que uma missão incompleta seria vista como fracasso.

Preso à traseira da carruagem estava uma robusta caixa sobre rodas. Estava acorrentada e trancada e continha dois seres humanos confinados e famintos: Nathan Wylder e Paolo Cozzo.

Nathan estava praticamente inconsciente. Sua cabeça balançava conforme a carruagem percorria o caminho cheio de pedras. Paolo, que havia doze horas mantinha um olhar de pavor no rosto, olhava por uma fresta na madeira.

— Estamos chegando a algum lugar! — anunciou ele, sem fôlego. — Acho que é um castelo. Um castelo de aparência *horrível*. É aqui, não é? É aqui que vão nos matar.

OS GUARDIÕES DA HISTÓRIA

— Se fossem nos matar — conseguiu dizer Nathan, em um sussurro entrecortado —, acho que já o teriam feito. O que vão fazer conosco pode ser pior do que a morte.

— Pior do que a morte? O que poderia ser pior do que a morte? — Paolo levou só um momento para responder ao próprio questionamento. — *Tortura?* Está falando de *tortura?* — perguntou ele, em tom de desespero.

— Vamos cruzar os dedos para que seja o potro... aquelas roldanas, sabe? — Nathan tentou dar um sorriso. — Estou precisando desesperadamente me alongar.

Paolo sacudiu a cabeça.

— Não é hora de brincar, Nathan.

— Quem está brincando?

A carruagem seguiu, sacudindo, em direção ao castelo.

No primeiro andar do castelo havia uma biblioteca, que era um salão longo e escuro cheio de prateleiras de livros grossos e antigos. Em cada recôndito escuro (e havia muitos nesse espaço assombroso) havia uma estátua sobre um pedestal: guerreiros, governantes e tiranos, com os rostos poderosos imortalizados, esculpidos em mármore. Ao longo do aposento havia uma série de lareiras com fogo crepitando. Uma mesa colossal ocupava o centro. No trono em uma das extremidades, havia um homem.

Ele era pálido e estava imóvel. Sobre o ombro levava uma capa longa de pele escura e lustrosa, da qual olhavam ocasionais pares de olhos mortos e vidrados. Debaixo da capa, mais camadas de preto: um gibão justo de veludo e brocado coberto de pedras de ébano com uma gola branca no pescoço.

O PRINCÍPIO DA TEMPESTADE

As portas na extremidade do aposento se abriram com um rangido, e Von Bliecke entrou. Ele andou em direção ao homem no trono, e Felson obedientemente o acompanhou. Parou em frente à mesa e bateu os calcanhares.

— Príncipe Zeldt — murmurou ele, com uma reverência de cabeça. — Venho de Veneza.

Ao primeiro olhar, Zeldt parecia um garoto — um garoto um tanto pálido. Suas feições eram bem definidas e desprovidas de cor, os olhos de um azul claro e transparente, o cabelo arrumado de um louro platinado. Mas, quando a luz do fogo da lareira dançou em seu rosto, uma imagem diferente surgiu. Ficou claro que ele estava longe da juventude. As camadas de pele transparente do rosto dele escondiam uma idade incalculável: ele podia ter quarenta, cinquenta anos ou ser ainda mais velho.

Zeldt observou Van Bliecke com olhos inexpressivos.

— Os prisioneiros? — Ele falou com voz clara e precisa.

— Lá fora.

O príncipe sinalizou com os dedos, e um guarda trouxe Nathan e Paolo, acorrentados juntos. Paolo estava quase histérico, mas Nathan observou tudo enquanto andava.

Zeldt olhou para eles com expressão vaga.

— Só dois? — perguntou ele. — Onde está Srta. St. Honoré? Não deixei claro que ela era nossa prioridade?

Von Bliecke limpou a garganta.

— Srta. St. Honoré conseguiu fugir da captura, senhor, junto com o agente Chieverley. Não pôde ser evitado.

Zeldt empurrou o trono para trás e ficou de pé. Ele se aproximou de Nathan e Paolo e os examinou de todos os ângulos. Paolo choramingou de pavor, mas Nathan deu um sorriso ousado.

OS GUARDIÕES DA HISTÓRIA

— Boa noite — gemeu ele. — Está quente aqui, não é?
Zeldt o ignorou e aproximou-se de Von Bliecke como uma sombra escura.
— E quanto ao *quinto* agente? — sussurrou ele.
— Quinto? — O capitão engoliu em seco. — Não. Quatro agentes. A missão era para interceptar *quatro*.
O príncipe ergueu a mão magra para silenciá-lo.
— Recebemos informações de nosso contato no Ponto Zero dizendo que mais um agente se juntara à missão. O garoto Djones.
Nathan e Paolo se entreolharam com o canto dos olhos. Von Bliecke estava começando a suar.
— Obviamente, você não estava ciente desse desdobramento — prosseguiu Zeldt, em tom sepulcral —, mas se tivesse feito seu trabalho direito teria interceptado *todos* os agentes.
Von Bliecke assentiu, concordando.
— Vossa Alteza está certo. Foi um deslize da minha parte.
Por um momento, a expressão rígida de Zeldt não se alterou. Mas logo ele pareceu relaxar, e um leve sorriso iluminou seu rosto.
— Você está certo, não pôde ser evitado.
O capitão soltou um suspiro de alívio: sua vida poderia ser salva, afinal.
Zeldt andou lentamente em direção a uma porta na lateral da sala. Era feita de metal, como a porta de um cofre, e na frente, também como em um cofre, havia uma roda e uma única maçaneta de bronze na forma de cobras enroladas. Ele girou a roda, e a porta se abriu com um barulho, revelando um pequeno aposento.

O PRINCÍPIO DA TEMPESTADE

— Você viajou o dia todo. O jantar será servido aqui. — O príncipe fez sinal para Von Bliecke entrar.

O capitão assentiu com ansiedade e cruzou o salão, com o cachorro sempre ao lado.

— Obrigado, obrigado. Da próxima vez não cometerei erros, prometo.

— Pode deixar o cachorro.

Todo o sangue sumiu do rosto do capitão.

— Senhor?

— O cachorro. Deixe-o.

— Sim... é claro.

Von Bliecke limpou a testa e olhou para Felson, apavorado. Ele passou a mão cheia de cicatrizes na cabeça do cachorro e assentiu para ele. Felson choramingou, mas seu dono passou pela porta e entrou no aposento. Parecia estar vazio.

— Tem uma saída do outro lado — disse Zeldt, com um sorriso enigmático. Ele fechou a porta e girou as cobras de bronze até trancá-la.

Von Bliecke quase gritou ao ser envolvido pela escuridão total. Seu peito subia e descia. Em seguida, ouviu o som de pedra se arrastando, e a parede dos fundos começou a se deslocar, revelando outro espaço escuro. As paredes ficaram imóveis e o capitão foi investigar.

— Deus me ajude... — sussurrou ele, apavorado, ao olhar para o espaço à sua frente.

Ele tinha ouvido falar desse lugar diabólico, mas sempre supusera que fosse um mito para assustar o Exército Negro de Zeldt. Aquele local ficava sobre um muro que dava vista para um largo espaço, contendo um labirinto bizantino de velhas escadarias e patamares, justapostos no que pareciam configurações ilógicas. Algumas escadas subiam, outras se dobravam em ângulos retos, enquanto outras pareciam estar de cabeça para baixo.

Na parede oposta, o capitão pensou conseguir ver um leve retângulo de luz. Calculou que aquela era a "saída" que o príncipe Zeldt havia mencionado. Era sua única chance, embora Von Bliecke fosse inteligente o bastante para saber que essa chance era quase zero.

Ele cuidadosamente colocou o pé na série de degraus mais próxima. Mas a escadaria, construída em um ângulo nada natural, era cruelmente ilusória, e seu pé entrou em contato apenas com o ar. Ele caiu de uma altura de seis metros e gritou de dor quando os ossos de seus tornozelos se estilhaçaram.

Ele se virou e viu três serpentes, com corpos grossos como postes, deslizando no chão em sua direção. As cobras assumiram posição de ataque e abriram as mandíbulas negras.

Na biblioteca acima, Zeldt escutou com atenção os gritos de sofrimento. Felson estremeceu e Paolo arfou.

Quando os gritos pararam, o príncipe voltou ao seu trono.

— Quando falei que o jantar estava servido, talvez ele não tenha entendido... *Ele* era o jantar. — Ele olhou para Nathan e Paolo. — A vida é tão fugaz — refletiu, com voz melancólica. — É preciso aproveitar cada momento.

— Eu só queria contar sobre o agente que você *não conseguiu* capturar — disse Nathan. — Provavelmente é o melhor que o serviço já teve. Você está condenado, totalmente condenado.

Zeldt sorriu fracamente ao instruir o guarda.

— Leve-os para dentro da montanha. Tranque-os no escuro.

Paolo choramingou incontrolavelmente ao ser arrastado para fora do salão com Nathan.

O PRINCÍPIO DA TEMPESTADE

Nathan ainda estava gritando.

— Não acredita em mim? Espere. Jake Djones é nosso agente mais brilhante. Ele já está atrás de você. E tenha cuidado: ele é cruel, ágil, *sagaz*, como um jaguar!

16 Encontro na Floresta

Jake tropeçou em um dos cabos e caiu no chão. Quando seu joelho bateu em uma pedra, seu rosto se contorceu em uma careta silenciosa de dor. Ele olhou ao redor para ter certeza de que ninguém o tinha visto e se levantou.

Eram quase dez horas da noite, e a maior parte dos outros guardas estava dormindo. Três sentinelas, claramente visíveis à luz da lua e cada uma com um lampião, montavam guarda na beirada do acampamento. Jake estava nas sombras atrás das barracas, observando a atividade no pavilhão de Mina.

Havia luz de velas lá dentro, e ele podia ver claramente Talisman Kant e Mina Schlitz terminando o jantar. Kant acabou por se levantar, fazer uma reverência e sair. Jake observou a silhueta do doutor ir até a carruagem, subir nela e bater a porta atrás de si.

Agora era a hora de agir.

A mão de Jake tremia quando ele pegou o isqueiro que Nathan lhe dera. Ele se ajoelhou, acendeu o isqueiro e levou a chama até o amontoado de grama seca que segurava na outra

O PRINCÍPIO DA TEMPESTADE

mão. O fogo estalou, e Jake colocou-o no pé da barraca mais próxima. A lona seca pegou fogo instantaneamente e logo foi engolfada por uma chama brilhante. Tudo aconteceu ao mesmo tempo: guardas apareceram gritando, confusos, as sentinelas saíram correndo de seus postos e todo mundo começou a pegar água no rio. O fogo se espalhou rapidamente e envolveu a fileira de barracas. Quando Jake viu Mina sair do pavilhão de camisola e ir em direção à confusão do incêndio, ele correu pelas sombras, contornou a barraca dela e entrou.

O coração de Jake estava disparado, e seus olhos percorreram o aposento em busca da caixa de prata. A barraca era pouco mobiliada: havia uma escrivaninha, uma pequena arca e várias peles de animal espalhadas pelo chão. Em cima da escrivaninha havia uma pena em um pequeno pote de porcelana com tinta verde e uma folha de pergaminho, preenchida com uma caligrafia caprichada e recente. O cabeçalho da página continha estas palavras familiares:

CONVIDADOS DA CONFERÊNCIA DE SUPERIA, CASTELO SCHWARZHEIM

Abaixo disso havia uma longa lista de nomes de todas as nacionalidades: italianos, espanhóis, russos, holandeses... Ao lado de cada nome, havia palavras escritas: *ouro, estanho, grãos, peles* e assim por diante. Jake rapidamente dobrou o pergaminho e o enfiou no bolso interno.

Ele percebeu que estava perdendo o foco: fora ali pela caixa. As gavetas da arca baixa não revelaram nada. Jake se virou com desespero, mas naquele momento seus olhos a encontraram, no meio da cama de Mina. Ele a abriu e viu dois frascos de vidro. Um era uma cápsula selada, sem tampa ou fundo evidentes, com uma certa quantidade de substância viscosa e amarela. O outro era uma garrafa cheia de pó branco, fechada com uma rolha. Jake a pegou e examinou com mais cuidado: o pó tinha a mesma consistência de talco.

De repente, Jake reparou em outra pequena caixa ao lado do travesseiro de Mina, de dentro da qual silenciosamente surgiu uma cobra vermelha mortal. Ele quase engasgou e deixou cair a garrafa de pó.

Por sorte, ela não se quebrou. Jake ficou paralisado. Queria pegá-la, mas a cobra sibilou, dando um aviso diabólico. Em seguida, ouviu passos se aproximando. Ele pulou para o canto e se cobriu com um tapete de pele assim que Mina entrou.

Ela pegou um par de luvas de couro de dentro da arca de carvalho e rapidamente saiu de novo. Mas antes parou na porta, sentindo que alguma coisa estava fora do lugar. Ela se virou lentamente, viu a garrafa no chão e a caixa de prata aberta sobre a cama. Em seguida, viu a cobra indo para o chão e seguindo em direção a um monte de pele nas sombras.

De seu esconderijo, Jake podia ver a serpente deslizar em sua direção. Em seguida, ouviu o som apavorante da espada de Mina sendo desembainhada.

Ele deu um grito e lançou o tapete para o lado, depois virou a arca na direção de Mina e passou por baixo da lona. Arrancou o cabo principal, e a barraca começou a tombar. Jake tentou correr, mas caiu imediatamente, pois uma de suas pernas tinha ficado presa na corda. Ele a soltou, ficou de pé e saiu correndo do acampamento em direção ao bosque que ficava do outro lado do vale.

— Detenham-no! — Mina soltou um grito de gelar o sangue ao sair do pavilhão que despencava.

O PRINCÍPIO DA TEMPESTADE

Cinco guardas correram imediatamente. Armaram-se com arcos e saíram em perseguição à silhueta de Jake, que se afastava. Na beirada do bosque ele parou, sem fôlego, e olhou para trás. Havia pessoas se aproximando, vindas de três direções pelo campo iluminado de luar. Com a mão trêmula, tirou a espada da bainha. A arma se prendeu em sua capa, e ele lutou para soltá-la.

De repente, Jake ouviu um som agudo, uma flecha passou voando ao lado de sua cabeça e acertou uma árvore. Por um segundo, ele ficou imóvel. Outro disparo rápido seguiu o primeiro. Os olhos dele se arregalaram quando a próxima flecha seguiu em sua direção. Com a força de um martelo, ela bateu no centro do peitoril, amassou o metal e caiu com um som metálico.

Jake se virou e correu para o bosque. Seus pés encontravam o caminho entre as árvores automaticamente, as mãos protegiam o rosto dos galhos que o açoitavam. As flechas continuaram a voar, vindas de todas as direções. Logo depois, houve uma agitação no ar mais próxima do que as outras. Ele ouviu o som de rasgo e sentiu uma onda de dor. Uma flecha tinha lhe ferido a lateral do braço, expondo a carne acima do cotovelo. Ele tateou a ferida e sentiu um fluxo de sangue quente.

A adrenalina o manteve em movimento, com os pés firmes no chão do bosque coberto de raízes. Jake ouviu o som de um chifre de caça, virou-se e viu um grupo de cavaleiros correndo por entre as árvores. Mas logo o pé de Jake se prendeu em uma raiz, e ele saiu voando. Houve um estalar de galhos quando o garoto caiu no chão e deu cambalhotas sobre a vegetação rasteira cheia de espinhos. Por fim, bateu em uma árvore, e sua espada caiu de sua mão.

Jake abriu os olhos e viu a lua brilhando pela copa das árvores. Ouviu passos se aproximando e soube que era o fim. Ele se sentia tão burro. Perguntou-se como imaginara que sobreviveria sozinho a um embate contra um exército de outro país e outra época. Os passos se aproximaram, e uma figura envolta em uma capa surgiu no meio da vegetação escura. Era o guarda ao lado do qual Jake tinha se sentado na viagem de Veneza. Os olhos do guarda estavam vazios, sem expressão. Ele pegou a espada e se preparou para matar. Mas o instinto de sobrevivência de Jake entrou em ação. Ele deu um salto, pegou um galho do chão e bateu na cabeça do guarda. Houve um som oco, os olhos do guarda tremeram e ele caiu para trás, colidindo em uma árvore.

O primeiro impulso de Jake foi verificar se o garoto estava bem. Ao olhar para baixo, reparou em um movimento de olhos, que se entreabriram. Ainda estava vivo.

Isto é guerra, Jake disse para si mesmo.

— Desculpe — murmurou ele, ao pegar a espada e sair correndo. Mais uma vez, sua arma se enrolou na capa. — Qual é o meu *problema*? — Ele falou um palavrão, desta vez arrancando a capa dos ombros e deixando-a para trás.

O chifre de caça soou outra vez. Os cavalos se aproximavam dele, resfolegando selvagemente, com os cascos ecoando em meio às coníferas escuras. Jake correu, seu sangue pulsava nas veias e sua respiração estava ofegante. A equipe montada se aproximou. Em segundos o chão atrás dele começou a tremer, e o flanco suado de um cavalo apareceu ao seu lado. Jake olhou para cima e viu a silhueta fantasmagórica do cavaleiro contra a lua. A sombra ergueu um machado e o abaixou na direção dele.

Os olhos de Jake se arregalaram. Em um piscar de olhos, sua mente se encheu de um caleidoscópio de visões: sua mãe e seu pai, seu irmão Philip, sua casa, seu quarto, seu último ani-

O PRINCÍPIO DA TEMPESTADE

versário, os corredores da escola e mais uma vez a mãe, o pai e o irmão. O machado desceu em direção ao seu rosto.

O tempo parou.

A arma parou no ar, acima de Jake. Ele olhou para o cavaleiro: estava caindo de lado, com os olhos vazios. Havia uma adaga em suas costas.

Uma voz saiu do nada.

— Rápido! Aqui!

Jake se virou e viu atrás de si outra pessoa, montada em um cavalo branco, que esticava uma mão enluvada.

— *C'est moi*, Topaz — ouviu ele.

O coração de Jake deu um salto. Ela usava uma capa com um capuz que escondia seu rosto, mas o cabelo dourado era inconfundível. Ele ficou de pé, segurou a mão dela e pulou na garupa do cavalo branco.

— Segure-se firme — gritou Topaz, sem fôlego, ao bater com os calcanhares nos flancos do cavalo.

Ele galopou pela floresta. Jake não era especialista em cavalgar, mas um amigo de Philip tinha cavalos e lhe ensinara o básico: como se sentar em um cavalo, como trotar e galopar. Mesmo assim, nunca saltara nem cavalgara tão rapidamente. Ele se concentrou em manter o equilíbrio.

Os outros cavaleiros se aproximavam, e Jake ouvia seus gritos.

— Há fogos de artifício no alforje — gritou Topaz, quando o cavalo pulou um tronco caído.

— Fogos de artifício? — perguntou ele.

— É uma longa história. Acenda um, vai deixá-los apavorados.

Jake enfiou a mão e pegou um punhado de foguetes.

— Há fósforos aí também.

— Tenho um isqueiro. — Jake pegou o que Nathan lhe dera.

Topaz diminuiu a velocidade quando ele acendeu um dos pavios e apontou o rojão para os perseguidores. Com um assobio alto, o foguete explodiu, e um raio de luz voou pelas árvores em uma nuvem azul-escura brilhante. Dois dos cavalos se ergueram nas patas traseiras, relincharam e jogaram os cavaleiros ao chão. O cavalo de Topaz, também assustado pela explosão, apertou o passo, e ela precisou lutar para reassumir o controle. Jake acendeu outro foguete e o soltou. Esse explodiu ainda mais dramaticamente, em uma miríade de estrelas brancas e azuis. O brilho do terceiro foguete foi tão intenso e ofuscante que os guardas que ainda os seguiam ficaram completamente incapacitados de enxergar.

A égua branca, apavorada, agora corria por entre as árvores. Topaz calmamente retomou o controle sobre ela, e eles saíram da floresta e percorreram o tapete de campos iluminados pela lua, saltando cercas e córregos. Mais uma vez, Jake sentiu a emoção da aventura conforme o vento batia neles.

— Charlie e eu estamos seguindo você desde o túnel Veneto — ofegou Topaz. — Estávamos tentando escolher o momento certo. Mina Schlitz é uma pessoa com quem você não vai querer se meter.

— Você a conhece?

— Compartilhamos um passado — respondeu Topaz, enigmaticamente, ao puxar as rédeas, e eles seguiram por um vale.

Por fim, chegaram a um amontoado de antigas construções de fazenda. Os dois saltaram dos cavalos, e Topaz verificou com cuidado se ninguém os tinha seguido.

— Você está ferido? — perguntou ela a Jake, tirando a echarpe e passando-a para ele. — Amarre seu braço com isto!

O PRINCÍPIO DA TEMPESTADE

Jake hesitou.
— Pegue! — insistiu ela. — Não tenho compromisso social esta noite.
Jake obedeceu: passou a echarpe pelo cotovelo e a apertou com força.
— Siga-me — ordenou Topaz, ao entrar em um celeiro. — Você está diferente de cabelo curto — comentou ela. — Parece mais ousado.
— Estou tão feliz em ver você viva — disse Jake, ofegante, com a esperança secreta de que Topaz parasse para lhe dar um abraço de boas-vindas. Mas ela não deu. Em vez disso, seguiu rapidamente pelas torres de feixes de feno.
— Não temos ideia do que aconteceu com Nathan — falou ela, ao dar uma série de batidas na parede de madeira, em uma espécie de código Morse.
— Ele voltou ao navio e me deu isto — respondeu Jake, indicando o que tinha sobrado da capa vermelha e do peitoril.
— Tentamos imaginar como você conseguiu isso.
As batidas de Topaz foram respondidas por batidas em código vindas do outro lado da parede.
— Ele estava muito ferido — prosseguiu Jake. — E se entregou.
— Imagino que pegaram Paolo também. — Topaz suspirou. — Não consigo imaginá-lo resistindo. — Mais uma vez ela bateu o código na parede, e mais uma vez a parede respondeu.
— Apenas abra a porta, Charlie! — gemeu ela, exasperada.
Um painel de madeira deslizou, e Jake foi cumprimentado com os gritos animados de Mr. Drake, que bateu as asas multicoloridas e voou em círculos no aposento.
— Fiquei com medo de você ter virado defunto — disse Charlie Chieverley, empurrando os óculos no nariz. — Mas Topaz apostou que você sairia dessa.

Jake se virou para ela com um sorriso nos lábios. Ela tirou o capuz e afrouxou a capa. Ele podia vê-la claramente agora. Depois de quase dois dias de ausência, ela parecia mais com uma deusa do que nunca: os olhos azuis intensos brilhavam, e as bochechas tinham ficado vermelhas com a emoção do perigo. Mais do que tudo, Jake queria envolvê-la com os braços, mas decidiu que seria melhor demonstrar o entusiasmo para Charlie e o abraçou com toda a força.

— Obrigado por me salvar! Vocês dois! — exclamou ele.

Charlie fez uma expressão envergonhada para Topaz ao ser quase estrangulado.

— Andei muito ocupado — disse Jake, soltando o amigo por fim. — Vocês ficarão impressionados. Descobri várias coisas.

— Primeiro nos conte — interrompeu Topaz. — Você viu o príncipe Zeldt? Ele está em Veneza? Ouviu alguém falar dele?

— Não *vi* Zeldt — prosseguiu Jake, como se tivesse sido espião a vida toda —, mas o capitão von Bliecke está levando Nathan e Paolo até ele agora. Ele está em um lugar chamado castelo Schwarzheim.

— O castelo Schwarzheim! Eu sabia! — gritou Charlie, batendo na parede. — Não falei? — Ele se virou para Jake. — Nunca se sabe onde ele pode se esconder. Ele tem fortes em todos os cantos da história. Dizem que o castelo Schwarzheim, "o lar negro", o nome que *ele* deu, é claro, é o mais diabólico de todos.

— O que mais você descobriu? — perguntou Topaz.

Jake respirou fundo e olhou para os outros dois com gravidade.

— Mina Schlitz disse que faltam "quatro dias para o apocalipse".

O PRINCÍPIO DA TEMPESTADE

Por um momento, eles fizeram silêncio. Mr. Drake entortou a cabeça e olhou de um para o outro.

— Que apocalipse? — quis saber Topaz.

Jake deu de ombros.

— Não faço ideia.

— E ela disse isso ontem? — perguntou ela.

Jake assentiu.

— Então agora só faltam três dias...

Topaz trocou um olhar sério com Charlie, depois se virou para Jake.

— É melhor você nos contar tudo o que sabe.

17 A TRIBO DIABÓLICA

Jake recontou cada detalhe da aventura, desde os guardas invadindo o *Campana* até a chegada de Mina Schlitz, passando pela descoberta da porta secreta no confessionário da catedral de São Marcos e a das plantas dos arquitetos. Contou sobre a saída de Veneza pelo túnel subterrâneo, a viagem até Bassano, o encontro com o intimidante Talisman Kant e a descoberta dos frascos de vidro. Por fim, mostrou o pergaminho que pegara na mesa de Mina: a lista de nomes que tinha o cabeçalho *Convidados da Conferência de Superia, castelo Schwarzheim*.

Depois que Jake terminou, Charlie e Topaz ponderaram sobre tudo por um tempo antes de falar.

— Essas plantas de prédios em Veneza... — perguntou Charlie, por fim. — Como eram?

— Assustadoras, pareciam ficção científica medieval — disse Jake.

— Aqueles pobres arquitetos. — Topaz sacudiu a cabeça. — Vamos ter de tirá-los de lá.

O PRINCÍPIO DA TEMPESTADE

— E cada uma das plantas tinha o cabeçalho *Superia*? — inquiriu Charlie, de novo.

Jake assentiu.

— E aparecia uma montanha em algum desenho? O ápice de *Superia*?

— Não que eu tenha visto.

— E quanto a Talisman Kant? — Topaz se juntou ao interrogatório. — Você diz que Mina deu a ele um baú de ouro para obter dois frascos de vidro.

— Algum favo de mel e algum talco — acrescentou Charlie, secamente.

— Era o que pareciam — insistiu Jake.

— Mel e talco *muito* caros — suspirou Charlie.

— Então vocês conhecem Talisman Kant, é? — perguntou Jake.

— Nunca fui formalmente apresentada — respondeu Topaz —, mas a reputação o precede. É nojento, não tem nem um osso de integridade no corpo. Ele se intitula "cientista" e conduz experimentos com a própria família, o que explica aquele filho dele. E com a mulher foi ainda pior: ela acabou com as pernas dissolvidas em ácido.

— Então ele trabalha para o príncipe Zeldt?

— Há muito tempo — disse Charlie — ele era membro dos Guardiões da História. Depois de descobrirem que se correspondia com Ivan, o Terrível, sugerindo métodos de tortura em massa, ficou claro que ele não priorizava os interesses do mundo e foi dispensado sem cerimônias. Agora ele trabalha para qualquer pessoa, qualquer pessoa da história, desde que pague o preço certo. Deixe eu ver aquela lista de nomes de novo.

Jake entregou-lhe o pedaço de pergaminho que tinha roubado da barraca de Mina.

OS GUARDIÕES DA HISTÓRIA

— *Convidados da Conferência de Superia...* — Charlie refletiu. — É uma lista impressionante.

— Quem são? — perguntou Jake.

— Reconheço alguns nomes. Bilionários do século XVI, mercadores, comerciantes, magnatas da mineração... As anotações ao lado dos nomes nos dão dicas de como ganharam dinheiro. Que diabos Zeldt está tramando? O negócio todo é tão turvo quanto lama.

— Espere um pouco, deixe eu ver — disse Topaz, pegando a lista. Um pensamento tinha passado pela cabeça dela. — *Mon Dieu!* Fomos tão burros — anunciou. — A resposta está bem aqui. *Convidados da Conferência de Superia... Encontrem o Ápice de Superia.* O ápice não é de uma montanha, é a conferência mesmo!

Charlie pegou a lista e passou os olhos por ela de novo.

— Srta. St. Honoré, você se superou.

— Agora temos o dobro de motivos para ir ao castelo Schwarzheim, e logo — disse Topaz com decisão, juntando seus pertences.

— Onde é? — perguntou Jake.

— *En Allemagne*, Alemanha. É uma viagem de dois dias pelos Alpes. Não temos tempo a perder. Charlie, você consertou o eixo da carroça?

— Posso não ter solucionado o enigma da Conferência de Superia, mas ainda sou um gênio da engenharia.

— Você não precisaria ser um gênio da engenharia se não tivesse sido enganado pelo vendedor em Pádua. — Topaz se virou para Jake. — Ele gastou todo o nosso dinheiro em uma ruína glorificada.

— *E* em dois dos melhores cavalos que já vi — disse Charlie, em sua defesa.

O PRINCÍPIO DA TEMPESTADE

— Tenho dinheiro — afirmou Jake, querendo ajudar e tentando aliviar a tensão.

Topaz verificou por um buraco se o caminho estava livre, deslizou a porta e saiu do celeiro em direção à carroça. Jake achou que ela parecia muito boa. Dois cavalos de aparência robusta estavam bebendo água, junto com a égua branca de Topaz.

Ela passou a mão carinhosamente pela crina da égua, puxou-a e bateu com firmeza nas ancas dela.

— Vá! Vá para casa! — instruiu ela, apontando para uma casa na colina, ao longe. — Peguei-a "emprestada" na noite passada com um cavalariço sonolento — explicou ela para Jake. — Eu precisava de um animal especial para seu resgate.

A égua não se moveu, só olhou com os grandes olhos para Topaz.

— Vá agora! — gritou ela, e desta vez a égua saiu correndo pelo campo. Charlie e Topaz foram prender os outros cavalos à carroça.

A mente de Jake estava girando com uma torrente de pensamentos, mas uma pergunta o importunava incessantemente, principalmente por sua ligação com seu irmão, Philip.

— Todo mundo anda falando do príncipe Zeldt — disse ele —, mas ainda não faço ideia de quem ele seja. O que exatamente ele fez?

A pergunta de Jake obteve silêncio como resposta. Topaz continuou a amarrar as rédeas do cavalo.

Um minuto se passou até que Charlie respondeu:

— Provavelmente não deveríamos falar disso de barriga vazia.

Alguns minutos depois, os três subiram na carroça. Topaz pegou as rédeas, e a carroça saiu pela estrada em direção às montanhas.

Foi um trajeto barulhento e cheio de buracos, mas Jake ficou surpreso com a velocidade com que viajavam. Em meia hora, tinham encontrado uma estrada romana que cortava o campo. As pedras do piso tinham sido alisadas por séculos de uso, por isso a velocidade deles aumentou. O cabelo dourado de Topaz voava na brisa e as penas de Mr. Drake se balançavam enquanto ele olhava serenamente para a paisagem por cima do ombro de Charlie.

— Como vocês escaparam de Veneza? — gritou Jake, mais alto que o som do vento, das rodas e dos cavalos galopantes.

— Mr. Drake salvou o dia — anunciou Charlie com orgulho, dando um amendoim para o pássaro. — Estávamos sendo levados quando meu amigo com penas criou a distração mais incrível do mundo. Um bando de pombos estava dormindo em um telhado, e os pombos venezianos são famosos por ser gordos e mal-humorados, quando Mr. Drake entrou no meio deles e os forçou a saírem voando. Nunca se viram tantas penas furiosas. Aproveitamos o momento e pulamos no canal mais próximo. Depois de uma desagradável navegação submersa, chegamos a um navio mercante chinês.

— Foi de lá que vieram os fogos de artifício! — exclamou Topaz da frente, enquanto puxava as rédeas.

Jake olhou para os morros agora banhados pelo sol da manhã e se perguntou o que estava por vir; que perigos encontrariam quando chegassem a seu destino. Charlie tinha descrito a fortaleza do castelo Schwarzheim como "a mais diabólica de todas". Jake pensou nos habitantes ferozes do castelo e mais particularmente no famoso príncipe Zeldt, "mil vezes mais cruel" do que o pior assassino que pudesse imaginar. Mais do que tudo, Jake se perguntava se o castelo revelaria o paradeiro dos seus pais.

O PRINCÍPIO DA TEMPESTADE

Durante todo o dia eles percorreram estradas romanas, parando brevemente em pousadas à beira da estrada para trocar os cavalos e prosseguir. O sol viajou pelo céu. Os passageiros na traseira jogavam cartas ou conversavam. Charlie, para constrangimento de Mr. Drake, até cantou algumas canções. No fim da tarde, Jake ficou encarregado das rédeas. No começo, teve problemas para guiar, e Topaz e Charlie tiveram de lhe dar uma aula. Mas em pouco tempo ele passou a guiar os cavalos com confiança.

Conforme a noite se aproximava, eles começaram a subir as ladeiras até o passo do Brennero. Os cavalos ofegavam de cansaço, mas logo a estrada começou a ficar plana. Eles pararam na taverna de uma cidade da montanha para trocar novamente de cavalos e comer deliciosas salsichas e chucrute locais.

Depois do jantar, voltaram para a carroça. Era a vez de Charlie guiar. Ele acendeu os lampiões.

— Por que não se junta a mim na frente? — perguntou ele a Jake, que pulou para o seu lado enquanto Topaz subia na traseira. Charlie sacudiu as rédeas, e eles partiram novamente, passando por lampiões cintilantes na saída da cidade.

À meia-luz, Topaz mais uma vez examinou a lista de convidados para a Conferência de Superia. Mas não conseguia parar de bocejar.

— Sei que você é oficialmente a responsável — disse Charlie para ela —, mas devo mesmo insistir que descanse. Você não dorme há dois dias.

— Não preciso, estou bem desperta — insistiu Topaz, mas as pálpebras pesadas a desmentiam. — *D'accord*, dez minutos — concordou ela. Colocou a lista de lado e pegou um pouco de feno para fazer uma cama. — Vou só tirar uma soneca — disse ela ao se deitar, caindo imediatamente em sono profundo.

Mr. Drake, que também estava exausto, saiu voando de cima de Charlie, acomodou-se ao lado de Topaz, ajeitou as penas, escondeu o bico sob a asa e fechou os olhos.

Foi uma noite calma. Depois de viajar em silêncio por um tempo, Charlie limpou a garganta e sussurrou:

— Não costumamos falar sobre a família Zeldt na frente de Topaz. Todos temos razões para odiá-lo, mas ela mais do que nós. Tem a ver com os pais dela.

— Eles mataram os pais dela? — perguntou Jake, diretamente.

— Shhh... — Charlie se virou para verificar se Topaz ainda estava dormindo.

— Desculpe — sussurrou Jake.

Charlie pensou em como responder melhor essa pergunta.

— Não exatamente os mataram, mas foi algo assim.

Jake assentiu com seriedade.

— A dinastia Zeldt vem desde o princípio dos Guardiões da História — prosseguiu Charlie. — Antes até deles serem chamados de *guardiões*. Rasmus Ambrosius Zeldt, nascido na vastidão gelada do norte da Suécia, era contemporâneo e amigo de Sejanus Poppoloe, que descobriu o atomium e fez os primeiros mapas dos pontos de horizonte do mundo. Eram amigos, cientistas visionários e grandes aventureiros. O objetivo deles era explorar a história, entendê-la, mas *nunca* mudá-la. Mas Rasmus ficou cada vez mais instável.

— Instável?

— Criminalmente instável — reiterou Charlie, solenemente. — Por volta dessa época, ele conheceu sua esposa, Matilda, em uma viagem para a Inglaterra durante a guerra civil do século XVII. E, aliás, *ela* é a razão para a família Zeldt ainda falar em inglês. Embriagado com o poder da viagem no tempo,

O PRINCÍPIO DA TEMPESTADE

Rasmus enlouqueceu e se afastou de Sejanus e dos outros observadores do tempo que tinham se juntado à sociedade. Ele se proclamou rei. Não da Suécia nem da Europa e muito menos do mundo, mas do próprio Tempo. Na verdade, era mais *falação* e bravata do que qualquer outra coisa. Muitas gerações se passaram. A autodeclarada "família real" se esgueirava pela história como um cheiro ruim. E então o rei Sigvard nasceu e nada mais permaneceu igual.

— Sigvard?

— O avô de todos os problemas — disse Charlie, de forma ameaçadora.

— O que ele fez? — perguntou Jake.

Charlie fez uma pausa para causar impacto.

— Ele declarou *guerra* à história. — Ao ouvir essas palavras, um tremor percorreu a espinha de Jake. — Ele prometeu *mudar* o mundo, *arruinar* o mundo, mergulhá-lo no mal. Para aprender sua arte diabólica, ele fez um *tour* completo pelas maiores atrocidades da história. Observou pessoalmente a Inquisição espanhola, as caças às bruxas em Salem, a perseguição aos judeus, aos cristãos, aos huguenotes, os ataques assassinos dos thugs na Índia, as guerras santas islâmicas... O rei Sigvard observou tudo das sombras, influenciando onde podia, aprendendo sua arte e planejando sua dominação. Ele iniciou uma campanha de horror. O Serviço Secreto dos Guardiões da História luta contra os Zeldt desde então.

— Ele ainda está vivo?

— Morreu há décadas, na antiga Mesopotâmia. Você acreditaria que uma telha caiu na cabeça dele? Ele teve hemorragia interna e morreu logo em seguida. Depois de seu reinado extraordinário, de sua carreira malevolente, ele morreu por causa de um acidente doméstico.

— Acho que é o destino dando a palavra final — refletiu Jake.

— Não a palavra final, infelizmente. Ele deixou três filhos. Xander era o mais velho, o Príncipe Negro, como é conhecido, o que estamos indo ver. O segundo, Alric, desapareceu aos catorze anos. Nunca mais foi visto. A terceira foi Agata, que era a pior de todas.

— Pior do que o pai?

— Para lhe dar uma ideia, quando tinha cinco anos, ela tentou afogar Xander em um lago congelado. É por isso que, até hoje, ele é incapaz de sentir calor. Ou qualquer outra coisa. Em outra ocasião, ela pegou sua dama de companhia experimentando um de seus vestidos. Ela a forçou a se sentar em um trono de ferro incandescente, com uma coroa de ferro incandescente na cabeça e um cetro de ferro incandescente nas mãos, até morrer queimada. Não, Agata Zeldt é sem dúvida alguma a mulher mais cruel da história.

— De que vocês estão falando? — A voz suave veio do fundo da carroça. Jake se virou na cama de feno e viu Topaz, com olhos turvos, olhando para eles.

— De nada! — declarou Charlie, secamente. — Só de suflês.

Topaz sorriu calorosamente para Jake, deitou-se e adormeceu de novo.

Jake olhou ao redor, para a paisagem sob a luz da lua e para as montanhas com neve nos cumes. Foi repentinamente tomado por um mau pressentimento, enquanto a carroça seguia pela noite em direção ao castelo Schwarzheim.

18 A Rosa Quadriculada

No Ponto Zero, Oceane Noire estava na entrada do salão, cumprimentando os convidados da festa. Só uma vez ela perdeu a compostura.

— *Mon Dieu!* — exclamou ela, quando uma pessoa tropeçou ao entrar no salão. — Ela está carregando *aquela* bolsa.

Estava se referindo a Rose Djones, que estava bastante bonita no vestido de cintura império que Olympe de Gouges lhe deixara de herança, embora o efeito fosse estragado pelas pulseiras barulhentas e pela onipresente bolsa de pano. Além disso, o vestido estava tão apertado que ela mal conseguia se mover.

Às 19h45 precisamente, um gongo soou e os convidados ocuparam seus lugares para jantar. Havia lugares marcados com os nomes dos convidados, para que Oceane pudesse controlar exatamente quem sentaria onde. A anfitriá se colocou ao lado de Jupitus Cole e colocou Rose em um canto extremo de uma mesa, perto da porta da cozinha. Oceane não fazia ideia de que isso era perfeito para Rose. Em algum momento, ela sairia casualmente e iniciaria sua missão secreta.

OS GUARDIÕES DA HISTÓRIA

Durante a sobremesa, houve uma comoção animada por causa da gelatina de laranja e figo que tinha sido moldada à semelhança da anfitriã. Conforme os ocupantes da mesa de Rose (todos considerados ovelhas negras aos olhos de Oceane) se distraíram comendo freneticamente as miniaturas de Oceane, Galliana discretamente assentiu para a antiga aliada. Rose retribuiu o aceno e saiu despercebida do salão.

O mais rapidamente que o vestido permitia, ela subiu a escadaria e percorreu corredores desertos até chegar à entrada da suíte de Jupitus Cole. Ali ela calçou as luvas, destrancou a porta e entrou.

Os aposentos eram tão formais e austeros quanto Rose tinha imaginado, com mobílias pesadas, retratos escuros de pessoas de aparência melancólica e um leve, mas persistente, odor de *pot-pourri* velho.

— Meu Deus — disse ela, observando tudo. — Parece uma tumba.

Ela começou a procurar na escrivaninha, revirando com cuidado uma pilha de papéis perfeitamente empilhados. Do fundo, ela tirou duas folhas para Galliana avaliar as digitais. Ao dobrá-las para colocá-las no bolso, viu algo dentro da escrivaninha que fez seu coração parar. Esticou a mão e pegou com cuidado uma pequena caixa de vidro, lindamente decorada com delicados detalhes de ouro. Não foi a caixa que ela reconheceu, foi o que estava dentro: uma única rosa seca, que, embora estivesse morta havia muito tempo, ainda mantinha o distinto padrão quadriculado rosa e branco. O fundo da caixa tinha uma pequena gaveta. Rose a abriu e descobriu um maço de bilhetes manuscritos. Ela sufocou um grito, sem acreditar, e afundou em uma das cadeiras.

* * *

O PRINCÍPIO DA TEMPESTADE

No salão, a festa estava a todo vapor. Depois de terminado o jantar, as mesas foram retiradas para que o espaço se transformasse em pista de dança, e a orquestra até então contida aumentou o ritmo das canções dramaticamente. A dança foi ficando cada vez mais animada conforme a banda foi tocando sucessos dos anos 1820, desde as quadrilhas da regência até a exuberante *danse espagnole* e a enérgica valsa.

Rose entrou no meio da multidão com o rosto pálido. Passou por Norland (que estava dançando tão animadamente com Lydia Wunderbar, a bibliotecária, que os dois ameaçavam machucar um ao outro) e cruzou a pista de dança em direção a Galliana.

— Tome. Você pode verificar as digitais — disse ela, ao passar à comandante as duas cartas retiradas da escrivaninha de Jupitus.

— Encontrou mais alguma coisa? — perguntou Galliana, sem olhar para a cúmplice.

— Revirei cada uma das gavetas do apartamento dele. Não achei nada de suspeito.

— Rose? Você está bem? Parece pálida.

— Na verdade, não — respondeu Rose, franzindo o cenho. — Descobri uma outra coisa que me alarmou. Você se lembra de anos atrás, quando eu morava no monte e praticava jardinagem por um tempo? Tentei cultivar minha própria rosa. Só consegui produzir uma planta um tanto sem graça, que durou só três semanas e nunca mais floresceu. As rosas eram vermelhas e brancas, quadriculadas — continuou Rose, como em transe. — No quarto de Jupitus, descobri uma dessas flores, preservada em uma caixa de vidro.

Galliana se virou para a amiga, arqueou as sobrancelhas e olhou de novo para as pessoas que dançavam.

— Não foi só isso — prosseguiu Rose. —Também achei uma gaveta com velhos bilhetes meus: listas de compras, memorandos, rabiscos irrelevantes que devem ter sido tirados da minha lata de lixo. — A voz dela atingiu um tom alto e um tanto histérico.

— Meu Deus, está óbvio que ele está apaixonado por você.

— Não seja ridícula — falou Rose. — Nós nos odiamos!

Meia hora depois, Rose teve seu segundo choque da noite. Quando foi ao bar pegar outra taça de ponche de rum para se acalmar, uma voz baixa anunciou atrás dela:

— Não sou eu o espião.

Ela se virou e deu de cara com um Jupitus de aparência muito séria.

— Perdão? — respondeu ela, com inocência.

— Sei que você esteve nos meus aposentos. Acabei de vir de lá e senti seu perfume. Acredite ou não, não faz diferença, mas, se você está procurando um agente duplo, deveria gastar seu tempo melhor, em outro lugar.

— Não estou entendendo... — murmurou Rose.

— Não seja tola — afirmou Jupitus, lançando-lhe seu olhar mais penetrante. — Se quiser descobrir o que sei sobre o assunto, siga-me. — Ele se virou, cruzou o salão e saiu.

Rose ficou ali de pé por um segundo, perplexa. Seus olhos foram de um lado a outro, acompanhando seus pensamentos, enquanto decidia o que fazer. Tomou a taça toda de ponche de uma vez e seguiu Jupitus.

Ele estava esperando por ela ao pé da grande escadaria, segurando um castiçal aceso.

— Por aqui — disse friamente, subindo os degraus.

Ele a guiou em silêncio por dois lances de escada e um corredor até chegarem à porta da Biblioteca de Rostos. Ainda dava para ouvir o som distante da festa.

O PRINCÍPIO DA TEMPESTADE

— Eu não estava conseguindo dormir ontem à noite — explicou Jupitus. — Vim por aqui até a cozinha. Um chocolate quente costuma afastar minhas preocupações. Ao dobrar a esquina aqui, vi uma pessoa de capa azul-marinho saindo da Biblioteca de Rostos. Não consegui ver o rosto, mas tinha postura de homem. Ele fechou a porta e desapareceu rapidamente pelo corredor de uma maneira que achei suspeita.

— Você o seguiu?

— Preferi investigar a biblioteca.

Jupitus abriu a porta e levou Rose para dentro. As velas iluminavam de leve o aposento. Fazia quinze anos que Rose não botava o pé lá, e ela esquecera como era apavorante a longa e alta parede composta apenas de retratos. Os rostos dos muitos amigos e inimigos dos Guardiões da História, de séculos atrás, olhavam para ela. Depois de um minuto, um sino tocou e o maquinário começou a funcionar, girando cada quadro em seu eixo e revelando outro grupo de rostos.

— Encontrei esta porta entreaberta — prosseguiu Jupitus em um sussurro, indo até uma entrada escondida na extremidade do aposento. Ele abriu a porta e levou Rose para a área escura como breu que ficava atrás dos retratos.

— Segure minha mão — murmurou ele. — Para você não tropeçar no maquinário.

Rose parou. Seus olhos brilharam com apreensão antes que, hesitante, esticasse a mão, que Jupitus imediatamente segurou. Rose ficou surpresa com o quanto era quente. Por algum motivo, esperava que ele fosse frio.

Jupitus a levou para o fundo do espaço escuro. A Biblioteca de Rostos, irreconhecível na escuridão, ainda os observava. A luz das velas de Jupitus mostrava os mecanismos secretos do aposento, as centenas de alavancas e polias que trocavam os rostos.

OS GUARDIÕES DA HISTÓRIA

No canto mais escuro, Jupitus iluminou o comprimento de um cano que descia pela parede e passava pelo chão.

— Este tubo — explicou ele, iluminando-o com as velas — vem da sala de comunicação acima de nós e vai até a suíte particular da comandante, abaixo.

Rose estava começando a captar o que Jupitus queria dizer.

— É por aqui que as mensagens Meslith são enviadas a Galliana?

— Afirmativo. E ontem fiz uma descoberta alarmante.

Ele ergueu o castiçal perto do tubo, e Rose ficou sem fôlego. Dava para ver que ele tinha sido cortado e seu caminho tinha sido bloqueado com fita.

— Mensagens estão sendo interceptadas antes de chegarem. — explicou Jupitus — Precisamos descobrir quem é o responsável.

— Você quer dizer, o homem com capa azul-marinho?

— Exatamente, Rosalind — sussurrou Jupitus. — Amanhã precisamos nos esconder neste lugar, na esperança de que nosso "interceptador" volte.

— N-nós? *Juntos?* — gaguejou Rose.

— Como evidentemente estou sob suspeita, eu me sentiria mais à vontade. Ou você estará ocupada amanhã?

— Não, eu... é claro... se você acha que ajudaria. — Rose ficou constrangida e inexplicavelmente nervosa. — Uma tocaia, hein? Será como nos velhos tempos.

Jupitus olhou para ela. A luz das velas piscou sobre o rosto dele. Rose olhou em seus olhos. Por um momento breve, a pessoa que olhava para ela não era o frio, irritante e indecifrável Jupitus Cole, mas um homem completamente diferente: sensível, quase frágil. Em seguida, seu olhar tornou a se endurecer.

O PRINCÍPIO DA TEMPESTADE

— Por que você não conseguia dormir ontem à noite? Com... com que estava preocupado? — Rose se viu perguntando.

Jupitus demorou um tempo para responder.

— Assuntos chatos de trabalho, nada mais. — Ele deu de ombros e ofereceu a ela o mais doce dos sorrisos. — Deveríamos voltar para a festa antes que sintam nossa falta.

Ele seguiu em direção à porta na extremidade oposta do aposento. Rose, sentindo-se completamente desconcertada, foi atrás.

19 Vida no Campo

Jake passou pelas multidões de viajantes e turistas que andavam apressados pelo saguão da Euston Station. Foi até a plataforma cinco quando o trem para Birmingham entrou lentamente no prédio e parou com o assobio dos freios.

O rosto de Jake se iluminou com a ideia de ver seus pais de novo. Eles só tinham viajado havia quatro dias, mas parecia bem mais. Ele nunca sentira tanta saudade como esta semana: das brincadeiras alegres, do senso de humor incomum, das demonstrações de afeto que Jake não valorizava.

Por um tempo, não houve movimento no trem, nenhum passageiro desembarcou. Então, no fim, uma porta se abriu. O coração de Jake saltou de empolgação quando uma mão colocou uma mala vermelha na plataforma. Ele esperou que os pais aparecessem.

Mas ninguém desceu do trem. A mala vermelha estava sozinha na plataforma vazia.

Gradualmente, a empolgação de Jake foi sumindo e sendo substituída por uma sensação apavorante de mau agouro.

O PRINCÍPIO DA TEMPESTADE

Ele andou pela rampa em direção à mala, esperando uma onda de viajantes, mas ninguém apareceu. Jake parou e olhou para a mala vermelha com desconfiança, depois olhou para a única porta aberta e entrou no trem com cuidado. A porta de vidro que levava ao vagão se abriu automaticamente, e Jake entrou.

Não havia ninguém lá. Jake percorreu o corredor, olhando para as fileiras de assentos vazios. Havia sinais de ocupação: bagagem nas prateleiras, jornais abertos em cima de mesas, até uma fumegante xícara de café, mas não havia pessoas. De repente, Jake vislumbrou algo vermelho e ficou paralisado. Na extremidade do vagão, sentado e completamente imóvel, com as costas para Jake, havia uma pessoa de capa e capuz. Contra sua vontade, ele se viu atraído pela silhueta imóvel, cujo rosto estava escondido nas sombras. A pessoa não se virou para olhá-lo, continuou olhando para a frente. Naquele momento, quando se virou de novo, Jake se deu conta de que havia pessoas de capa vermelha em todos os lugares, todas imóveis. Através das portas de vidro, ele pôde ver o mesmo espetáculo apavorante no vagão seguinte.

Jake começou a ter dificuldade para respirar. Tinha de sair do trem imediatamente. Concentrado somente na saída, ele voltou os passos dados. Desta vez, a porta de vidro não se abriu para ele. Ele puxou a maçaneta, mas estava trancada.

As pessoas de capas então se viraram devagar e fixaram o olhar nele.

Pela janela do trem, Jake viu um guarda pegar a mala vermelha e colocá-la em um carrinho de lixo. O homem fez sinal, e o carrinho se afastou.

— Espere! Pare! — gritou Jake, em vão. — Isso pertence aos meus pais!

OS GUARDIÕES DA HISTÓRIA

Ele puxou a maçaneta com força, mas ela não se mexeu. Jake ouviu movimento atrás de si e viu uma das pessoas de capa vermelha seguir lentamente pelo corredor. Outra pessoa ficou de pé, e outra e mais outra. As formas vermelhas fantasmagóricas seguiram em direção a ele e o envolveram em sombras. Jake protegeu os olhos antes de cair ao chão...

— Jake, acorde! — gritou uma voz familiar.

Jake abriu os olhos e se viu na parte de trás da carroça cheia de feno, com Topaz inclinada sobre ele.

— Você estava tendo um pesadelo — disse ela, com suavidade.

A carroça estava percorrendo uma estrada no campo, debaixo das copas das árvores. Charlie estava guiando, com Mr. Drake em seu ombro.

— Quanto tempo dormi? — perguntou Jake, com a mente enevoada.

— Quase cinco horas — respondeu Topaz. — Cruzamos o sul da Alemanha. Estamos quase lá!

— Estamos quase lá? É sério? — disse Jake, sem fôlego, sentando-se e avaliando os arredores com ansiedade.

A estrada saiu do meio das árvores e fez uma curva que revelou um imenso vale cercado de montanhas. Um rio largo e calmo percorria entre elas.

— O Reno — disse Charlie, com voz de guia de excursão.
— A velha fronteira do Império Romano e um dos rios mais longos da Europa, depois do Volga e do Danúbio, é claro.

Jake podia ver o grande curso de água serpenteando ao longe, até a névoa mais distante. Logo a carroça voltou para o meio das árvores e ele sumiu.

O PRINCÍPIO DA TEMPESTADE

Eles passaram por um pequeno e arrumado grupo de casas com teto de palha. Um grupo de velhos aldeões os observou, com a atenção voltada para o multicolorido Mr. Drake (um dos homens mais velhos deixou cair a bengala). Um quilômetro e meio depois da aldeia, Charlie viu uma forma cinzenta entre as árvores ao longe.

— Acho que talvez estejamos nos aproximando de algum tipo de portal. É necessário fazer o reconhecimento.

Ele saiu da estrada e parou em uma pequena clareira. Os três desceram e andaram no meio da vegetação até a sombra de um grande carvalho, de onde podiam examinar o local.

— Se não me engano — sussurrou Charlie —, essa é a entrada do castelo Schwarzheim.

Jake franziu a testa.

— Como vamos entrar lá?

Era uma estrutura austera feita de duas torres de granito ladeando um arco selado por um majestoso portal de ferro. De cada lado, muros altos seguiam a perder de vista, cercando a enorme propriedade. Para aumentar a sensação de impenetrabilidade, um grupo de vigias barbados e de capas vermelhas, como toda a equipe de Zeldt, montava guarda.

— Na verdade, esse provavelmente é apenas o primeiro obstáculo — disse Charlie, ajeitando os óculos no nariz. — No alto da montanha, as entradas vão sem dúvida ficar mais intransponíveis.

— Mas nós temos um plano? — Jake estava tentando controlar a sensação de ansiedade. Por um lado, sabia que podiam estar tentadoramente próximos de descobrir o mistério do paradeiro dos pais; por outro, a tarefa parecia mais impossível do que nunca.

OS GUARDIÕES DA HISTÓRIA

Enquanto ponderavam em silêncio, os três ouviram um som de sacolejo, e uma carroça de fazenda apareceu no meio das árvores, vinda da direção da aldeia. O cocheiro parou em frente ao portão. Jake podia ver que a carroça estava repleta de uma quantidade enorme de alimentos: caixas de legumes e verduras, pedaços enormes de carne e gaiolas em cima de gaiolas de galinhas que cacarejavam. Um guarda inspecionou a mercadoria e ignorou a tentativa nervosa do cocheiro de puxar conversa. Ele acabou por fazer um sinal para a pessoa dentro da torre e, com som de metal sendo arrastado, o portal lentamente foi erguido. A carroça entrou na propriedade, e a barreira tornou a descer.

— Precisamos voltar à aldeia — disse Topaz, com decisão — e descobrir que outros veículos estão vindo para cá.

Eles foram até a carroça e voltaram pela estrada. Ao entrarem na rua principal, Charlie viu uma jovem sentada em um banco em frente à hospedaria da cidade, depenando uma galinha com alegria. Seus cachos espigados eram quase idênticos aos de Charlie, exceto pela cor vermelha intensa.

— Ela parece do tipo que teria prazer em ajudar — afirmou ele. — Vou falar com ela.

Ele desceu da carroça e falou com ela em alemão perfeito.

A garota olhou para cima, viu Mr. Drake e deu um grito, soltou a galinha meio depenada e ficou de pé, alarmada. O papagaio respondeu com um guincho alto, um eriçar de penas e um bater de asas. Houve um duelo de gritos entre as duas partes, até que, ao perceber que o pássaro estranho era inofensivo, a garota passou a dar risadas incontroláveis em vez de gritos.

Charlie pegou a galinha, deu uma limpada, colocou-a sobre o banco e começou a interrogar a garota. A princípio ela pareceu desconfiada, mas ele era tão encantador e persuasivo que em pouco tempo ela revelou uma torrente de informações, rindo coquete das piadas dele. Quando começou a enrolar o cabelo no dedo, Jake e Topaz trocaram um olhar.

— Ele está se saindo bem hoje — comentou Topaz. — Não há ninguém como Charlie Chieverley para fazer você revelar seus mais profundos segredos.

Quando a conversa terminou, Charlie correu de volta até os outros.

— Bem, tenho boas e más notícias. — Ele estava tremendo de empolgação. — A jovem ali, que atende pelo nome de Heidi, foi bastante prestativa.

— Nós reparamos — disse Jake, erguendo as sobrancelhas.

— Quanto ao cabelo, Heidi e você são uma combinação dos céus — acrescentou Topaz, com humor.

Charlie ficou vermelho e seguiu gaguejando:

— Bem, é... Pois bem... A notícia ruim é que aquela foi a última entrega de comida para o castelo. Parece que fizeram um pedido de proporções astronômicas: duzentos faisões, trinta caixas de trufas, cinquenta caixas de hidromel etc, etc.

— Um tremendo churrasco de verão — comentou Topaz.

— E a boa notícia?

— A partir do amanhecer de amanhã — disse Charlie — ordenaram que eles aguardassem uns trinta grupos de dignitários estrangeiros, de Portugal, da França, de Flandres, da Grécia... até da Ásia menor...

— Nossos convidados da Conferência de Superia — observou Topaz.

— E todos vão precisar se alimentar antes de subir a montanha, que parece ser bem cansativa.

— Bem, esse é nosso caminho de entrada — disse Topaz, de maneira conclusiva. — Pegamos carona com um deles. Temos até o amanhecer para pensar como.

— Amanhecer? — Jake estava surpreso. — Faltam doze horas!

— Oito, para ser preciso — corrigiu Charlie.

— Mas não falta menos de um dia e meio para o apocalipse? — persistiu Jake, com teimosia. — Não deveríamos tentar arrumar um jeito de entrar *agora*?

— Todos estamos preocupados. — A voz de Topaz estava calma, porém firme. — Mas só temos uma oportunidade de acertar, e essa é nossa melhor chance. Não podemos falhar.

Jake parou de falar e assentiu.

— Mudando de assunto — anunciou Charlie —, os artistas mambembes estão na cidade. Esta noite vai haver uma apresentação à luz de velas de *Édipo* no campo da aldeia.

— Uma tragédia grega. Isso vai melhorar nosso humor... — disse Topaz, com um sorriso.

Eles alugaram um quarto na hospedaria. O proprietário, um senhor de bochechas vermelhas, levou-os por uma escadaria curva até um apartamento com vigas de carvalho. Havia uma boa quantidade de mobília assimétrica e um vaso de flores silvestres na janela da sala de estar.

Os três se lavaram e comeram. Depois que o sol se pôs, inúmeros aldeões saíram de suas casas carregando velas e seguiram para uma clareira às margens do Reno, onde os artistas iam se apresentar. Os três jovens agentes estavam ansiosos para apreciar a diversão local e, mantendo-se nas sombras, seguiram os aldeões para a extremidade do rio caudaloso. Um palco improvisado fora montado, iluminado com tochas de cada lado. Ao fundo havia uma tela de tapeçaria, por trás da qual os atores mudavam de roupa. À direita, três músicos es-

O PRINCÍPIO DA TEMPESTADE

tavam sentados em um banco, com as rabecas e os tambores prontos.

Charlie estava hipnotizado pelo romantismo do cenário.

— Foi assim que tudo começou, o show business! — exclamou ele, com um floreio da mão em direção aos céus. — Um palco simples, as falas e o céu.

Topaz viu duas pessoas acenando ao se aproximarem da multidão. Uma era Heidi, a ruiva gentil, e a outra era uma amiga dela, uma garota dentuça que sorria sem parar. Heidi flertou descaradamente com Charlie, fazendo cócegas no queixo dele antes de ir para o meio da multidão.

— Charlie Chieverley, *je suis impressionnée*. Você as deixa aos seus pés — comentou Topaz.

— Elas estavam perguntando sobre Mr. Drake, só isso — murmurou Charlie, ficando vermelho. — Falei que ele estava dormindo.

Houve o som de tambores e os atores, todos vestidos como gregos antigos, saíram detrás da tapeçaria e tomaram suas posições no palco. Uma onda de empolgação tomou conta da plateia, e a peça começou.

Jake ficou atônito. Obviamente, a peça era em alemão, e ele não entendeu os detalhes da história (Charlie explicou o enredo: um homem acaba se casando com a mãe sem querer e matando o pai), mas os atores falavam com tanta seriedade, seus movimentos eram tão graciosos e expressivos, seus rostos iluminados pelas tochas mostravam tanta paixão que ele não pôde deixar de ficar encantado.

Uma hora pareceu passar em um instante. A plateia prestava atenção a cada palavra, às vezes em silêncio, às vezes exclamando alto quando alguma coisa acontecia. O tempo todo, os músicos acompanhavam o desenrolar do drama. Jake observou

OS GUARDIÕES DA HISTÓRIA

Topaz, que tinha os olhos arregalados e brilhando de empolgação. Sem tirar os olhos do palco, ela segurou a mão dele e a apertou com força. Jake sentiu seu coração flutuar. A noite agradável de verão foi cheia de magia: os atores com as roupas gregas, a lua sobre o Reno, a missão que os aguardava.

Quando a peça terminou e os atores agradeceram, os músicos subiram no palco. O tocador de rabeca bateu o pé três vezes no chão e a banda começou a tocar. Houve um grito da multidão. Algumas pessoas ficaram de pé e começaram a dançar em círculo e a bater palmas.

As duas admiradoras de Charlie reapareceram e quiseram levá-lo para o círculo de dança.

— Não, está fora de questão. Não sei dançar. Tenho dois pés esquerdos — protestou ele, ao ser rodopiado entre uma e outra. Mas entrou na dança mesmo assim.

Jake e Topaz observaram as festividades, sorrindo amplamente. Quase todos os aldeões agora estavam de pé. Os jovens e os velhos dançavam juntos, rodopiando de alegria. Um casal em particular chamou a atenção de Jake: um jovem estava dançando com uma mulher mais velha. Ele estava sem sapatos e parecia que trabalhara no campo o dia todo. Sua parceira estava vestida com elegância. Mas eles dançavam juntos com maestria, rindo e se revezando para demonstrar os passos que sabiam dar.

Jake se virou para Topaz, ergueu as sobrancelhas e abriu a boca para falar. Pretendia convidá-la para dançar, mas se viu perguntando uma coisa completamente diferente.

— A melodia é surpreendentemente contagiante, não é?

Topaz apenas assentiu. Jake foi tomado de constrangimento e se perguntou como pôde ser tão banal. Decidiu fazer uma segunda tentativa.

O PRINCÍPIO DA TEMPESTADE

— Será que você gostaria de...
Tarde demais: um jovem alto e belo se aproximara de Topaz e esticava a mão em direção a ela. Ele tinha um longo cabelo louro e usava uma capa em cima dos ombros. Em sua orelha havia um brinco de diamante. Dois amigos também jovens (e também usando capas, mas não de uma maneira tão impressionante) estavam observando com interesse para ver se ele seria bem-sucedido.

Topaz olhou para o galante rapaz e sorriu.

— Você não se importa, não é, Jake?

— Nem um pouco — mentiu Jake, sacudindo a cabeça com um pouco de entusiasmo demais.

Topaz foi levada para longe. O acompanhante a guiou até o meio da multidão, e eles começaram a dançar. Topaz não conhecia os passos, mas aprendeu rapidamente e acrescentou floreios próprios, que fizeram o coração de Jake disparar de novo. Ela e o parceiro, de bela aparência e cabelos compridos e louros, eram o casal dourado. Os amigos do jovem o observavam com inveja e admiração.

— *A melodia é surpreendentemente contagiante?* — repetiu Jake para si mesmo. — Como pude ser tão idiota?

Ele ficou de pé e andou até o rio. O enorme curso de água fluía em silêncio. O rio fez Jake lembrar-se do Dordogne, na França, para onde ele e a família tinham ido nas férias de verão quatro anos antes. Jake tinha onze anos e Philip, catorze. Irmãos mais velhos costumam não ter tempo para os mais novos, mas Philip era diferente: sempre tratava Jake como igual.

Um dia, Philip ia fazer canoagem e Jake implorou para acompanhá-lo. Philip estava um pouco incerto quanto às habilidades do irmãozinho na água, mas concordou em levá-lo. Era uma manhã calma e quente, e o rio estava tranquilo no

OS GUARDIÕES DA HISTÓRIA

começo. Mas, depois de uma hora, uma nuvem preta apareceu em cima das montanhas. Eles ouviram o ribombar de trovões e uma chuva torrencial começou a cair, intensificando a corrente de forma alarmante.

— Estou indo para a margem — gritou Jake.

— Não! — gritou Philip. — Fique no meio. É perigoso!

Jake não ouviu o conselho do irmão. Virou a canoa contra a corrente e uma onda de água espumante a fez virar imediatamente, jogando-o na água. A corrente começou a arrastá-lo. Philip não hesitou. Mergulhou e lutou contra os redemoinhos para pegar o irmão e levá-lo para um lugar seguro. Os dois ficaram sentados na margem, recuperando o fôlego. Jake ficou envergonhado de ter desapontado o irmão.

— Desculpe — disse ele, baixinho.

Philip sorriu e o abraçou.

— Se o rio ficar rápido assim, sempre siga a corrente. E, se uma onda for em sua direção, vá de encontro a ela, mesmo que pareça a coisa mais louca do mundo. Entendeu?

Jake assentiu e fez um desenho imaginário na calça encharcada.

— Acho que é a última vez que você me leva...

— Está brincando? — respondeu Philip. — Da próxima vez, você vai na frente. Você é meu protegido, lembra? — Ele bagunçou o cabelo do irmão com carinho.

As férias no Dordogne foram a última viagem que a família fez junta: Philip desapareceu no inverno seguinte.

De repente, Jake ouviu um grito vindo do rio.

— Olhe aquilo — disse Topaz, que apareceu ao lado dele.

Ela apontou para um grande barco que descia o rio. Havia lampiões no convés, e a tripulação acenava para os aldeões na margem.

O PRINCÍPIO DA TEMPESTADE

— Parece um barco de carga — disse ela. — Provavelmente indo para Colônia ou Düsseldorf, talvez até para a Holanda. O Reno é um rio e tanto...

Jake assentiu e olhou para Topaz antes de voltar a olhar para a água.

— O que aconteceu com o galã? — perguntou ele, do modo mais indiferente que conseguiu.

— Vamos dizer assim — respondeu ela. — O tipo de rapaz que se conhece em um baile de verão na Alemanha raramente muda com o passar das eras.

— A maldição do romance de verão — concordou Jake.

— Na verdade, nunca tive um romance de verão, mas achei que falar isso ia me fazer parecer sábio e experiente.

Topaz se virou e sorriu irradiantemente para ele.

— Isso não é bem verdade. — Jake lembrou de repente. — Eu estava me esquecendo de Mirabelle Delafonte. Ela me pediu em casamento no trem fantasma em Alton Towers.

— Mirabelle Delafonte? *De vrai?* Esse era mesmo o nome dela?

— Na verdade, era pior. Mirabelle Portia Svetlana *Ida* Delafonte. Os pais dela faziam teatro amador, digamos assim.

Topaz riu.

— Você disse sim?

— Quando eu estava "pensando", ela grudou a boca no meu rosto e minha bochecha prendeu no aparelho dela. Quase tivemos que passar por uma cirurgia para reparar os danos.

Topaz caiu na gargalhada: por quase cinco minutos, a imagem do aparelho inconveniente de Mirabelle Delafonte se repetiu na cabeça dela. Assim que conseguia se controlar, começava a rir de novo. Por fim, ela conseguiu respirar fundo e confessou:

— Sou terrível quando começo.

Jake sentiu coragem o bastante para fazer algumas perguntas a ela.

— Então, voltando ao presente, há quanto tempo você... faz esse tipo de coisa? No Serviço Secreto dos Guardiões da História, quero dizer.

Topaz olhou para o rio.

— Bem, nasci durante a batalha de Poitiers, na Guerra dos Cem Anos. E quando digo "durante", pelo que sei foi na barraca de munição, no meio do campo de batalha. Felizmente, não tenho lembranças disso. Mas me lembro da Primeira Cruzada, quando eu tinha quatro anos. Minha mãe me levou para a Jerusalém do século XI "para me mostrar como as coisas funcionavam" e minha vida mudou desde então.

Jake detectou certa fragilidade no tom de Topaz. Não tinha certeza se deveria continuar, mas se viu fazendo mais uma pergunta:

— Desculpe-me se a pergunta for inapropriada, mas o que aconteceu com seus pais?

Qualquer vestígio de sorriso desapareceu completamente do rosto de Topaz. A sombra escura do sofrimento dominou.

Jake se sentiu péssimo.

— Desculpe. Eu não deveria ter perguntado.

— Está tudo bem, eu entendo. Você está preocupado com os *seus* pais — respondeu Topaz, corajosamente. — Alan e Miriam são pessoas maravilhosas, Jake. Tenho certeza de que estão em segurança, em algum lugar. Consigo sentir aqui — disse ela, tocando no coração, e olhou bem dentro dos olhos dele.

— A história dos meus pais foi bem diferente.

E isso foi tudo o que ela quis dizer sobre o assunto. Ela olhou mais um pouco para o rio, depois se virou e pegou a mão de Jake.

O PRINCÍPIO DA TEMPESTADE

— Vamos procurar Charlie antes que o romance de verão dele fique fora de controle.

Jake riu e foi atrás dela no meio da multidão.

O som das rabecas se espalhava pelo vale e pelas margens do Reno. Ficava cada vez mais suave à medida que uma brisa morna o levava para longe, pelas nuvens noturnas até o castelo no alto do monte ali perto. Lá, atrás de paredes de granito 4,5 metros abaixo do chão, no subsolo, duas pessoas desesperançadas estavam sentadas em um calabouço...

— Eu queria saber qual teria sido a última refeição dele — disse um deles.

Nathan Wylder e Paolo Cozzo estavam encostados em uma parede úmida de pedra em uma cela iluminada por apenas um raio de luar que entrava através de uma estreita janela gradeada. Uma das paredes consistia em uma partição de grossas barras de ferro, pelas quais o resto do calabouço sombrio podia ser visto. Nathan ainda mantinha uma expressão impávida, mas Paolo era a imagem do desespero.

— Seja lá qual tenha sido a última refeição dele, eu categoricamente não vou pedir o mesmo — declarou Nathan. O objeto de sua reflexão era um esqueleto encostado na parede oposta da cela.

Paolo revirou os olhos. Seu estômago fez um estranho barulho. Um minuto se passou, e ele murmurou com irritação:

— Como você sabe que era homem?

— Isso foi uma pergunta? — Nathan sussurrou. — Que interessante! Estamos tendo uma *conversa*! Você disse que não íamos mais fazer isso. Hum... você está certo, talvez seja uma dama. Isso pode mudar tudo. — Ele arrumou o cabelo sujo e o paletó rasgado e piscou de maneira sedutora para o esqueleto.

— Vai fazer alguma coisa hoje?

Paolo suspirou. Um suave som de música vinha da aldeia abaixo. Quando Nathan estava murmurando a melodia, uma ideia de repente lhe ocorreu e ele ficou de pé.

— Já sei...

— O quê? — perguntou Paolo, com empolgação.

— Por que não dançamos?

Paolo trincou os dentes.

— Você é histericamente engraçado — murmurou ele, e voltou a se recostar na parede.

— Na verdade, eu não estava falando com você. Estava falando com minha nova amiga aqui, Esmerelda. — Ele esticou a mão em direção ao esqueleto. — Esmerelda, quer dançar uma valsa comigo? Ou uma polca? Posso dançar algo no estilo barroco, se você preferir. Prometo não pisar nos seus ossos.

— Cale a boca, Nathan! — explodiu Paolo, por fim. — Estou enjoado, cansado, não como há três dias... Vamos morrer de fome ou vamos ser torturados e cortados em pedaços, e você só consegue fazer piadas idiotas!

— Não come? Sua memória está enganando você: comemos baratas deliciosas esta manhã. Achei a textura única. E, quanto a fazer piadas, nós temos de fazê-las, não temos? O humor é o que nos diferencia dos animais.

— CALE A BOCA! — gritou Paolo. — OU NÃO SEREI RESPONSÁVEL POR MEUS ATOS! — Frustrado, ele pegou um pouco de feno no chão e jogou em Nathan.

Nathan se agachou ao lado do esqueleto e olhou-o com culpa.

— Desculpe-me por meu amigo — sussurrou ele, de maneira confidencial. — É italiano. Muito dramático.

O PRINCÍPIO DA TEMPESTADE

Algo no chão atraiu seu olhar: um pequeno pedaço de tecido que aparecera quando ele passou o pé. Nathan se inclinou para a frente para pegá-lo. Havia uma inscrição bordada nele. Ele leu baixinho:

— *Marks and Spencer?* — Ele esfregou o tecido com os dedos. — Sintético, obviamente do século XX. — Em seguida, um pensamento terrível surgiu em sua mente. — Miriam e Alan Djones.

— O que é isso? — Paolo olhou para a frente.

— Nada — respondeu Nathan com indiferença, enfiando a etiqueta no bolso, e procurou disfarçadamente no chão outros sinais de ocupantes anteriores.

De repente, eles ouviram o som distante de chaves balançando e de uma porta sendo destrancada. Paolo sufocou um grito e se sentou ereto, sem saber se deveria sentir alegria ou pavor. Passos pesados se aproximaram. A chama de uma vela brilhou no teto abobadado além das barras da cela, e, por fim, a elegante Mina Schlitz apareceu, acompanhada por um único guarda carregando um lampião.

Mina parou e olhou para os dois prisioneiros. Segurava uma travessa de metal coberta. Ela ergueu a tampa e mostrou uma magnífica variedade de comidas: cortes de frios, pão fresco e uma montanha de frutas.

— Comida? Você nos trouxe comida? — gaguejou Paolo sem acreditar, ficando de pé.

Mina recolocou a tampa, pôs o prato no chão e o empurrou para longe deles com o calcanhar. Depois tirou a cobra da caixa que tinha na cintura e a enrolou no pulso.

— O príncipe gostaria de saber se estão famintos o bastante para fazer um acordo.

— Um acordo. É claro — exclamou Paolo. — Vamos fazer um acordo. Sobre o quê? — Ele segurou as barras com animação.

— Meu amigo está desidratado e não está pensando direito — disse Nathan. — Não negociamos com o inimigo.

— É mesmo? — ronronou Mina. — Que estranho. Vocês têm duas opções: uma morte lenta e dolorosa ou uma carreira cheia de objetivos e de glória com os próprios criadores da história.

— Carreira cheia de objetivos! Eu sempre prefiro isso — respondeu Paolo, com entusiasmo. — Onde assinamos?

Nathan o tirou de perto das barras e o levou para o fundo da cela.

— Estou avisando: *já chega*.

Ele se virou para encarar Mina. Sua expressão não estava mais brincalhona: seu rosto estava sério e seus olhos, alertas.

— A história já foi criada, Srta. Schlitz — disse ele, em um tom grave e vigoroso. — Já tem problemas o bastante. Não queremos piorar as coisas. — Sua expressão ficou ainda mais dura. — Não há acordos a serem feitos.

Um sorriso dançou no rosto de Mina.

— As últimas pessoas que ficaram trancadas nesta cela disseram a mesma coisa. — A voz dela baixou de tom até chegar a um sussurro provocativo. — Ouvi falar que a morte deles foi maravilhosamente desagradável. — Mais uma vez, ela chutou o prato de metal para ainda mais longe do alcance dos prisioneiros. — Ainda há tempo para mudar de ideia. — Ela assentiu para o guarda, e os dois se viraram para sair.

— Mas, se posso ser ousado, Srta. Schlitz...

Mina parou e se virou com esperança.

— Vermelho não é sua cor — provocou Nathan. — Ouso dizer que você pensa que combina com sua cobra, mas, na verdade, são tons diferentes: seu vestido é púrpura, e as marcas na sua serpente são carmim. Conflitos sutis podem ser sinal de confiança, mas, no seu caso, acho que está beirando o vulgar.

O rosto de Mina foi tomado pela raiva. Ela se virou e saiu andando, e o guarda e a luz a acompanharam. Houve um som de porta batendo e chaves girando.

— Você não se sente melhor depois disso? Mais vivo?

— perguntou Nathan, se virando para o companheiro.

Mas Paolo apenas tremeu de infelicidade.

20 Os Visitantes Russos

— Tem alguém aqui — sussurrou Jake, ao bater no ombro de Topaz.

Ela levou um momento para despertar do sono profundo, mas de repente seus olhos se abriram. Ela empurrou as cobertas e pulou da cama, já completamente vestida. Charlie também acordou e se sentou rapidamente.

— Lá embaixo — sussurrou Jake. Ele apontou para um vão na cortina. Na rua abaixo, como uma aparição surgindo de uma cortina de névoa matinal, havia uma carruagem.

Os três tinham discutido os planos logo antes de ir para a cama e agora entraram em ação.

— Está ciente do que está fazendo? — perguntou Charlie. Jake assentiu com confiança.

— Na escola, fui aplaudido de pé em *Oliver*! — mentiu ele.

— Aqui estão seus acessórios... — disse Charlie, entregando a Jake uma travessa de miúdos e sangue. — Entranhas, com os cumprimentos do chef. — Em seguida, acrescentou secamente. — E vocês dois questionam por que sou vegetariano.

O PRINCÍPIO DA TEMPESTADE

— Vamos assumir nossas posições, pessoal — instruiu Topaz.

Os três desceram a escada.

Na rua, um jovem casal desceu da carruagem e lançou um olhar desdenhoso para a aldeia. O cavalheiro era alto e hesitante. Sua companheira tinha expressão azeda e arrogante. Os dois vestiam roupas da moda daquela época e, embora fosse julho, estavam enrolados em uma variedade de peles: martas, onças e chinchilas. A dama tirou um chicote do cinto e o fez estalar no cocheiro idoso, ao mesmo tempo em que dava ordens. Quando o pobre homem estava descendo do assento, tossindo e ofegando, Charlie saiu da hospedaria e correu para o casal com expressão de pânico no rosto.

— Castelo Schwarzheim? — perguntou ele.

Seus rostos ficaram momentaneamente vagos.

— *English? Deutsch? Français?* — perguntou Charlie.

— *Russki* — respondeu a dama com indignação.

Dali em diante, Charlie e o casal conversaram em russo fluente.

— Acredito que vocês devem estar a caminho do castelo Schwarzheim... — disse ele.

— Castelo Schwarzheim, sim — respondeu o homem.

— Seus nomes, por favor? — perguntou Charlie. Ele estava segurando a lista de convidados que Jake tinha encontrado na barraca de Mina Schlitz.

— Mikhail e Irina Volsky — respondeu a dama, com um suspiro de irritação.

— De Odessa — acrescentou o marido.

Charlie olhou para o pergaminho e encontrou os nomes deles perto do fim da lista.

— Sim, é claro. Graças a Deus os encontrei a tempo. Graças a Deus! — Ele deu um suspiro de alívio. — Vocês precisam se esconder imediatamente. É perigoso! — disse ele, esticando o braço e fazendo um movimento que abrangeu o vale todo.

— Assaltantes! Um bando deles.

Irina sufocou um gritinho e olhou ao redor. O cocheiro, que ainda estava de pé ali perto, pareceu apavorado.

— Onde? — perguntou o marido.

— Na estrada à frente. Na estrada para trás. Em todos os lugares. Uma gangue de cinquenta assaltantes! Todos cruéis! Esta manhã mesmo, quatro pessoas foram mortas e desmembradas. — Charlie fez um gesto de gargantas cortadas que fez Irina segurar as pérolas ao redor do pescoço, alarmada.

A ruiva Heidi saiu da hospedaria, esfregando os olhos de maneira sonolenta. Ela tinha saído para receber os novos hóspedes, mas Charlie a interceptou.

— São meus amigos. Pode deixar que eu cuido. Volte para a cama — sussurrou para ela, falando em alemão. Ele a empurrou para dentro da hospedaria, fechou a porta e se voltou para os Volsky.

— Se vocês me seguirem, vou levá-los a seu quarto.

— Quarto? — perguntou Irina.

— Precisarão ficar aqui até que o perigo acabe. Ficarão em segurança.

Charlie tentou guiá-los em direção à hospedaria, mas os Volsky estavam evidentemente perplexos com a ideia.

— Em uma taverna comum? Impossível! — exclamou Irina, afastando-se de Charlie.

Naquele momento, a expressão no rosto do velho cocheiro mudou. Ele viu uma pessoa se aproximando pela rua. Era Topaz, correndo na direção deles em plena velocidade.

O PRINCÍPIO DA TEMPESTADE

— Socorro! Socorro! — gritava ela.
O queixo de Irina caiu quando Topaz chegou mais perto. O vestido e as mãos dela estavam cobertos de sangue.
— Estão vindo! São muitos! Mataram meu marido! Estão chegando! — Topaz ofegou ao passar correndo pelos atônitos russos e entrar na hospedaria.
Mas o show ainda não tinha acabado: outra pessoa mancava em direção a eles. Jake assumiu o papel do marido moribundo e se certificou de que fosse o melhor desempenho de sua vida.
Ele estava coberto de sangue. Uma das mãos estava erguida de forma dramática enquanto a outra segurava um punhado nojento de entranhas junto à barriga. Se a atuação de Topaz fora principalmente com a voz, a de Jake era pura mímica. Ele cambaleou até eles, com a cabeça sacudindo como se estivesse em choque. Irina se encolheu com asco quando ele esticou a mão ensanguentada em direção ao rosto dela. Ele tentou falar, mas não conseguia articular palavras, então gemia de maneira lastimosa. Em seguida, seu corpo se enrijeceu e ele caiu no chão. Ele se sacudiu um pouco e depois ficou parado.
Charlie viu Topaz na porta da hospedaria e sacudiu a cabeça, com medo de o desempenho de Jake ter estragado o disfarce deles. Mas os russos agora estavam convencidos do perigo. Irina imediatamente se dirigiu à porta da hospedaria e seu marido foi logo atrás. Charlie os levou para o andar de cima e os guiou até a suíte que tinham acabado de desocupar. Irina Volsky nunca ficara tão feliz com um quarto de teto baixo cheio de mobília rústica. Ela correu até a janela, tirou o vaso de flores e fechou-a.
— Vocês ficarão em segurança aqui até que sejam avisados — disse Charlie.

Irina bateu a porta na cara dele e a trancou.

Charlie desceu e encontrou o pobre cocheiro tremendo de nervosismo no corredor.

— Venha por aqui. — Charlie o levou até um confortável quarto no andar de baixo e entregou-lhe duas moedas de ouro.

— Vai pagar por um banquete e pelo melhor quarto para esta noite. — Em seguida, acrescentou com um sussurro malicioso: — Não há bandidos.

O cocheiro ficou confuso. Charlie apontou para a janela. Na rua, Jake ficou de pé, limpou a sujeira das roupas e fez uma saudação para si mesmo. Um amplo sorriso se abriu no rosto do cocheiro.

Eles não perderam tempo: rapidamente conduziram a carruagem do casal Volsky para longe da aldeia e foram em direção ao trecho onde tinham visto o portal. No banco de trás do suntuoso interior, Topaz encontrou o convite do casal para a "conferência". A frase *Será um prazer finalmente conhecer...* forneceu aos agentes uma valiosa informação: o casal Volsky nunca tinha se encontrado com o anfitrião. O convite estava assinado, em vermelho-sangue, pelo próprio príncipe Zeldt.

Eles rapidamente retiraram oito malas do teto da carruagem e começaram a revirar o conteúdo. As primeiras seis que abriram eram somente de Irina. Ficou evidente que ela era uma mulher de vaidade impressionante. Duas malas continham seus vestidos e outras duas, seus sapatos. Todos tinham uma infinidade de detalhes feitos de peles, e um enojado Charlie supôs que o casal russo tinha feito fortuna com o comércio de "pobres animais mortos". Outra mala continha joias e leques, e a sexta estava cheia de potes de porcelana com pós e vidros de perfume. A maioria das garotas se acharia no paraíso com essa descoberta, mas Topaz não se impressionou: roupas e maquiagem não a encantavam.

A sétima mala continha o guarda-roupa inteiro do marido de Irina. Havia menos itens, mas cada um era tão luxuoso quanto os dela.

— Nathan se divertiria extremamente com isto — exclamou Topaz, ao pegar um chapéu de veludo adornado com uma pena verde de pavão e o colocar na cabeça. — Essa cor acentua meus olhos? — disse ela, em uma imitação descarada. — Acho que os destaca.

Em seguida, Charlie pegou uma casaca de veludo coberta de esmeraldas. Ele a colocou sobre o peito e fez uma careta.

— Grande demais para mim. Você vai ter de ser o marido — disse ele para Jake —, embora eu ache que deveria mesmo ser você. Você se encaixa mais no papel. Terei de ser o cocheiro.

Charlie estava certo quanto a Jake: embora fosse da mesma idade de Charlie, tinha cinco centímetros a mais de altura e uma certa confiança na postura que o faziam se encaixar no papel. Charlie ajudou Jake a vestir a casaca. Caiu como uma luva.

Topaz ficou impressionada.

— *Merveilleux*. Você parece um príncipe.

Jake fez outra reverência teatral.

— Mas tente ser mais autêntico desta vez — disse Charlie, secamente. — Estamos no mundo real, não em um musical.

Jake assentiu com seriedade. Em seguida, um pensamento lhe ocorreu.

— Vou precisar falar russo? Isso poderia ser um problema.

— Felizmente, a língua real é o inglês. Todo mundo tem de saber falar. Então apenas um sotaque russo vai ser o bastante.

— E quanto a Mina Schlitz e os outros? — perguntou Jake. — Vão me reconhecer imediatamente.

— Também não se preocupe com isso — disse Charlie, pegando a bolsa que Jake tinha visto no *Campana*. — O Sr. Volsky não tinha barba. Mas quem sabe disso, além de nós? — Ele a abriu, e seu rosto se iluminou com a visão das amadas barbas e bigodes. Ele escolheu uma e levou até o rosto de Jake. — Encantador — elogiou ele, sacudindo a cabeça com orgulho.

Topaz estava brigando com um trinco na última mala.

— Esta aqui está trancada por algum motivo.

Ela pegou um grampo no cabelo, esticou-o e o enfiou na fechadura. Um momento depois, houve um clique e Topaz ergueu a tampa. Os três quase engasgaram ao mesmo tempo.

Estava cheia de tesouros. Em cima, havia uma bandeja forrada de veludo com compartimentos como uma caixa de amostras. Cada uma tinha uma pedra preciosa grande e era belamente lapidada. Depois havia outra bandeja de diamantes, esmeraldas e rubis valiosíssimos. Abaixo dela, uma terceira e uma quarta. Por fim, em um grande compartimento no fundo, havia montes cuidadosamente arrumados de cédulas antigas e pelo menos uma dúzia de lingotes de ouro.

— Por que diabos eles estariam carregando essa quantidade toda de dinheiro por aí? — ponderou Topaz.

Charlie ergueu as sobrancelhas de maneira teatral.

— Tenho a sensação de que esse enigma e todos os outros se resolverão quando penetrarmos as paredes do castelo Schwarzheim.

21 Na Cova do Leão

Meia hora depois, a carruagem dos Volsky percorria a estrada em direção ao imponente portal do castelo Schwarzheim. Charlie estava guiando, com Mr. Drake empoleirado em uma das malas ao seu lado. Charlie usava o casaco preto e o chapéu que tinha encontrado em uma malinha na parte de trás da carruagem, junto com as outras parcas posses do cocheiro. Estava usando uma barba loura que o deixava quase irreconhecível.

No luxuoso interior forrado de seda da carruagem, Jake e Topaz estavam sentados lado a lado, impecavelmente vestidos como milionários russos. Topaz estava linda, usando um vestido com corpete e tiara dourada, mas era Jake quem tinha passado pela transformação mais impressionante: com seu terno elegante e o bigode e a barba bem cuidados, ele parecia um perfeito e arrojado jovem magnata.

— Charlie — disse Topaz, pela janela. — Odeio dizer isso, mas acho que está na hora de esconder Mr. Drake.

Charlie assentiu com relutância, abriu a mala e colocou o papagaio lá dentro.

— Você não vai ficar aqui por muito tempo — disse ele, dando-lhe uma quantidade grande de amendoins. — Fique o mais quieto que puder agora.

Ele se sentiu péssimo por prender o bichinho no escuro, embora por um punhado de amendoins Mr. Drake ficasse feliz em fazer qualquer coisa que seu dono pedisse.

Quando a carruagem parou na sombra das torres de granito do portal, Jake reparou que os olhos de Topaz se mexiam com nervosismo. Ela colocou a mão na garganta como se quisesse controlar a respiração trêmula.

— Tudo bem? — perguntou ele, baixinho.

— É engraçado. — Topaz suspirou. — Era de se pensar que o medo diminuiria com o tempo, mas parece piorar.

Um dos guardas saiu da guarita, ergueu a mão enorme e perguntou, com um movimento de cabeça em direção a eles, qual era a identidade dos recém-chegados.

— Mikhail e Irina Volsky, de Odessa — disse Charlie em inglês, com um sotaque russo perfeito, e entregou ao guarda o convite para a conferência.

O guarda examinou o convite sem expressão alguma no rosto, depois olhou pela janela da carruagem e examinou cautelosamente os ocupantes. Jake e Topaz olharam para ele com arrogância. Por fim, ele devolveu o convite a Charlie e sinalizou para a sentinela na torre. O portal de ferro subiu, e a carruagem entrou na enorme propriedade murada que era o castelo Schwarzheim.

Jake olhou pela janela. Erguendo-se à sua frente havia uma enorme montanha de pedra, que seguia entre fantasmagóricas nuvens de névoa até o cume pontudo. Lá, ao longe e quase escondido na escuridão, estava o castelo Schwarzheim, uma silhueta cinza-escura.

O PRINCÍPIO DA TEMPESTADE

Conforme a estrada subia pela base da montanha, Topaz viu algo no meio das árvores.
— Ali embaixo! Olhem.
Charlie parou a carruagem. Lá embaixo, onde o Reno contornava um dos lados, havia um porto construído em uma pequena baía cercada de penhascos. Ancorado nele estava um galeão preto com velas vermelhas reluzentes.
— Nosso velho amigo, o *Lindwurm*, se não estou confundindo — falou Charlie, com voz sombria. Ele pegou o telescópio no bolso e observou. — Não é um navio que se esquece facilmente. — Ele passou o telescópio para Topaz, que observou a embarcação, franzindo os lábios.
— O que é o *Lindwurm*? — perguntou Jake.
— O navio de guerra favorito de Zeldt — explicou Charlie. — Diz a lenda que ele tingiu a madeira com o sangue dos inimigos, o que daria o tom preto brilhoso. O *Lindwurm* foi batizado em homenagem a uma criatura das profundezas, meio cobra, meio dragão.
Topaz passou o telescópio para Jake, que observou a embarcação. Era um trabalho lindíssimo, tanto esplêndido quanto impressionante. As três gigantescas velas vermelhas tinham o brilho lustroso de veludo. No centro de cada uma delas, mas num tom mais escuro de vermelho, havia o símbolo de Zeldt: uma cobra e um escudo.
— Parece que estão se preparando para partir — afirmou Jake, apontando para os guardas que colocavam caixas no convés.
— Não em breve, eu espero — disse Charlie ao estalar o chicote, fazendo os cavalos seguirem em direção ao castelo.
A carruagem ziguezagueou montanha acima. Durante alguns trechos do percurso, eles perdiam o castelo de vista. Em

seguida, depois de uma curva, ele aparecia acima mais uma vez, cada vez um pouco mais perto e um pouco mais visível.

O tempo começou a mudar. Embaixo, estava um dia quente e ensolarado. Mas ali, da metade do caminho até o cume, o ar ficou mais frio e mais rarefeito. Charlie começou a tremer.

De repente, os cavalos pararam. Um deles relinchou de medo, bateu as patas e sacudiu a cabeça.

— O que foi? — perguntou Charlie ao animal. Estava perplexo: a estrada à frente estava vazia. A tampa da mala ao seu lado se ergueu de leve, e os olhos de Mr. Drake examinaram tudo de um lado a outro, também sentindo o perigo.

Jake se inclinou pela janela e viu movimento no meio das árvores. Ele observou a escuridão da floresta; um vento frio sacudiu os galhos. Em seguida, viu uma sombra movendo-se rapidamente.

Charlie também a viu no mesmo momento. Ele sufocou um grito e soltou as rédeas.

A pessoa voou pelo meio das árvores, enquanto seus passos eram silenciados pelo chão coberto de musgo. Ela usava um chapéu preto pontudo, e uma túnica longa e preta se balançava atrás de sua silhueta. Quarenta e cinco metros à frente, ela saiu do meio das árvores e parou na estrada, de costas para eles.

Jake esticou o pescoço pela janela para ver melhor. Já vira pessoas vestidas de bruxa antes, normalmente no Dia das Bruxas, mas tudo naquela pessoa tinha um aspecto apavorante de autenticidade. A túnica estava rasgada e suja de lama, mas o material era delicado, e havia estampas complicadas tecidas sobre a cor escura.

A pessoa ficou imóvel. Os cavalos continuaram a resfolegar e bater as patas com ansiedade. Charlie lentamente desembainhou a espada enquanto, dentro da carruagem, a adaga afiada de Topaz já estava em sua mão.

O PRINCÍPIO DA TEMPESTADE

A pessoa de roupa preta virou a cabeça devagar. O rosto, ou o que dava para ver dele, era estranhamente bonito: pelas pálidas camadas de pele transparente, uma rede de veias azuis pulsava. Por um segundo, os olhos fizeram contato com os de Charlie; em seguida, a pessoa saiu correndo de novo. Os ocupantes da carruagem observaram-na correr pelo meio das árvores como se puxada por um fio invisível. Ao longe, ela se encontrou com duas sombras escuras similares. Os três olharam para a carruagem uma última vez e entraram correndo no bosque até ficarem fora de vista.

Todos deram um suspiro de alívio, e Charlie e Topaz guardaram as armas.

— Nada para temer. Basicamente, são espantalhos aprimorados — disse Charlie, tentando parecer indiferente, embora seu coração estivesse disparado.

— Espantalhos? — questionou Jake.

— Um velho costume medieval. Ricos proprietários de terra os usam para espantar invasores. São apenas atores.

— Mesmo assim, não faço a menor questão de ver a atuação completa — disse Jake.

Conforme a estrada os levava para mais perto do cume, ela foi ficando dramaticamente mais íngreme, e a temperatura caiu mais ainda. Os cavalos voltaram a ficar apreensivos, e Charlie teve de encorajá-los com uma voz animada e alegre que não escondia bem a crescente sensação de desconforto. Pela janela, Jake podia ver a beirada do precipício abaixo. Algumas pedras desapareceram no vão nebuloso.

Quando percorreram a última curva, o castelo Schwarzheim apareceu com toda a sua glória apavorante. Parecia tão sólido quanto a própria montanha, era um imenso quebra-cabeça de torres e escadas de pedra que subiam até as nuvens.

Jake reparou em uma sucessão de gárgulas na torre mais próxima. Havia bestas de todos os tipos: dragões, górgonas de duas cabeças e macacos ferozes, com as bocas escancaradas, como se estivessem gritando em silêncio. A cena toda lembrava a Jake outro dos seus quadros favoritos: um painel gótico vitoriano que mostrava cavaleiros se aproximando de um castelo maltratado pelo vento, com as paredes luminosas no crepúsculo.

Os cavalos subiram o último trecho com dificuldade, até que a carruagem passou por uma entrada em arco que levava a um grande pátio.

Jake olhou com interesse para as visões que os receberam. Alguns outros veículos tinham chegado recentemente. Suas cores intensas e alegres contrastavam com o sombrio granito ao redor. Os ocupantes bem-vestidos estavam sendo auxiliados por criados do castelo, todos usando as familiares capas vermelhas do exército de Zeldt. Aos recém-chegados eram ofertadas taças de vinho com especiarias, servidas em bandejas de metal. Eles aceitavam e bebiam, sem prestar atenção a quem servia.

— Acho estranho — observou Topaz — que famílias inteiras tenham sido convidadas. — Ela estava se referindo a um grupo de pessoas que descia de outra carruagem. Um casal jovem estava acompanhado não só por duas filhas com cara de mau humor, mas também por uma senhora idosa, claramente avó das meninas. A nobre senhora observou os arredores conforme a bagagem era descarregada e levada para o castelo.

Durante a subida, Charlie tinha lentamente se acostumado com o frio, mas Jake e Topaz só repararam na dramática mudança no tempo quando colocaram os pés no chão de pedra. A atmosfera era de inverno; um ocasional floco de neve caía pelo ar.

O PRINCÍPIO DA TEMPESTADE

— Boa tarde e bem-vindos ao castelo Schwarzheim — anunciou uma voz em inglês. Pertencia a uma criada de capa vermelha, de beleza germânica, olhos azuis e um sorriso tão tenso quanto as tranças apertadas ao redor de sua cabeça. Jake involuntariamente verificou a barba e o bigode falsos enquanto ela prosseguiu: — Espero que a viagem tenha sido agradável. Mikhail e Irina Volsky, de Odessa, se não estou enganada?

— Como sabe? — respondeu Topaz, também em inglês, mas com sotaque russo perfeito.

— Pelo brasão na carruagem, é claro — respondeu a garota, como se fosse a coisa mais óbvia do mundo. — Vocês ficarão na torre leste, na suíte Carlos Magno. O jantar será às sete horas no salão de banquetes. Espero que tenham uma boa estada.

Outra carruagem entrou no pátio, e a deusa alemã sorriu sem sinceridade e saiu. Jake e Topaz observaram-na se afastar.

— Simpática. — Jake estava impressionado com a confiança fria dela.

— Como uma caixa cheia de cobras — comentou Topaz.

— Não olhem agora — murmurou Charlie ao começar a tirar a bagagem do teto —, mas há outra caixa de cobras aqui.

Jake e Topaz se viraram de maneira indiferente e viram uma pessoa na varanda do primeiro andar. Era Mina Schlitz, observando friamente a cena que se desenrolava lá embaixo.

— Ela não me assusta — murmurou Topaz. — É tudo atuação.

Ela e Jake foram levados pelo pátio. Charlie seguiu atrás, fazendo o melhor que podia para equilibrar a grande quantidade de malas. Estava consciente do pobre Mr. Drake sacudindo dentro de uma das malas, tanto que tropeçou e deixou tudo cair. Dois empregados foram ajudá-lo.

Jake não conseguiu resistir e fez uma provocação:

— Ele é novo. Estamos começando a treiná-lo. É muito difícil encontrar bons empregados atualmente.

Charlie sacudiu a cabeça e murmurou baixinho:

— Eu me ofereci para fazer esse papel. Acho que mereço ao menos um pouco de respeito.

Quando subiam os degraus para a entrada da frente do castelo, Topaz parou de repente.

— Esperem!

Ela segurou o braço de Jake com força. Ele ficou alarmado ao ver que ela estava branca como papel. De repente, os olhos dela se reviraram, e ela desmaiou em seus braços.

— Topaz! — gritou Jake, quando as pálpebras dela tremeram. De todas as partes do pátio as pessoas olharam para eles. Criados preocupados logo os cercaram.

— Você quis dizer *Irina* — murmurou Charlie baixinho, ciente de que Mina Schlitz agora olhava para eles da varanda.

Topaz voltou a si e ficou de pé.

— Você está bem? — perguntou Jake.

— É claro. É só a altitude — disse ela, despreocupadamente.

— Vamos...?

Ela subiu os degraus para o castelo como se nada tivesse acontecido.

Jake ficou confuso e nervoso por causa do incidente, mas rapidamente voltou ao papel de jovem magnata indiferente.

Eles se viram em um saguão nobre. Grupos de convidados eram levados para suas suítes. Parecia um saguão de hotel movimentado de uma estação de esqui elegante — exceto, é claro, por todo mundo vestido à moda do início do século XVI e pelo fato de que o esqui ainda não tinha sido inventado. Havia grandes lareiras estalando de cada lado e macabros troféus de

O PRINCÍPIO DA TEMPESTADE

caça (chifres e cabeças empalhadas de cervos e ursos) pendurados em cada centímetro de parede.
— Que encantador — murmurou Charlie. — A visão de animais mortos torna nosso anfitrião ainda mais querido...
O tema de caça continuou: dois "sofás" eram feitos de mais chifres; em uma série de pedestais, águias, falcões e águias-marinhas empalhadas pareciam congeladas no tempo. Tapetes de pele de urso estavam espalhados pelo chão de pedra.

Jake, Topaz e seu "criado", Charlie, foram escoltados por um criado de capa vermelha pela grande escadaria central, por uma sucessão de corredores e mais escadas e, enfim, por um par de portas até o aposento Carlos Magno.

Os jovens agentes fizeram o melhor possível para esconder o assombro. Era um ambiente extraordinário que ocupava o último andar todo de uma das torres redondas. Havia sofás enormes e tapeçarias elegantes penduradas nas paredes.

— Há chocolate quente, para sua satisfação... — O criado apontou, sem o menor sinal de satisfação, para uma mesa montada com xícaras e uma jarra fumegante de metal. — Uma banheira está pronta para vocês. O jantar será servido às sete horas. — É claro que essa informação foi para Jake e Topaz; Charlie esperava ao lado da porta, com a cabeça baixa.

O homem assentiu, andou de costas para sair do quarto e fechou a porta atrás de si.

Charlie imediatamente colocou a bagagem no chão e soltou Mr. Drake da prisão com forro de seda. O papagaio guinchou, bateu as asas com animação e fez um rodopio elegante pelo quarto para alongá-las.

— Foi mesmo a altitude? — Jake perguntou a Topaz, aliviado por poder parar de fingir.

Por um momento, ela não respondeu.

— Na verdade, não — disse ela baixinho. — Faz tempo que não entro em um dos castelos de Zeldt. As lembranças me dominaram... Mas estou completamente calma agora.

— Lembranças...? — perguntou Jake.

— Por que não exploramos o aposento? — sugeriu ela, ignorando a pergunta, e desapareceu no aposento ao lado. Jake compreendeu que o assunto estava encerrado e a seguiu.

O quarto era tão grande quanto a sala de estar. A enorme cama com dossel tinha extravagantes cortinas de veludo. O banheiro era repleto de mármore da cor de terracota. Uma enorme banheira fumegante no centro soltava odores mágicos de rosas e bergamota.

Uma passagem em arco levava a uma varanda. Quando Jake e Topaz foram até lá, ficaram impressionados. Estava congelando e o vento soprava, mas eles nem repararam.

— Mas *que* vista... — disse Jake, assombrado.

Ele podia ver uma eternidade do Reno serpenteando ao longe entre os montes tomados de bosques. Aninhadas entre eles havia pequenas aldeias e vilarejos e mais castelos sobre montanhas perto e longe. Seria uma vista de inspirar admiração em qualquer época da história, mas Jake sabia que agora, em 1506 (bem antes da idade moderna de carros, aviões e cidades), era ainda mais impressionante. Ele se virou para olhar para Topaz: ela estava maravilhada.

— *C'est incroyable, non?* A história é incrível — disse ela, como se estivesse lendo os pensamentos de Jake. — É como as estrelas: quanto mais olhamos, mais vemos.

Depois de cada um ter tomado um banho morno de banheira (que era muito moderna para a época e cujas torneiras tinham

O PRINCÍPIO DA TEMPESTADE

o formato de golfinhos dourados), eles escolheram as roupas para a noite. Estavam um tanto perdidos sem o olhar de estilista de Nathan para orientá-los, mas Jake escolheu uma bela casaca maltesa de veludo azul-safira e a incrementou ("uma das palavras favoritas de Nathan", observou Topaz) com uma grande corrente de ouro. Topaz escolheu um vestido longo creme de brocado e organza de seda. Charlie permaneceu com a roupa simples.

Às sete horas em ponto, um criado foi buscá-los. Ele os acompanhou silenciosamente até o labirinto de escadas e patamares até chegarem a um enorme par de portas.

— Você não tem permissão — disse o criado, secamente, para Charlie. — Vai esperar com o restante dos empregados — disse ele, apontando para uma escadaria estreita que descia para uma antessala, onde vários criados com expressão sóbria tinham se acomodado para esperar o chamado de seus patrões.

— Costumo acompanhá-los em todos os lugares — disse Charlie, deixando um pouco de lado o sotaque no momento de nervosismo.

O homem não se deixou abalar.

— Você não tem permissão — repetiu ele, desta vez erguendo a mão para ser mais claro.

Charlie se deu conta de que não tinha escolha e sussurrou no ouvido de Jake:

— Quero um relatório completo sobre o jantar. Preciso saber de tudo que há no cardápio. Tudo! Entendeu?

Jake assentiu, e Charlie se virou com relutância e seguiu em direção à antessala. Foi recebido pelo olhar antipático de quarenta criados com expressão mal-humorada. Seu esforço de dar um sorriso amplo e uma piscadela afável de nada adiantou.

OS GUARDIÕES DA HISTÓRIA

Jake e Topaz, os Volsky de Odessa, foram levados em direção às portas duplas, que se abriram como se por magia. Eles entraram no salão.

A visão que os recebeu fez seus corações saltarem. Por um momento, os dois tiveram dificuldade de respirar, mas mantiveram a compostura. As portas duplas se fecharam atrás deles.

22 O Império Secreto

Quando Charlie estava sendo recebido pelos olhares diretos de tantos estranhos, Jake e Topaz também estavam, mas *esses* olhos eram bem mais perturbadores.

O salão de banquete do castelo Schwarzheim era um aposento circular e mal iluminado, ao redor do qual uma sucessão de lareiras produzia um calor intenso.

No centro havia uma mesa enorme. Feita de mármore branco tão transparente que parecia cristal, ela parecia flutuar como um fantasma acima do chão. Ao redor dela, cinquenta pessoas, com as costas nas sombras, já estavam sentadas. Sem dúvida era o grupo de indivíduos mais assustadoramente magnífico que Jake já vira.

Essas pessoas eram milionários medievais: Charlie e Topaz tinham descoberto na lista de Mina que não eram necessariamente famosos, nem aristocratas, mas as fortunas que conquistaram lhes davam enorme poder. Dentre eles, Jake sabia que havia comerciantes de grãos e gado do leste da Europa, barões mineiros do Báltico, negociantes de madeira e cera da Escandinávia. Havia um mercador de sal da Ásia Menor, um magnata da prata da Baviera e um comerciante de marfim da África. Havia banqueiros da Alemanha e da Itália e corretores de seguros de Amsterdã e de Copenhague.

Jake e Topaz foram levados a dois assentos vazios à esquerda. Eles se sentaram, imitando a compostura dos outros convidados ao redor. Mas, por dentro, os dois tremiam de medo. Jake olhou para o mar de rostos. Era como se uma nova galeria de velhos retratos tivesse ganhado vida.

Alguns eram velhos, outros jovens, e alguns de meia-idade. Alguns se sentavam com postura elegante e tinham aparência respeitável. Outros tinham rostos sinistros, com expressão sombria e cicatrizes. Havia mais homens do que mulheres, embora elas talvez fossem ainda mais impressionantes do que os homens (uma altiva dama de turbante africano parecia ter mais de dois metros de altura). Todos irradiavam um poder arrogante. Usavam as melhores roupas, as mais desejadas joias, os perfumes mais exóticos. Sem dúvida tinham vindo de algumas das maiores mansões do mundo, cheias de coisas maravilhosas e valiosas, além de criados eficientes.

Jake nunca se sentira tão intimidado na vida. Era a segunda vez em três dias que se sentava a uma mesa com pessoas extraordinárias. A primeira vez, na sala de reuniões dos Guardiões da História, no monte Saint-Michel, tinha sido intrigante: a sala estava cheia de luz e a conversa faiscava. Ali era completamente diferente: o aposento estava escuro, quase em silêncio e impregnado de malevolência.

Jake lançou um olhar enviesado para seu vizinho. A pequena cabeça do homem e o nariz fino apontavam diretamente para a frente, e suas mãos gordas estavam apertadas sobre a mesa. Uma suntuosa casaca roxa estava perfeitamente ajustada aos ombros estreitos.

Jake observou o salão com mais atenção. Das quatro cadeiras ainda vazias, uma era maior e parecia mais importante do que as outras. Era o único assento com braços, entalhados no formato de cobras entrelaçadas. No centro da mesa, uma mão de cristal segurava uma misteriosa esfera azul-safira que emitia uma luz suave, evidentemente uma representação do planeta Terra. Em frente a cada pessoa havia um cálice de vidro com um líquido transparente e uma pequena caixa de casco de tartaruga. Não havia sinal de jantar.

As portas duplas se abriram, e dois convidados entraram no salão: um homem idoso e sua jovem esposa de aparência aristocrática. Estavam com os rostos vermelhos e as testas franzidas, como se estivessem discutindo. Eles andaram pelo piso de pedra, o homem mancando de leve, e ocuparam seus lugares.

Por fim, na extremidade do salão, uma porta baixa se abriu. Comparada à grandiosa entrada principal, essa tinha aparência inconsequente, quase escondida na parede. Jake ficou paralisado ao ver Mina Schlitz passar por ela. Ela circulou pelo salão, observando as costas dos convidados. Eles viraram parcialmente as cabeças quando ela passou. Por fim, ocupou seu lugar ao lado da grande cadeira desocupada, tirou a cobra vermelha da caixa e a acariciou.

Outra pessoa entrou pela pequena porta. De longe, ele parecia quase comum, mas o rosto de Topaz dizia que não. Os olhos dela ficaram petrificados e seu maxilar travou.

— É ele? — sussurrou Jake para ela. — O príncipe Zeldt?

Topaz assentiu, e ele reparou que as mãos dela estavam tremendo. Ela as juntou com firmeza debaixo da mesa e empur-

rou um pouco o assento para que ficasse parcialmente escondida atrás de Jake.
— Vai dar tudo certo — sussurrou ele, no ouvido dela.
O príncipe se sentou.
— Bem-vindos — anunciou ele, com voz quase inaudível. Algumas pessoas tinham dificuldade para ouvir, mas não falaram nada. — Bem-vindos à Conferência de Superia. Para muitos de nós, é nosso primeiro encontro — sussurrou.
— Para muitos de nós, será o último... Mas os laços entre nós prevalecerão.
Houve murmúrios de concordância. Todos os olhos estavam presos como ímãs no príncipe Zeldt. Ele prosseguiu:
— Catorze anos atrás, na primavera de 1492, Marsilio Ficino, um intelectual velho e pálido, escreveu isto: nas palavras dele... — Ele fingiu uma voz um pouco anasalada. — *Se vamos chamar alguma era de era de ouro, tem de ser a nossa era. Este século trouxe à luz as artes liberais que estavam quase extintas: a ciência, a oratória, a pintura, a escultura, a arquitetura, a música...*
Zeldt observou os rostos hipnotizados ao redor da mesa.
— *Não mais marionetes de Deus, esta era colocou a raça humana no centro do palco. Agora as pessoas começam a entender o universo e a controlar seus destinos...* — Ele fez uma pausa momentânea antes de cuspir a frase seguinte com tanto veneno que um arrepio desceu pela coluna de todo mundo. — *Esta era viu o nascimento do homem moderno.*
O príncipe ficou de pé de repente e olhou com raiva para os convidados, como se *eles* fossem responsáveis pela elaboração daquela frase repulsiva.
— *O nascimento do homem moderno* — sibilou ele, de novo.
Trinta segundos se passaram até que ele transformasse a expressão de desdém em um sorriso sinistro.

O PRINCÍPIO DA TEMPESTADE

— Eu não concordo. Houve um murmúrio de aprovação que se transformou em uma suave onda de aplausos.
— Sou um homem de ações, não de palavras — disse Zeldt.
— Então vou diretamente ao assunto. Tenho certeza de que todos vocês estão morrendo de vontade de saber como vai ser nosso novo mundo.
Jake se virou para Topaz. Não tinha certeza se tinha ouvido certo.
— Nosso novo mundo...? — perguntou ele. Topaz sacudiu a cabeça e deu de ombros.
O príncipe assentiu para Mina. Ela recolocou a cobra na caixa, deu um passo para trás e puxou uma alavanca. Ouviu-se o som de maquinário, e, atrás de Zeldt, um pedaço comprido e estreito do piso deslizou. Jake esticou o pescoço para ver: pela abertura fina subiu uma parede de fumaça. Mina andou até a parede de trás do aposento e girou um disco. Um raio de luz brilhante, intenso como laser, iluminou a fumaça (e os rostos ao redor da mesa). Uma imagem espectral começou a se formar atrás do trono de Zeldt: o símbolo de uma cobra e um escudo e, em letras góticas gigantes, a palavra familiar...

SUPERIA

Esses milionários raramente se impressionavam e, se isso acontecia, raramente demonstravam. Mas naquele momento foi diferente: o moderno "projetor" de Zeldt fez todos ofegarem de surpresa.

A imagem gradualmente mudou para a de uma cidade escura e imponente com uma série de arranha-céus e rodeada de uma enorme muralha impenetrável.

— Esta é a imagem — disse Zeldt, com os olhos brilhando — da primeira de nossas cidades *seguras*.

— Parecem os desenhos que vi em Veneza — sussurrou Jake para Topaz.

A apresentação medieval de slides de Zeldt começou. Uma imagem sucedia outra, mostrando cada aspecto da apavorante metrópole: uma "cidade segura" com prédios altos e feios, cada um com uma quantidade infinita de janelas gradeadas. Guardas atentos e de capas vermelhas estavam posicionados em cada canto e esquina, e havia torres de observação acima da muralha da cidade. O símbolo do Exército Negro da cobra com o escudo estava em toda parte: acima de cada janela, entalhado em cada porta e suspenso em tamanho gigantesco acima dos portões da cidade.

— Parece um campo de concentração — sussurrou Topaz, horrorizada com a coleção de imagens.

Uma imagem mostrava os moradores oprimidos da cidade sendo levados como animais pelos portões. Em outras, as pessoas cuidavam dos campos em grupos supervisionados ou eram forçadas a descer até minas.

Um mapa da Europa apareceu, então, à frente deles.

— Estou propondo oito comunidades assim, todas autossuficientes, no *velho* continente — disse Zeldt. — Pois é assim que a Europa está: velha, cansada e inchada. — As localizações dessas cidades estavam marcadas no mapa com um símbolo pulsante da cobra com o escudo.

Topaz sacudiu a cabeça sem acreditar.

— É onde ficam as maiores capitais — sussurrou ela. — Olhe: Londres, Paris, Roma, Madri, Atenas. Que diabos ele está propondo?

O PRINCÍPIO DA TEMPESTADE

O mapa da Europa mudou para outro que mostrava dois grandes pedaços de terra. Os contornos eram grosseiros, mas Jake os reconheceu como sendo as Américas do Norte e do Sul.

— Mas é no *novo* continente, do outro lado do Atlântico, onde a maior parte do nosso progresso vai acontecer — anunciou Zeldt, com orgulho.

Os convidados olharam com espanto e fascinação para as terras desconhecidas.

— Desde sua descoberta catorze anos atrás, a América já mostrou ser uma terra de potencial sem precedentes. Há mais ouro do que a imaginação pode conceber; e também cobre, mercúrio e ferro em abundância. Abaixo da superfície da terra há uma substância secreta que tem o poder de nos transformar completamente. É o paraíso na Terra, e vamos controlar cada centímetro quadrado dele. — A voz de Zeldt ficou alta e estridente. — Lá, eu proponho a construção de pelo menos cinquenta cidades seguras!

O mapa espectral das Américas começou a pulsar com imagens da cobra com o escudo. Todos os convidados tinham os rostos brilhando à luz da imagem e observaram cheios de cobiça. Só Jake e Topaz estavam sem expressão no rosto.

Lentamente, a imagem da América desapareceu e a que tinha iniciado a demonstração, a palavra *Superia* em gigantescas letras góticas, voltou. Ela pairou sobre a cabeça de Zeldt antes de desaparecer na escuridão.

A luz baixou. Mina fechou a abertura na parede e puxou a alavanca para que a parte do piso voltasse para o lugar. O último filete de fumaça subiu em direção ao teto abobadado. A apresentação estava encerrada.

Zeldt observou os rostos ao redor da mesa.

— Amanhã, preciso sair do país por causa de um assunto particular. Mas gostaria de encorajar todos vocês e quaisquer dos familiares que tenham trazido consigo a permanecer no castelo até que o pior tenha passado. É claro que vocês estarão em segurança em qualquer lugar, mas é melhor que fiquem aqui. Temos comida e bebida suficientes para um ano. E, naturalmente, todos os meus criados estão à sua disposição.

Jake e Topaz mais uma vez trocaram olhares enviesados.

— Isso deixa apenas o assunto final... — murmurou Zeldt.

— Por favor, abram suas caixas e preparem as taças.

Os ocupantes da mesa pareciam saber o que fazer. Eles esticaram as mãos e abriram a pequena caixa de casco de tartaruga à frente deles. Jake e Topaz fizeram o mesmo. Jake ficou impressionado ao ver uma boa quantidade de pó branco como talco.

— Já vi isso — sussurrou ele, no ouvido de Topaz. — Parece uma das substâncias que Talisman Kant vendeu para Mina Schlitz por um baú de ouro.

Os convidados começaram a colocar o pó nos cálices de cristal cheios de água, assim como Zeldt e Mina Schlitz. As taças borbulhavam e efervesciam quando a água reagia com o pó. Jake e Topaz não tiveram escolha e imitaram todo mundo. Logo o líquido nas taças voltou a ficar imóvel.

Zeldt ergueu sua taça. Mais uma vez, sua voz estava alta e excitada.

— AO FUTURO. AO FUTURO DO *NOSSO* MUNDO!

Todos estavam prestes a beber quando uma voz falou:

— Um momento.

O homem com o nariz pontudo sentado ao lado de Jake ergueu a mão.

O PRINCÍPIO DA TEMPESTADE

— Pieter de Smedt, de Ghent — apresentou-se ele. Sua voz era anasalada e aguda. Jake parara de respirar, ciente de que os olhos agora iriam em sua direção.

Zeldt olhou para o homem com as sobrancelhas erguidas de expectativa.

— Tenho certeza de que não sou a única pessoa nesta mesa que está pensando assim... — O homem apontou para o cálice com mãos pequenas e inchadas, com os anéis capturando a luz.

— Mas como saberemos que essa sua "poção" vai funcionar? Tudo isso poderia ser um truque elaborado para você se apoderar do nosso dinheiro.

Mina repuxou os lábios com irritação. A outra vizinha de Pieter, a mulher alta e altiva com o turbante africano, o observou com repulsa.

Zeldt respirou fundo e esboçou um sorriso fraco.

— Não é óbvio que preciso de todos vocês tanto quanto vocês precisam de mim? Achei que deixara bem claro que trabalhamos juntos. Mas não é obrigatório. — A voz dele agora estava clara e afiada como uma lâmina. — Você gostaria de ir embora agora?

Houve uma longa pausa. Enquanto pensava no assunto, Pieter de Smedt repuxou os lábios e seu nariz tremeu.

— O fato é que... não confio em você.

Houve um murmúrio atônito dentre os convidados. Todos os olhos se voltaram a Zeldt para ver como ele reagiria. A expressão do príncipe permaneceu inescrutável. Ele simplesmente baixou os olhos e encarou Mina. Ela não hesitou e contornou a mesa até Pieter. Rapidamente colocou a cobra na mesa, soltou um chicote preso no cinto, enrolou-o no pescoço de Pieter e o puxou com força.

O efeito foi chocante. Ele ofegou indefeso, com um gritinho agudo. Seu rosto ficou rosado, depois vermelho, com os olhos esbugalhados. Ele esticou as mãos gordas em vão, derrubando a taça. A cobra se debateu de prazer enquanto Mina apertava ainda mais, sem esforço. Jake, cujas mãos estavam tremendo debaixo da mesa, estava com um olho na serpente e outro no rosto de Pieter. Queria ficar de pé, parar com tudo *imediatamente*! Mas Topaz segurou sua perna com firmeza. A dama de turbante africano observou o espetáculo com um brilho sádico nos olhos. Pieter soltou um pedido final gutural, Mina soltou o chicote, e a cabeça dele caiu para frente sobre a mesa enquanto a serpente saía do caminho.

Mina esticou a mão, ajeitou a taça, pegou Pieter pelo colarinho da casaca roxa e jogou o corpo inerte e sem vida no chão, como se tivesse jogando fora o lixo da véspera. Jake se perguntou se o homem trouxera parentes. Era impossível saber, pois nenhum outro convidado ousou mostrar emoção. Por fim, Mina pegou o amado bicho de estimação, beijou-o e o recolocou na caixa.

De repente, Jake viu os olhos vazios de Pieter e foi tomado pelo pânico. Topaz, ciente da proximidade de Mina, apertou a perna dele com ainda mais firmeza por baixo da mesa.

— Seja forte, Jake. Imploro que seja forte — sussurrou ela, tentando tranquilizá-lo.

Um homem ruivo que estava sentado perto de Pieter virou a cabeça com expressão interrogativa, mas Jake conseguiu controlar a respiração. O corpo de Pieter foi arrastado para fora do salão por dois guardas. As portas duplas se fecharam atrás dele.

— Mais alguém...? — perguntou Zeldt.

Os convidados sacudiram as cabeças com ansiedade, ergueram as taças mais uma vez e começaram a beber, um a um.

O PRINCÍPIO DA TEMPESTADE

Jake olhou para Topaz com ansiedade e perguntou-lhe com os olhos o que fazer. Topaz estava ciente de que eles poderiam ser descobertos se não acompanhassem, e ela já sentia o olhar de Mina seguindo na direção deles. Ela assentiu para Jake e bebeu. Ele fez o mesmo. Ele se preparou para alguma coisa ruim como o atomium, mas o gosto era de água.

Zeldt ficou de pé.

— A Srta. Schlitz vai fornecer elixir suficiente para o restante das famílias de vocês.

Mina puxou a cadeira dele e ele foi até a porta escondida. Virou-se e olhou para os ocupantes do salão.

— Agora, vocês são meus hóspedes. Apreciem o jantar — disse ele enigmaticamente, antes de sumir na escuridão.

Momentos depois, as portas duplas foram abertas mais uma vez, e um exército de criados entrou para servir a comida.

Como dava para imaginar pela decoração no saguão de entrada, o ingrediente principal da refeição era carne. Havia presunto assado com cravo e repolho, frango cozido ao estilo Henrique IV, ganso Michelmas com molho de amêndoas, pato assado marinado em especiarias e uma torta de carne de cervo tão grande que veio decorada com o par de chifres.

Topaz não estava com fome, e Jake, menos ainda; mas perceberam que tinham de acompanhar o grupo na refeição para não despertar suspeitas. Algumas conversas se iniciaram na mesa, sem muito objetivo: um bando de milionários medievais arrogantes, cada um se achando melhor do que o outro, não forma um grupo alegre. Enquanto forçava-se a engolir a comida desagradavelmente saborosa, Jake olhou para o lugar onde Pieter de Smedt estivera sentado vinte minutos antes. Nathan tinha falado sobre a inclinação de Zeldt para a crueldade. Tinham sido apenas palavras. A cadeira vazia era um fato.

OS GUARDIÕES DA HISTÓRIA

Assim que Jake e Topaz acharam que conseguiriam escapar, as sobremesas chegaram. — Torta de creme de amêndoas, musse de limão, ameixas em calda, biscoitos de amêndoas com molho de laranja — anunciaram os garçons.

Jake e Topaz escolheram o que havia de menor e se forçaram a comer, se perguntando se deveriam tentar roubar alguma coisa para Charlie. No fim, decidiram que, com Mina ainda vigiando o salão, era arriscado demais.

A refeição terminou, e as pessoas começaram a se dispersar. Jake e Topaz ficaram de pé, andaram com cuidado até a porta e saíram.

— Sopa! Eu tomei *sopa* — reclamou Charlie, quando os três voltavam para a suíte. — E não uma sopa interessante, como uma de ervilha com tomilho ou de cogumelo porcini, mas sopa de repolho. Ou melhor, repolho boiando em água morna. Era a única opção vegetariana. Pé de porco não me atraiu em nada. Mas até a sopa de repolho era mais inteligente do que a conversa. Sei praticamente tudo de que preciso saber sobre eixos de carruagem e suas origens. Em resumo, não comprem carruagens no nordeste da Europa. Seja como for, se vocês se recusarem a me contar sobre as sobremesas "para meu próprio bem", como vocês dizem, pelo menos me contem o que aconteceu.

Jake e Topaz fizeram um resumo de tudo o que testemunharam, terminando com a desagradável morte de Pieter de Smedt, de Ghent.

— Que horror — disse Charlie, nervoso. — Eu o vi sendo carregado para fora. Achei que tinha exagerado nas ostras ou coisa parecida. — Seu rosto não podia ficar mais páli-

O PRINCÍPIO DA TEMPESTADE

do. — Seja lá o que Zeldt esteja planejando, é um grande acontecimento.

— Olhem! — exclamou Jake, apontando para o corredor.

Mina Schlitz saíra de uma sala e ia na direção deles. Eles se esconderam nas sombras, atrás de uma estátua de guerreiro romano.

Mina parou em frente a uma fonte de pedra na parede. Ela olhou para um lado e para o outro e, certa de que não havia ninguém por perto, fez uma coisa com a mão (os agentes não conseguiram ver exatamente o quê, pois Mina estava bloqueando o campo de visão). Um grosso painel de pedra de um lado da fonte deslizou e revelou uma cavidade escura. Ela entrou e desapareceu por uma escadaria antes que a parede se fechasse atrás dela.

Os três agentes se entreolharam.

— Acho que deve haver algumas respostas atrás daquela passagem — sussurrou Charlie. — Precisamos voltar de madrugada e investigar.

23 Desmascarado

Rose Djones não dormiu nada aquela noite. Estava perturbada pela descoberta da rosa quadriculada e das anotações e assombrada pela imagem de Jupitus olhando para ela atrás da Biblioteca de Rostos. Ela se perguntou se vira realmente "o olhar do amor" na expressão inescrutável dele. Também se perguntou por que estava sentido um frio na barriga.

— Não é possível — exclamou ela, em voz alta, para si mesma — que eu esteja sentindo algo por aquele patife!

Nos vinte e cinco anos em que Rose conhecia Jupitus (quando eram mais jovens, tinham sido obrigados a compartilhar missões), ele nenhuma vez demonstrara a menor afeição por ela.

No dia seguinte, Jupitus ignorou Rose no almoço e se sentou ao lado de Oceane Noire, que estava vestida teatralmente de preto. (Norland lhe perguntara se alguém morrera, e ela respondeu: "Estou de luto pelos meus trinta anos.") Só quando Rose estava saindo da sala, Jupitus entrou na frente dela e falou:

— Quatro e meia em ponto, na muralha leste. Não se atrase.

O PRINCÍPIO DA TEMPESTADE

Às cinco, de pé ao lado do parapeito onde ventava muito, Rose estava pronta para brigar.

— Já estava na hora — murmurou ela, quando ele finalmente apareceu.

— Está frio aqui, sabe?!

Jupitus não fez menção de se desculpar.

— Está vendo a vara de metal presa naquela torre estreita? — Ele apontou para uma haste na torre mais alta.

— Sim — suspirou Rose, com cansaço. — É por ali que as mensagens Meslith chegam. Frequento o monte há tanto tempo quanto você, Jupitus.

— Nosso espião sem dúvida está de olho naquela torre. Quando aquele condutor zumbe por causa da corrente elétrica, ele sabe que uma mensagem está sendo entregue e desce para a Biblioteca de Rostos.

— Obviamente, poderia ser qualquer um. — Rose ergueu a mão em direção ao castelo. — Muitos quartos têm vista para lá.

— Como não podemos simular a chegada de mensagens, teremos de esperar pacientemente na biblioteca até que uma chegue. Dei folga para a Srta. Wunderbar, então teremos a biblioteca só para nós. Siga-me — disse Jupitus. — De longe. Não quero que sejamos vistos juntos.

Rose relutantemente fez o que ele mandara. Ela o seguiu pelo labirinto de escadas e corredores, de vez em quando fazendo caretas para ele pelas costas. *O que está se passando nessa sua mente estranha?*, refletiu ela.

Depois de um tempo, Jupitus chegou à porta da biblioteca. Lá, verificou se não havia ninguém por perto e entrou. Um minuto depois, Rose entrou também.

— Shhh! — disse Jupitus secamente para Rose, quando ela, com as pulseiras balançando, seguiu pelo emaranhado de cordas e polias atrás da fachada de rostos.

— Meu Deus — comentou ela, ao chegar ao buraco de esconderijo que Jupitus criara para eles. Havia duas cadeiras confortáveis e uma pequena mesa com um prato de sanduíches.

— Talvez fiquemos aqui o dia todo. — Ele deu de ombros.

— Não faz sentido não termos conforto. Sei que você gosta de chá Lapsang... — disse ele, abrindo a tampa de uma garrafa.

— Adoro, obrigada — disse Rose, acomodando-se em uma cadeira.

— Bem, eu odeio, então vai ter de ser Oolong. Está vendo, temos uma ótima visão do tubo. — Jupitus apontou o lampião para o canto mais distante. — Podemos vê-lo, mas ele não vai nos ver.

— Perfeito — respondeu Rose, com um sorriso cansado.

Eles ficaram sentados em silêncio por quase uma hora, até que Jupitus falou:

— Isso me lembra de nossa última missão juntos, há tempos.

— Bizâncio, 328 — respondeu Rose. Ela também tivera tempo de se lembrar. — Esperamos a noite toda no esgoto debaixo da arena. Iam destruir a cidade com uma praga de moscas e desestabilizar toda a Ásia Menor.

— Eram gafanhotos, não moscas — corrigiu Jupitus. A curta frase mascarou o suave som de uma mensagem chegando pelo tubo. Consequentemente, nem ele nem Rose repararam.

Mais dez minutos se passaram em silêncio. Sem mais nada sobre o que conversar e com os eventos da véspera ainda na mente, Rose de repente disse:

— Jupitus, é ridículo de minha parte não mencionar... Encontrei a flor no seu apartamento ontem, junto com todas as minhas velhas anotações. Por que você guarda isso?

O PRINCÍPIO DA TEMPESTADE

— Não tenho ideia do que você quer dizer.
— A flor, Jupitus... Minha rosa quadriculada.
— Isso foi um engano — disse Jupitus, ficando de pé e pegando o lampião. — Não faz sentido nós dois ficarmos aqui.
— Não, quero falar sobre isso com você! — insistiu Rose. Quando ela segurou o braço dele, o lampião caiu no chão e a vela apagou, mergulhando os dois na escuridão.
— Olhe só o que você fez!

Os dois ouviram ao mesmo tempo o som baixo de uma porta fechando. Eles ficaram paralisados. Do outro lado da parede de rostos veio o som de passos lentamente cruzando o aposento. Houve um rangido quando a segunda porta foi aberta, e uma silhueta que segurava um lampião passou pela abertura. A pessoa seguiu com cuidado até o cano no canto e pegou a nova mensagem.

Jupitus tateou o chão com cuidado atrás do lampião.
— Ai! — gritou ele, quando a cera quente derramou em sua mão.

O invasor imediatamente parou. Depois se virou, jogou o lampião na direção de Jupitus e Rose e fugiu pela parte mais próxima da parede.

O rosto de Stede Bonnet, o famoso pirata "cavalheiro" de Barbados dos anos 1770, foi partido em dois e caiu no chão quando o espião passou por ali. Ele se levantou, correu pelo aposento e se foi.

— Atrás dele, rápido! — gritou Jupitus, ao também passar pelo quadro partido do pirata, seguido imediatamente por Rose.

Eles correram até a porta da biblioteca. O espião estava subindo uma escada, com o inconfundível manto azul-marinho nas costas. Eles foram atrás.

OS GUARDIÕES DA HISTÓRIA

No alto da escada, o corredor se dividia em dois. A pessoa não estava em parte alguma. Os dois prestaram atenção para ver se conseguiam ouvir os passos que se afastavam, mas não havia som além do tique-taque de um relógio.

— Eu vou por aqui e você vai por ali — disse Jupitus, com firmeza. — Você está armada?

Rose revirou a bolsa e pegou uma espátula de abrir cartas. Jupitus revirou os olhos.

— Tome isto — ordenou ele, tirando uma pequena pistola de um coldre dentro do paletó.

— E você? — perguntou Rose, quando ele passou a arma para ela.

Ele pegou a espátula de abrir cartas.

Ela sentiu uma pontada de afeição.

— Mas que galante de sua parte!

— As balas são caras. Só atire se realmente precisar — respondeu ele bruscamente, ao sair andando.

— Sei que você é galante, mesmo que não queira admitir! — gritou Rose, ao seguir para o outro lado.

Jupitus desceu o corredor até a sala de comunicação. Ele abriu a porta e olhou para dentro. As estações de trabalho estavam vazias, e a grande máquina Meslith estava parada dentro da caixa de vidro, com as penas posicionadas sobre pergaminhos em branco.

Enquanto isso, Rose parou na entrada da sala de reuniões. A porta estava escancarada. Ela ergueu a pistola e entrou. O aposento estava vazio e as luzes, apagadas. A lua começava a subir pelas enormes janelas e lançava quatro retângulos longos de luz no chão. Por trás de um biombo no canto, Rose ouviu um monta-cargas fazendo barulho e uma tranca abrindo. Ela se virou. Podia ver o contorno de dois pés embaixo do biombo.

O PRINCÍPIO DA TEMPESTADE

— Quem está aí? — perguntou ela, apontando a pistola diretamente para a divisória, com os braços rígidos.

Não houve resposta, só o clique da louça sendo carregada no monta-cargas.

— Eu perguntei quem está aí — repetiu Rose, com a voz mais imperativa que conseguiu, e foi em direção ao biombo.

— O que foi? — disse a voz, vinda do canto.

Ela a reconheceu imediatamente, relaxou e baixou a arma quando Norland passou a cabeça pelo biombo.

— Srta. Rose, não ouvi você entrar.

Norland estava inocentemente carregando pratos sujos no monta-cargas.

— Chá da tarde. Deveria ter feito isso horas atrás. Mas me esqueci de limpar. Não envelheça, esse é meu conselho. Vai treinar tiro? — disse ele, rindo e olhando para a pistola de Rosie.

— Alguém entrou aqui agora? — perguntou ela.

— Não vi ninguém.

Rose suspirou e colocou a pistola sobre a mesa.

— Eu tinha me esquecido de como era segurar uma arma. Não é uma lembrança feliz.

De repente, ela viu uma coisa azul-marinho debaixo da mesa. Levou uma fração de segundo para registrar a informação: era o manto do espião. Ela esticou a mão para pegar a pistola, mas Norland a pegou primeiro. Ela sufocou um grito e ele apontou diretamente para ela.

— Foi *você*! *Você* estava na Biblioteca de Rostos? — disse ela, sem fôlego.

A expressão de Norland se modificou completamente: o sorriso jovial foi substituído por um de desprezo.

— Não entendo — gaguejou Rose, andando devagar em direção à porta aberta.

— Estou aqui há quarenta anos — rosnou Norland, andando de forma ameaçadora. — Alguém liga? "Norland não é importante. Ele só arruma a bagunça dos outros."

— Ninguém pensa isso. Você sempre foi um membro valioso da equipe.

— Não seja condescendente! Tive uma missão! Uma mísera missão, depois nunca mais confiaram em mim. Só por causa das formas nos meus olhos. "Pobre Norland, mal consegue atravessar a rua até o século XVIII." Vocês, diamantes, me enojam. São tão arrogantes e metidos...

Rose chegou à porta e se virou para correr, mas Norland estava um passo à frente dela. Ele bateu com a pistola no rosto dela e a derrubou no chão. Chutou a porta para fechá-la, girou a chave e a jogou para o outro lado da sala.

— Zeldt me prometeu um novo começo. — Os olhos de Norland brilharam quando ele falou. — Ele vai me levar para a história, para onde eu quiser ir. Levante-se!

Tremendo, Rose ficou de pé. Havia sangue escorrendo por seu rosto.

— Vá até a janela — disse ele.

Ela fez o que ele mandou.

Houve uma batida na porta e alguém tentou girar a maçaneta.

— Rose, você está aí? — perguntou Jupitus, do outro lado.

A mulher gritou quando Norland ergueu a arma, apontou para uma das grandes janelas e atirou. O vidro se despedaçou e o vento soprou no salão.

— Rose! — gritou Jupitus do outro lado da porta, sacudindo-a com violência.

Norland agarrou o vestido de Rose, empurrou-a pela janela aberta e a segurou sobre o precipício. Ele era bem mais forte do que parecia. Os músculos de seus antebraços saltaram e as

O PRINCÍPIO DA TEMPESTADE

veias latejavam em suas grandes mãos. Rose se equilibrou no peitoril. Abaixo dela havia uma queda vertiginosa na lateral da montanha que levava ao mar espumante.

— Grécia antiga, Mesopotâmia, Creta da civilização minoica, Babilônia... Vou viajar para todos os lugares! — gritou Norland, em meio à ventania.

— Rose! — gritou uma voz, vinda de cima.

Uma grande sombra desceu e Jupitus, pendurado em um puxador de cortina, deu um salto e entrou pela janela ao lado. Em meio a uma chuva de vidro, ele caiu graciosamente dentro da sala de reuniões. Norland soltou Rose. Quando ela caía, ofegante, passou as alças da bolsa por um pedaço da janela quebrada. Uma das alças arrebentou, a bolsa se abriu e uma cascata de pertences (batons, lenços velhos e lembretes de dentista) caiu em cima dela.

Jupitus foi para cima de Norland e deu-lhe um soco no meio da cara. O mordomo ergueu a pistola e atirou, mas Jupitus, com a ponta da bota perfeitamente engraxada, jogou a arma para longe pela janela aberta, em direção ao mar abaixo. Norland pulou em cima do oponente, mas, em uma série de golpes experientes, Jupitus bateu na garganta dele, quebrou seu braço, deslocou seu tornozelo e o deixou semiconsciente no chão.

Ele correu até a janela aberta e pegou a mão de Rose na hora em que a bolsa arrebentou. Ele a puxou para dentro do salão, ajudou-a a sentar em uma cadeira para recuperar o fôlego, tirou o paletó e o colocou nos ombros dela. Rose olhou para Jupitus: seus olhos estavam brilhando, suas bochechas estavam vermelhas e seu cabelo estava desgrenhado como o de um herói romântico.

— Foi emocionante o bastante para você? — perguntou ele, sem fôlego.

De repente, Rose ficou de pé em um pulo, lançou os braços ao redor dele e o beijou apaixonadamente. Jupitus não tentou impedi-la.

A porta foi destrancada e Galliana entrou correndo no aposento, seguida imediatamente de Oceane Noire, que parou, chocada e furiosa com a cena de Jupitus e Rose em um abraço apaixonado. O par se separou quando vários outros guardiões em pânico entraram no salão.

Galliana foi avaliar Norland, que estava em estado de coma no chão.

— Esse é o seu espião — anunciou Jupitus, friamente. Ele colocou as mãos nos ombros de Rose. — É a ela que você tem de agradecer por capturá-lo.

Naquela noite, depois de o semiconsciente Norland ter sido preso e o furor ter diminuído, Oceane foi até a suíte de Jupitus e bateu com firmeza na porta. Jupitus apareceu de roupão.

— Precisamos conversar — anunciou Oceane, entrando no quarto sem esperar convite. — Rose Djones e você em um corpo a corpo vulgar não foi uma cena de aquecer o coração. — A voz dela estava ácida como vinagre. — Vou deixar bem claro para você, Jupitus. Mais uma vez. Como concordamos, nossa "amizade" vai se desenvolver, quer você concorde ou não. Nem Rose Djones nem ninguém vai interferir nisso. Isso, é claro, se você não quiser que eu revele seus preciosos segredos para a comandante. É um palpite, mas acho que ela pode ter um pouco de dificuldade de aceitar seu passado sujo.

O PRINCÍPIO DA TEMPESTADE

Jupitus olhou nos olhos dela. Por ser extremamente independente, ele odiava ser chantageado, mas sabia que era o melhor a fazer.

— Eu entendo — disse ele, friamente.

Oceane sorriu brevemente e saiu do aposento, batendo a porta atrás de si.

24 Surpresas do Castelo

Depois que todo mundo, primeiro os hóspedes e depois os criados, foi para a cama e as velas foram apagadas, Charlie se despediu mais uma vez de Mr. Drake (prometendo ser "pela última vez hoje"), e os três agentes, usando as roupas mais escuras que conseguiram encontrar, foram para o coração do castelo.

Ao chegarem à fonte na parede, os relógios bateram quatro horas. O solene som dos sinos ecoou na passagem de pedra; em seguida, o silêncio voltou a imperar.

Primeiro eles tentaram empurrar a fonte, mas não ficaram surpresos ao ver que era imóvel.

— Então como entraremos? — sussurrou Jake, ao examinarem a parede em busca de algum mecanismo que abrisse a passagem.

— Talvez tenha alguma coisa a ver com esses caracteres — sugeriu Charlie. Ele estava se referindo a uma série de numerais romanos entalhados na pedra abaixo da fonte: I, VIII, VI, III, IV, II e assim por diante.

O PRINCÍPIO DA TEMPESTADE

Topaz se ajoelhou e olhou com mais atenção.
— Não há lógica nesses números. Um, oito, seis, três, quatro, dois, sete, cinco, nove... — contou ela. — Significa alguma coisa?
Charlie deu de ombros. Jake pegou a vela na mão de Topaz e observou de perto. Ao passar os dedos pelos numerais, reparou em algo.
— Vejam, eles se movem! — exclamou ele, com animação, e demonstrou como o retângulo de pedra ao redor de cada numeral podia ser pressionado.
— Deve haver algum código — refletiu Charlie.
Os três olharam para os números a fim de tentar solucionar o enigma.
De repente, os olhos de Jake se arregalaram, e ele exclamou:
— O ano em que a América foi descoberta, 1492. Devo tentar?
Topaz deu de ombros.
— Qual é o pior que pode acontecer?
— Bem, o *pior* que pode acontecer — disse Charlie, empurrando os óculos no nariz — é o mecanismo conter armadilhas e o número errado liberar lâminas escondidas que nos decapitarão. Mas sinta-se à vontade...
Jake apertou as pedras na sequência de quatro números. A porta não se abriu. Charlie coçou a cabeça enquanto Topaz olhava.
— Mil seiscentos e quarenta e nove — murmurou ela, tão baixinho que os outros não ouviram. — É 1649 — repetiu ela, mais claramente. — Já vi isso antes.
Topaz não esperou aprovação. Simplesmente apertou os números, e o painel de pedra se abriu com um estalo. Ela pegou a vela na mão de Jake e entrou. Uma escadaria de pedra descia em direção a uma área cheia de luz.

— Vamos? — perguntou ela, ao começar a descer destemidamente. Jake e Charlie foram atrás, fechando a porta atrás de si.

— Como ela sabia aquele número? — perguntou Jake a Charlie.

— Mil seiscentos e quarenta e nove é o ano em que Zeldt nasceu — sussurrou Charlie. — Ele nasceu em Londres, em 13 de janeiro desse ano. Dizem que o parto dele coincidiu com a decapitação de Carlos I. Sinistro — acrescentou ele, com um arrepio na espinha.

— A execução de Carlos I? Já li sobre isso! — disse Jake, com empolgação. — Ele estava com três camisas para não tremer.

— Foi mesmo um dia frio — respondeu Charlie, solenemente. — Um dia frio para a história.

Eles se juntaram a Topaz no fim da escada. Uma área iluminada por lampiões levava a um espaço subterrâneo: as catacumbas do castelo. Eram sustentadas por uma série de grossos pilares.

— Escondam-se! — ordenou Topaz, de repente.

Alguma coisa estava acontecendo. Os três agentes se esconderam nas sombras atrás de um dos pilares. Em um círculo de luz em uma grande área à frente deles havia uma máquina enorme, em volta dela, uma linha de montagem de estações de trabalho, onde pessoas corriam de um lado para outro, trabalhando sem parar.

— O que é aquela coisa? — perguntou Jake.

Charlie reconheceu imediatamente: a imagem provocou um sorriso ao seu rosto.

— Aquilo, meu amigo, é uma das primeiras prensas do mundo.

— É mesmo? — perguntou, Jake intrigado. — É enorme.

O PRINCÍPIO DA TEMPESTADE

— Em 1455, Johannes Gutenberg criou seu método mecânico de impressão — explicou Charlie, com um sussurro animado. — Aparentemente inspirado pela humilde prensa de lagar. Antes da invenção dele, os livros eram escritos à mão ou impressos com trabalhosos blocos de madeira. Era muito cansativo e extremamente caro. A ideia revolucionária de Gutenberg...

— Foi a de usar ferro fundido para produzir tipos de metal — interrompeu Topaz —, dando-nos assim um suprimento ilimitado de letras.

— Na realidade, Gutenberg não foi o primeiro. Houve um protótipo japonês no começo do século XIII, mas foi Gutenberg quem patenteou a primeira tinta à base de óleo, sem a qual as máquinas nunca funcionariam direito.

— Está vendo? — Topaz sorriu. — Você aprende uma coisa nova a cada dia conosco.

— Isso não chega nem perto da verdade — comentou Jake.

— A pergunta é: o que Zeldt está imprimindo com tanta urgência? — refletiu Charlie.

Eles observaram a atividade frenética. Conforme as páginas recém-impressas com tons intensos de preto, vermelho e dourado saíam da prensa, elas desciam pela linha de produção. Alguns trabalhadores cuidadosamente dobravam o papel no meio. Uns costuravam os cadernos com destreza enquanto outros usavam cola e pinos de metal para prender os enormes livros. No fim da estação de trabalho, a frente de cada exemplar era equipada com um elaborado mecanismo de fechadura. Os livros terminados eram colocados cuidadosamente em caixas de madeira.

Uma dessas caixas, depois de cheia, foi colocada em um carrinho e arrastada para fora do ambiente por dois trabalhadores. Ao ver os homens de Zeldt indo na direção deles, os três agentes se esconderam em um ponto mais envolto em sombras. Eles chegaram a uma passagem em arco que levava a outra ala das catacumbas.

— Vamos investigar? — perguntou Jake.

Charlie olhou para ele e depois para Topaz.

— Há quanto tempo ele trabalha conosco...? — perguntou ele.

— Três dias só e já parece que é ele quem dá as cartas.

Eles desapareceram pela passagem e entraram em outro aposento enorme, que estava desocupado e era bem mais escuro do que o primeiro. Os agentes precisaram de um minuto para acostumar os olhos à escuridão. Por fim, um padrão repetitivo de formas entrou em foco.

— O que são essas coisas? — perguntou Topaz, nervosa pela atmosfera estranha.

De cada lado, até onde a vista alcançava, havia uma série de contêineres retangulares, do tipo que se veria em navios de carga. Cada um estava a quase dois metros do chão, sobre apoios sólidos. Da base deles emergia um funil grosso que se curvava e entrava na parede.

— Você é o mais alto — disse Charlie para Jake. — De que os contêineres são feitos?

Jake entrou debaixo de um, esticou a mão e bateu no fundo da caixa.

— Madeira — sussurrou ele.

As batidas de Jake despertaram algum tipo de reação. Charlie ouviu com atenção.

— Parece que tem alguma coisa viva aí.

Todos prestaram atenção: do contêiner veio um som abafado de arranhar.

O PRINCÍPIO DA TEMPESTADE

— Aquela caixa tem uma rachadura — disse Topaz, apontando para outro contêiner. Havia mesmo uma abertura estreita perto do alto da caixa.

— Eu olho — disse Jake com coragem, e sorriu para Charlie.

— Qual é o pior que pode acontecer? Estar cheia de escorpiões assassinos? Ajude-me a subir.

— Acho que prefiro o Jake antigo, despretensioso, "não posso embarcar sem minha tia" — disse Charlie, fazendo uma concha com as mãos e elevando o amigo. — E você, Topaz?

— Na verdade, acho que Jake *sempre* foi corajoso — disse Topaz, com um sorriso. — É o que gosto nele.

Jake sentiu uma onda tão grande de alegria ao ouvir isso que subiu pela parte externa do contêiner como um alpinista profissional. Ele conseguiu se erguer de forma a manter os olhos no nível da rachadura.

— Cuidado... — avisou Topaz. Jake agora estava a uns seis metros do chão.

— Consegue ver alguma coisa? — perguntou Charlie.

— Consigo sentir um cheiro — respondeu Jake. — Tem o cheiro da loja de animais de Lewisham que foi fechada pelas autoridades. Espere, posso chegar um pouco mais perto. — Ele enfiou a mão na rachadura e subiu mais, para poder olhar para o contêiner de cima.

Ouviu-se o som de algo se quebrando, e um pedaço de madeira se soltou em sua mão. Ele conseguiu se equilibrar ao se agarrar na parte de cima da estrutura. Um repentino e alto rugido veio de dentro. Jake podia ver um cobertor ondulante de formas avançando em sua direção. De repente, ratos começaram a sair pela abertura, por cima da sua cabeça e dos seus ombros, e caíram no chão.

Jake foi tomado por um pavor paralisante. Ele odiava ratos, mas isso era nojento demais. Ratos gordos, com rabos grossos e maiores do que o corpo, passavam por seu cabelo e seu rosto. Ele queria gritar e precisou de todo o autocontrole do mundo para não fazer isso.

Topaz e Charlie podiam ver um fluxo de roedores indo em direção à passagem de onde tinham vindo.

— Vamos ser descobertos — sussurrou Charlie. — Feche o buraco agora!

Jake tentou recolocar o pedaço de madeira quebrada, mas o fluxo era impossível de ser controlado. Mais e mais ratos saíram. Um longo rabo careca entrou em sua boca. Ele pôde senti-lo na língua. Em seguida, o rato desceu pelo pescoço de Jake, entrou em sua camisa e lutou para abrir caminho com as garras e os dentes.

Jake não conseguiu mais conter sua repulsa. De repente, perdeu o controle. Deu um grito de gelar o sangue e caiu no chão. Os ratos continuaram a cair sobre ele e ele gritou de novo.

Do outro lado do aposento, Topaz ouviu o som de passos. Em seguida, um grupo de guardas entrou e se aproximou deles com espadas na mão. Logo cercaram os agentes, que não tiveram escolha além de soltar as armas e erguer as mãos.

— Desculpem-me... Desculpem-me — murmurou Jake para os outros. Estava envergonhado.

— Não se preocupe. A adrenalina faz isso de vez em quando — disse Topaz, com gentileza. — Acontece com os melhores de nós.

As palavras foram de pouco consolo para Jake. Ele estava dolorosamente ciente de que podia ter arruinado tudo.

Mina Schlitz entrou no aposento e passou pelos guardas até estar de frente para os três. Atrás dela, os ratos ainda caíam

O PRINCÍPIO DA TEMPESTADE

pelo buraco na caixa. Os guardas se encolheram para longe deles, mas Mina não moveu um músculo. Na verdade, quando um roedor se interessou pelos pés dela, ela o virou debaixo do sapato e, sem nem olhar, o perfurou com o salto.

Ela observou o rosto de Jake. A barba dele estava se soltando e ela a puxou e arrancou. Isso doeu bastante, mas Jake decidiu que preferia morrer a demonstrar dor ou medo novamente. Mina olhou com raiva para Charlie, que tentou retribuir o olhar com a mesma intensidade. Por fim, ela voltou a atenção para Topaz e arrancou-lhe a touca. Primeiro, Mina franziu a testa, como se a reconhecesse. Em seguida, seus olhos se arregalaram de perplexidade.

— Estou enganada — disse ela — ou será que é a primeira e única Topaz St. Honoré?

— Você falhou ao tentar me capturar em Veneza — provocou Topaz. — Então *deuxième fois la chance*, a segunda vez traz sorte.

— Eu nunca falho! — sibilou Mina. — A incompetência é uma ideia tão odiosa para mim quanto... — Ela escolheu a palavra com cuidado. — Quanto a piedade. — Ela recuperou a compostura. — Levem-nos para Zeldt! — ordenou ela.

25 Livros, Ratos, Calamidade

Eles foram levados por uma escadaria até o castelo acima. O caminho foi feito em um silêncio perturbador. Logo chegaram a uma grande biblioteca nos aposentos particulares de Zeldt.

Era o mesmo aposento comprido para o qual Nathan e Paolo tinham sido levados dois dias antes, onde havia uma sucessão de lareiras, estantes cheias de volumes antigos e estátuas renascentistas em cada canto escuro.

Jake, Topaz e Charlie foram empurrados com grosseria para cadeiras na extremidade de uma longa mesa. Com um sinal firme, um dos guardas indicou que deviam esperar. Para garantir que fossem obedecer, um guarda ficou de pé atrás de cada cadeira. O trono de Zeldt na outra ponta estava vazio, ao menos por enquanto.

— Mr. Drake vai morrer de preocupação — sussurrou Charlie.

Topaz apertou a mão dele.

— Ele vai ficar bem. É astucioso — respondeu ela, baixinho.

O PRINCÍPIO DA TEMPESTADE

Eles esperaram no silêncio incerto. Pelas janelas, viram o sol subir pelo vale do Reno, com os raios ardendo-lhes nos olhos. De vez em quando, um deles se virava, mas recebia o olhar de aço dos guardas.

Quando o relógio deu sete horas, dois criados apareceram com bandejas de prata com comida. Charlie em particular se endireitou na cadeira de ansiedade: ele só tinha comido uma tigela de sopa de repolho morna em quase vinte e quatro horas. Infelizmente, a comida não era para eles. Ela foi colocada em frente ao trono vazio. Aromas irresistíveis chegaram até os prisioneiros.

A próxima chegada foi de um animal já familiar: Felson, o cachorro feroz que fora de von Bliecke. Ele foi até a extremidade da mesa e, ao reconhecer o cheiro de Jake, começou a rosnar.

— Quanto tempo — disse Jake, com irritação.

Felson mostrou os dentes, mas ouviu passos se aproximando. Ele rapidamente se aproximou da lareira mais próxima e se sentou, tremendo.

Mina Schlitz entrou no aposento. Ela ignorou os ocupantes e foi verificar as janelas e as lareiras. Tateou sob a beirada da mesa e inspecionou as bandejas de prata com comida. Satisfeita por tudo estar bem, ela voltou até a porta e fez um sinal.

A porta foi aberta por um guarda que não pôde ser visto, e o príncipe Zeldt entrou.

Pareceu a Jake que a temperatura caíra de repente, como se o príncipe emitisse uma aura gelada invisível.

Zeldt também pareceu sentir frio. Ele puxou a capa de pele ao redor de si, foi até uma das lareiras, posicionou cuidadosamente a bota de couro contra um tronco em chamas e deu um chute. Novas chamas ganharam vida.

O príncipe se virou e ficou imóvel. Imediata e instintivamente, dirigiu o olhar para Topaz, e seus lábios se curvaram em um sorriso malicioso. Ela olhava fixamente o tampo da mesa. Observando os dois com interesse, Mina tirou a cobra da caixa, enrolou-a no antebraço e acariciou-a debaixo do queixo.

Zeldt sentou-se em seu trono, abriu um guardanapo no colo e examinou alguns papéis enquanto um dos empregados servia a comida.

Jake olhou para ele com raiva enquanto comia o desjejum com lentidão deliberada, mas pouco apetite. Para Zeldt, comer era uma tarefa mundana. Em parte, era isso o que dava a sua pele um tom tão pálido. Ele colocou o prato de lado e serviu uma xícara de chá fraco de jasmim, repuxou os lábios para tomar um gole e voltou a colocar a xícara com cuidado sobre o pires.

— Às duas da tarde de hoje, vai haver um eclipse solar — disse ele por fim, com uma voz tão baixa que os agentes não tinham certeza se estava falando com eles. — Como invasores nesta época da história, vocês sem dúvida ignoram esse fato.

Ele tomou outro gole comedido de chá.

— É claro que não fui eu que o planejei. Isso seria impressionante, mas, não, "os céus" vão fornecê-lo de graça. — Mais uma vez, os olhos do príncipe pousaram em Topaz com o que parecia uma mistura de fascinação e asco. — Um eclipse é uma das poucas coisas na história que se pode ter certeza de que vai acontecer.

Charlie olhou com expressão de curiosidade para Topaz e Jake.

— Tal espetáculo é sempre memorável, e sem dúvida o povo ingênuo vai ficar tremendo de medo — prosseguiu Zeldt,

O PRINCÍPIO DA TEMPESTADE

em um tom monótono. — Mas tenho a sensação de que *este* eclipse vai ser mais memorável do que a maioria.

— Onde está minha família? — Jake se viu perguntando.

— Meus pais. Onde eles estão? — repetiu, ficando de pé.

O guarda atrás dele imediatamente deu um passo à frente, bateu com força na nuca dele e o empurrou para baixo. Topaz o olhou de lado com preocupação.

Zeldt tomou calmamente outro gole de chá.

— O que vocês sabem sobre a Renascença? — Como não obteve resposta, ele olhou para a frente, diretamente para eles, com os olhos frios e cinzentos. — Entendo que o nome não seja comum neste momento da história — prosseguiu —, mas isso não tem importância. A Renascença... o que vocês sabem sobre ela? Você, à esquerda — disse ele, apontando para Charlie.

— A Renascença...?

Zeldt sibilou com irritação.

— Pessoas ignorantes. Você, então, Topaz St. Honoré? — disse ele, com desprezo.

Por um momento, ele e Topaz se olharam. Em seguida, ela afastou os olhos.

— A Renascença se refere a um período da história — respondeu ela, com conhecimento. — É o período atual, durante o qual várias doutrinas e filosofias clássicas são redescobertas...

— Insípida! — Zeldt a silenciou, com um estalar de dedos.

— Nenhum de vocês tem personalidade?

Charlie ficou vermelho de raiva quando Zeldt ficou de pé, foi até o fogo ao lado dele e chutou o tronco de novo com a bota. Felson se encolheu, mas não ousou se mexer. O príncipe olhou para as chamas, com as costas voltadas para os três.

Uns bons três minutos se passaram até que ele suspirou e foi até uma das estantes.

— O livro impresso... — disse ele por fim, passando a mão pálida pelas prateleiras. — A invenção do século. Do milênio, talvez. — Sua expressão passou a ser de irritação. Ele puxou a estante que parecia imóvel e revelou a entrada de um aposento secreto. — Tragam-nos — sussurrou ao entrar.

Jake, Topaz e Charlie foram postos de pé e levados até a passagem por uma ponte de pedra acima das catacumbas onde tinham sido capturados. Mina seguiu logo atrás.

— Acredito que vocês já viram minha prensa — falou Zeldt, apontando para o vão abaixo. — É o aparato mais burro e mais perigoso que já foi inventado — murmurou ele. — Antigamente, só um punhado de escolhidos era agraciado com o conhecimento. A prensa quer dar conhecimento a *todos*... Esclarecimento até para os escravos que limpam a escória dos nossos esgotos?

Seus olhos escureceram.

— Esclarecimento para todo mundo? Ideias repugnantes. O que vem depois? Os animais serão esclarecidos também? As aranhas e minhocas vão aprender filosofia?

— Se é tão burra e perigosa — disse Jake —, por que você tem uma?

Zeldt sorriu de forma malevolente antes de responder.

— Ah, eu pretendo dar às pessoas o que elas querem por um pouco mais de tempo. — O tom de sua voz ficou mais baixo. — Só o bastante para que... morram. Venham ver meu laboratório.

O príncipe os conduziu pela ponte até um grande aposento cheio de reluzentes aparatos científicos: medidores, tubos de ensaio, calibradores e relógios quadrados com mostradores complicados. Técnicos trabalhavam ali. No centro havia uma sala dentro da sala: um cubo de vidro grosso onde dois ou-

O PRINCÍPIO DA TEMPESTADE

tros técnicos, os dois vestindo roupa protetora, dedicavam-se a alguma operação cuidadosa.

Zeldt levou os agentes até uma mesa e pegou um livro grande.

— Este é um exemplar do livro que estamos imprimindo lá embaixo. Eu o intitulei *O livro da vida*, o que não deixo de achar engraçado. — Ele folheou as páginas grossas cheias de tipos góticos e ilustrações intrincadas recém-impressas. — Ele contém todas as áreas de novos conhecimentos: ciência, astronomia, mineralogia e o mais invisível dos males, a matemática. O livro é um compêndio completo do aprendizado moderno. — A voz dele virou um sussurro. — Mas também tem um ferrão na cauda.

Um sorriso gélido dançou pelo rosto de Mina quando ele falou isso.

— Quando o livro for destrancado — disse Zeldt —, uma surpresa será revelada.

A frente do livro era adornada por um cadeado dourado e uma chave. Com as pontas dos dedos, Zeldt extraiu um frasco de vidro muito pequeno de dentro do mecanismo e ergueu-o contra a luz. Seus prisioneiros viram que continha um líquido preto viscoso.

— Quando a chave for girada — explicou o príncipe —, o frasco de vidro se quebra e seu conteúdo é liberado.

— O *que* é o conteúdo? — perguntou Charlie.

— O fruto de muitos anos de trabalho árduo — respondeu Zeldt, com orgulho.

Ele os levou até o cubo de vidro onde os técnicos com roupa de proteção estavam trabalhando. Lá dentro, em um armário também de vidro, havia uma mesa de ferro. Ali, usando camadas de intestino de porco como luvas de proteção, os dois homens destilavam uma grande quantidade da mesma substância preta.

— O que é? — perguntou Topaz, quase com medo de saber a resposta.

— Vocês estão testemunhando uma operação única. A substância à esquerda — disse Zeldt, apontando para o conteúdo de uma caixa pequena — é uma pasta com tripas de pulga infeccionadas. Foi preciso um bilhão de pulgas colhidas em um milhão de ratos para produzir essa pequena quantidade de material utilizável.

— Ratos... — Charlie olhou para Jake.

— A matéria com a qual isso está sendo combinado — Zeldt apontou para o conteúdo de outra caixa — é um agente engenhoso que aumenta a eficácia do outro em pelo menos cem vezes.

Jake imediatamente reconheceu-a como a substância da *segunda* garrafa que Talisman Kant vendera para Mina Schlitz: o material que parecia mel.

— Pulgas infectadas? — perguntou Charlie. — Infectadas com o quê?

Zeldt não conseguiu conter uma risadinha maligna.

— Ah, que isso?! Vocês já devem ter descoberto. — E então o sorriso desapareceu de seu rosto. — Com peste bubônica.

Por um segundo, os três agentes pararam de respirar.

Os olhos de Zeldt brilharam com o fervor de um verdadeiro fanático.

— *Yersinia pestis* é o assassino mais fatal da história. Em sua primeira onda, a Europa medieval foi dizimada: setenta milhões de mortos. Primeiro a febre, depois os vômitos, seguidos pelas dolorosas e fedorentas bolhas, culminando na pele enegrecida quando a morte começa a se aproximar. Isso

O PRINCÍPIO DA TEMPESTADE

foi *naquela época*. Graças aos trabalhos de Talisman Kant, esta edição, perdão pelo trocadilho, vai ser dez vezes mais letal. Vocês não deviam ficar perto demais. Esses germes insaciáveis adorariam afundar os dentinhos em vocês... — Ele parou no meio da frase. — Mas eu estava esquecendo. Vocês dois, intrometidos — chamou ele, assentindo para Jake e Topaz — já estão protegidos com meu antídoto, meu... Qual é a palavra vulgar que vocês usam na idade moderna? Minha *vacina*. Mas, por favor, não se preocupe. — O príncipe dirigiu essa última frase exclusivamente a Jake. — Vou encontrar uma maneira tão desagradável quanto essa para você morrer.

Os três agentes olharam, horrorizados, enquanto os técnicos enchiam vários frascos mínimos de vidro com a substância preta assassina. Eles foram selados com uma tocha incandescente e transportados para outra estação de trabalho. Ali, foram inseridos nos mecanismos do cadeado dos livros, que foram embalados em caixas e, na extremidade do aposento, colocados na traseira de uma carruagem blindada feita de ferro vermelho-sangue.

— Em vinte minutos, essa carruagem vai sair daqui com quinhentos livros desses e vai para o sul. Nas próximas quarenta e oito horas, todas as cidades do sul da Europa vão receber suas publicações gratuitas. Innsbruck vai ser o primeiro porto da lista — Zeldt indicou a cidade em um mapa pendurado na parede ao seu lado. — Depois Milão, Verona, Gênova, Florença e assim por diante. As pessoas vão receber os presentes com espanto, vão ficar maravilhadas com a magia dele, *ignorando* o fato de que receberam a morte no coração de suas comunidades. — Os olhos do príncipe agora pareciam em chamas. — *Ignorando* que a anarquia já estará se espalhando, que a decomposição terá se iniciado. *Ignorando* que suas vidas insignificantes já estarão terminadas.

Mina Schlitz sorriu com alegria à menção de uma destruição tão deliciosa.

— Então meus livros vão acabar por garantir a aniquilação da Itália e dos países arrogantes do Mediterrâneo, os piores criminosos no grande fiasco da Renascença — prosseguiu Zeldt. — Mas o golpe maior que planejei, o *prólogo* do meu apocalipse, vai começar com um estouro nesta tarde no norte da Europa.

Ele assentiu para Mina, que pegou uma caixa de madeira. Ela abriu a tranca e, do interior acolchoado, tirou um pesado dispositivo de ouro e o colocou com cuidado sobre a mesa. Era um instrumento semelhante a um relógio, composto de pequenos mostradores cintilantes, alavancas e polias. Acima dele estava entalhado o mesmo emblema da cobra e escudo.

— Um trabalho tão lindo — suspirou Zeldt. — É uma pena que ninguém estará vivo para apreciá-lo. Por favor, olhem mais de perto — disse ele aos prisioneiros, repetindo com maldade. — Olhem mais de perto *lá dentro*.

A atenção deles já tinha sido capturada pelos mecanismos internos do aparato. Embora fosse doloroso seguir as ordens de Zeldt, eles se inclinaram e examinaram com mais atenção. Em uma caixa dentro do coração da máquina havia um frasco grande do mesmo líquido preto viscoso. A cada lado dele, dois punhos dourados em miniatura, onde também havia o símbolo de Zeldt, estavam posicionados para quebrar a caixa em duas.

— Esse dispositivo de destruição do mundo, literalmente — continuou o príncipe —, vai ser depositado em breve na torre não concluída da nova catedral de Colônia, uma construção vulgar e ostentadora, mais do que qualquer outra. Precisamente às duas horas e três minutos desta tarde, quando

O PRINCÍPIO DA TEMPESTADE

o eclipse for total, essas mãos de ouro vão fazer seu trabalho e liberar o conteúdo do frasco de vidro. Que licença poética gloriosa: quando a escuridão começar a engolfar a Europa, minha *superpeste* vai ser liberada. Em poucos dias, metade do continente vai estar extinta. Os sobreviventes vão lutar sobre os ossos pútridos da Europa até sucumbir também ao poder da Rainha Morte.

Zeldt olhou para eles, e sua voz foi aumentando quando proclamou:

— A Renascença vai ser destruída antes até de começar.

— Esse é seu grande plano? — Charlie procurou usar seu tom mais provocativo. — Avanço? Progresso? Ciências? Artes? Nada disso tem utilidade para você?

De repente, o sangue subiu ao rosto de Zeldt.

— Estou limpando a bagunça fedorenta da história! — rugiu ele. — Você não é tão burro a ponto de não saber o que vai acontecer com ela! Dar conhecimento às massas não leva a nada além de catástrofe e desespero! Os seres humanos são animais, e é assim que têm de ser tratados.

— Exceto por alguns poucos escolhidos... — provocou Topaz, com desprezo. — Você e seus investidores milionários.

Zeldt olhou para ela com raiva antes de falar.

— Alguém tem de ficar no poder: escravos não trabalham sozinhos.

— Mas se você planeja matar todo mundo — perguntou Charlie — quem exatamente vai cuidar dos campos de prisioneiros?

— Os escravos, como falei — respondeu Zeldt, dando de ombros. — Selecionados e importados de todos os cantos da Terra. Eu terei o mundo à minha disposição porque serei o *dono* do mundo. E vou reconstruí-lo, *mais forte* do que já foi. Uma criação maravilhosa e espantosa, como a história nunca viu!

Mina Schlitz silenciosamente guardou a bomba na caixa de madeira e fechou o trinco.

O príncipe respirou fundo e se acalmou.

— Agora, se não houver mais perguntas...

— Eu tenho uma pergunta — insistiu Jake. — Onde estão meus pais?

— Mas que sujeito cansativo — suspirou Zeldt, e se virou para Mina. — Levem-nos de volta à biblioteca. Vou me juntar a vocês em breve.

Quando o príncipe foi falar com um dos cientistas, Jake, Topaz e Charlie foram levados de volta pelo laboratório pela ponte.

— Seus amigos já estão esperando — anunciou Mina. — Achamos que seria caridoso nos livrarmos de vocês todos juntos.

Quando eles entraram na biblioteca de Zeldt, imediatamente reconheceram as duas pessoas de aspecto lastimável que os esperavam.

— Nathan! — exclamou Topaz.

— Não diga que sentiu minha falta! — disse Nathan, piscando o olho ao mancar em direção a ela. Por trás dele, encolhido e indefeso, estava Paolo Cozzo. Os cinco agentes se reuniram.

— Charlie, Jake, é bom ver vocês dois vivos — disse Nathan, cumprimentando-os. Ele parou e deu uma outra olhada em Jake. — Não me diga que você mesmo montou esse traje?

— Ele apertou os olhos para avaliar o efeito completo. — Bela aparência! E bom trabalho com o cabelo. Uma mudança de estilo durante uma catástrofe mundial necessita um toque especial de coragem.

O PRINCÍPIO DA TEMPESTADE

Paolo sacudiu a cabeça sem acreditar.

— Como ele pode falar assim, como se nada tivesse acontecido?

Zeldt voltou para a biblioteca trazendo a bomba-relógio e depois fechou a estante atrás de si.

— Tenho um navio para pegar — disse ele, contornando os agentes. — Por isso, lamento comunicar que chegou a hora de nos despedirmos.

Ele sinalizou para Mina, que foi até a porta de metal pela qual o infeliz Friedrich von Bliecke fora enviado para a morte dois dias antes e abriu a característica maçaneta de bronze de cobras enroladas, depois girou a roda.

— Do outro lado daquele aposento, há uma porta. Exatamente em uma hora ela vai se abrir e levar vocês a um labirinto. No labirinto, há uma única saída para fora do castelo.

— Uma saída? — exclamou Paolo. — Você vai mesmo nos deixar ir embora?

— Tolo idiota — disse Zeldt, com um enrugar de lábios.

— Estou dizendo isso não porque vocês vão conseguir sair, pois é impossível, mas para prolongar seu delicioso sofrimento mais um pouco.

— Que consideração a sua — disse Nathan. — É um mistério você ter permanecido solteiro todos esses anos.

Zeldt se virou para Topaz. Ele olhou para ela por muito tempo e com intensidade.

— Acho que essa pequena alma perdida deveria vir conosco — sussurrou ele, com um brilho maldoso nos olhos.

Os olhos de Topaz se arregalaram de temor.

— Tire suas mãos dela! — gritou Jake, libertando-se momentaneamente dos guardas e segurando o braço dela. Ela olhou para ele como se tentasse dizer alguma coisa. Fosse lá o que quisesse transmitir, ele não conseguiu entender.

Nathan sussurrou com desespero no ouvido de Jake:

— Deixe-a ir. Pelo menos *ela* tem alguma chance.

Zeldt assentiu e os guardas empurraram Jake, Nathan, Charlie e Paolo pela sala até a porta de metal.

— Uma última coisa. — Zeldt ergueu uma das mãos para fazê-los parar. Ele tocou na manga de Jake. — Você perguntou onde seus pais estavam...

Jake prendeu a respiração e olhou para Zeldt, apavorado.

— Quando você entrar no labirinto — disse o príncipe —, vai logo descobrir. É melhor se preparar.

Jake se soltou e voou para cima de seu captor. Quando suas mãos se fecharam ao redor do pescoço do príncipe, os guardas deram um doloroso soco em seus rins.

— Levem-nos! — sibilou Zeldt ao ajeitar o colarinho, e Jake e os outros foram arrastados em direção ao labirinto.

— Os seres humanos são mais fortes do que você pensa! — gritou Jake, de forma desafiadora. Sua última visão foi a de Zeldt esticando a mão enluvada e acariciando o rosto de Topaz. Em seguida, a porta de metal se fechou atrás deles.

Nathan não conseguiu resistir e fez uma provocação final.

— Srta. Schlitz — gritou ele pela porta —, você devia mesmo aceitar meu conselho sobre a cor vermelha. Ela acaba com seu tom de pele.

Zeldt desceu a grande escadaria em direção à porta principal acompanhado por Mina, que segurava a bomba bubônica com firmeza. Pálida, Topaz foi arrastada junto com eles. Quando o príncipe chegou ao fim da escadaria, ele parou, e uma série de lacaios entrou em ação. Eles encaixaram um lustroso peitilho

O PRINCÍPIO DA TEMPESTADE

de prata em seu peito e colocaram luvas encouraçadas sobre seus dedos finos e pálidos. Um capacete de plumagem negra foi posto em sua cabeça e uma magnífica capa de pele, com a cabeça de um tigre rugindo silenciosamente em cada ombro, foi rapidamente presa ao redor do seu pescoço.

O lacaio principal fez a verificação final. Ele retirou uma pequena linha solta da capa de pele antes que todos os criados baixassem a cabeça e se afastassem.

Quando Zeldt chegou aos degraus da entrada principal, uma onda de aplausos corteses ecoou pelo pátio. Seus cúmplices tinham ido lhe dar adeus. Os jovens filhos e as filhas deles, vestidos de pele por causa do frio da manhã, observaram com olhos arregalados a resplandecente figura de seu comandante.

Os guardas de Zeldt também estavam reunidos em posição de sentido, com as costas eretas e as espadas desembainhadas e erguidas.

O príncipe fez um sinal para a multidão, depois desceu em direção à carruagem vermelho-sangue e inspecionou o conteúdo. Ela estava cuidadosamente carregada com as caixas de livros: quinhentos volumes cujo conteúdo mortal cairia sobre a Europa em breve. Ele passou os olhos pela carga e assentiu com satisfação. A porta da carruagem foi fechada. Mina fez um sinal para o enorme e horrendo cocheiro e seu companheiro igualmente feio, e o veículo partiu pela passagem em arco em direção à montanha, dando início à viagem para o sul.

Uma carruagem de cabine sem teto imediatamente apareceu. Zeldt entrou e se sentou com cerimônia. Mina, ainda segurando a caixa, juntou-se a ele. Em seguida, ela sinalizou para um guarda, que estava com o cachorro de von Bliecke, Felson, em uma coleira. O cachorro latiu ao ser colocado na carruagem, depois se deitou o mais longe que pôde de Mina e do príncipe.

Topaz foi empurrada para seguir em direção a eles, mas permaneceu onde estava.

— Venha se sentar aqui, minha querida — sibilou Zeldt, dando um tapinha no assento ao seu lado — e me conte *tudo* o que tem feito. Faz *séculos* que não nos vemos.

Mas Topaz não se moveu. Dois guardas a forçaram a entrar no veículo. Ela se sentou ao lado de Zeldt, mas não olhou para ele. Mina a observou com um sorriso sinistro.

A carruagem partiu para longe do castelo, em direção ao porto e ao navio de guerra com as velas vermelhas, o *Lindwurm*.

26 Cobras e Escadas

— Estão todos bem? — A voz de Nathan ecoou pelo espaço preto como breu.

Charlie só resmungou e Paolo respondeu:

— Estou trancado em uma caixa de pedra sem comida e sem água, ao que tudo indica prestes a morrer... Nunca me senti melhor.

— É assim que se fala! — respondeu Nathan, ignorando o sarcasmo de Paolo. — Jake? Você está bem? — Ele esperou por uma resposta. — Jake? Está me ouvindo?

Jake estava ouvindo Nathan perfeitamente (era fisicamente impossível *não* ouvi-lo), mas não estava com vontade de falar. A verdade era que não se sentia nem perto de bem. Sua mente estava em torvelinhos por causa dos medos e das preocupações. Zeldt tinha dito que ele "descobriria" sobre os pais no labirinto e que deveria "se preparar". Ele sabia que isso só podia significar uma coisa. Estava desesperado tanto para descobrir quanto para *não* descobrir que segredos terríveis podia haver além do aposento onde estavam.

Além de tudo isso, Topaz agora tinha sido sequestrada. O fato de que Jake só a conhecia havia alguns dias e de que não conseguia explicar nem entender seus sentimentos por ela não tinha a menor importância. Jake sentia uma grande ligação com ela, como se, de alguma forma, ela fosse parte dele. Sua necessidade de reencontrá-la era quase tão forte quanto de encontrar a família.

— Se está preocupado com o que Zeldt disse — insistiu Nathan — não devíamos tirar conclusões. — A verdade era que, depois de encontrar uma etiqueta de roupa no calabouço, Nathan temia pelo pior, mas sentia que era seu dever manter o ânimo de todos o melhor possível.

— Ele está certo — acrescentou Charlie, com alegria.
— Não faz sentido nos preocuparmos até encontrarmos alguma prova.

— Por exemplo, os membros cortados de Alan e Miriam — disse Paolo, sem o menor tato. — Ai! — gritou ele, ao receber um tapa na nuca dado por Nathan. — *Ai!* — berrou de novo quando Charlie lhe deu outro para garantir.

— Não vamos falar sobre isso — decidiu Jake, com pesar. — Vamos só sair daqui!

— Gosto do seu estilo! — disse Nathan.

— Palavras de um verdadeiro Guardião da História — concordou Charlie.

— Zeldt disse que uma porta para o labirinto abriria em uma hora... — Nathan começou a tatear as paredes. — Eu diria que dez minutos já se passaram. Precisamos encontrar essa porta e arrombá-la. O que é isso...? Charlie, isso parece alguma coisa?

Nathan guiou a mão de Charlie para uma ranhura na parede de trás.

O PRINCÍPIO DA TEMPESTADE

— Consegue firmar a mão em alguma parte? — perguntou ele.

Os dois gemeram e grunhiram ao tentar forçar a parede.

— Ah, graças a Deus! — gritou Nathan, de repente.

— Conseguiu abrir? — perguntou Paolo.

— Não, achei que tivesse quebrado a unha, mas não foi nada. O desastre foi evitado.

— Como você pode se importar com suas *unhas* em uma hora dessas? — murmurou Paolo, com desespero.

— Não vou me dignar a dar uma resposta. Minhas unhas são perfeitas em todos os aspectos: tom, cor e contorno. Não há momento nem circunstância que me fariam perder o interesse nelas.

Mesmo com os quatro puxando com toda força, a parede de pedra nem se mexeu. Depois de um tempo, com relutância, Nathan sugeriu que guardassem as energias e esperassem que a porta se abrisse sozinha.

Enquanto estavam sentados na escuridão, Charlie contou a Nathan e Paolo sobre o plano de Zeldt de destruir a Europa e a Renascença. A cada novo elemento, desde o príncipe usar a peste geneticamente modificada, passando pelos livros que carregam o segredo terrível e chegando à bomba-relógio que seria detonada na catedral de Colônia, Paolo repetia uma única expressão sem parar:

— *Oh, mamma mia! Oh, mamma mia!*

Por fim, eles ouviram o som de pedra arrastando, e a parede do fundo do aposento se abriu em duas.

— Está se abrindo! A parede está se abrindo! — Paolo ofegou quando a luz pálida entrou no aposento. O coração de Jake disparou como um tambor.

Nathan mancou até a abertura e espiou.

— O labirinto, suponho. Muito acolhedor.
— Tem alguém aí? — gritou Jake, para o vazio. — Alguém? A voz dele ecoou pelo espaço. Não houve resposta.
— Jake, ainda está com aquele isqueiro que lhe dei? — perguntou Nathan.
Jake o tirou do bolso e passou para Nathan.
Nathan se virou na direção de Paolo e com um puxão arrancou a manga do casaco dele.
— O que está fazendo? Foi minha mãe que fez.
— Desculpe. Tecido vagabundo pega fogo bem — respondeu Nathan, ao botar fogo na manga de Paolo.
Ele estava certo: o pano produziu uma chama intensa, e Nathan lançou a manga em chamas ao centro do grande aposento. Ela caiu na beirada de um suporte de madeira e revelou o labirinto de Zeldt, com a infinita confusão de escadas em todos os ângulos imagináveis.
— Saída? — choramingou Paolo. — Onde? Como é que vamos encontrar a saída?
— Olá! — gritou Jake de novo, observando cada centímetro do espaço escuro.
Os quatro agentes ouviram com atenção. Acabaram por escutar um barulho estranho, como areia em movimento.
— O q-que é isso? — perguntou Paolo, em dúvida se queria realmente saber a resposta.
— Parece estar vindo do chão — disse Charlie.
Nathan se virou para Paolo e arrancou a outra manga dele.
— Nathan! — exclamou ele.
— O quê? Você quer andar por aí com uma manga só? A assimetria só vai entrar na moda daqui a quatrocentos anos.
Nathan acendeu a segunda manga e a lançou ao centro do grande aposento. Foi um bom lançamento. A manga acesa caiu

O PRINCÍPIO DA TEMPESTADE

entre as várias escadarias, no chão bem abaixo. Todos esticaram o pescoço para ver o que havia lá. A manga em chamas iluminou um círculo largo de pedra vazia.

Mas, naquele momento, um rabo de cobra serpenteou para longe. Paolo sufocou um grito. Tudo ficou parado novamente.

— Não quero ser o porta-voz da desgraça — disse Charlie —, mas aquilo parecia ser uma mamba-preta.

— Mamba-preta? — sussurrou Paolo. — Isso é ruim, não é?

— É uma das criaturas mais mortais do planeta — confirmou Nathan. — Ela pode liberar até quatrocentos miligramas de veneno em uma mordida. Você morre em vinte minutos se ela não estrangulá-lo antes.

— E é comprida — acrescentou Charlie. — Tem quase cinco metros. São quase três de você, um em cima do outro.

Era impossível Paolo ficar ainda mais pálido, mas ele não disse nada. Jake continuou a procurar algum sinal dos pais na câmara.

— É claro que o "preta" não se refere à cor do couro dela — acrescentou Charlie — mas sim ao interior escuro da boca.

— Dizem que é mais negro do que um buraco negro.

— Nathan ergueu as sobrancelhas.

— Tudo bem, já chega! — disse Paolo. — Não sabemos o que é com certeza, então chega de aula!

— Não exatamente...

Charlie tinha visto outra coisa. A cabeça de outra serpente terrível apareceu no círculo iluminado. Por um momento, ela não se mexeu. Em seguida, começou a deslizar pelo chão. Os olhos dos garotos se arregalaram ao mesmo tempo: ela tinha pelo menos quatro metros e meio.

— É uma mamba-preta mesmo — disse Nathan.

— Com as amigas mambas-pretas — acrescentou Charlie, friamente.

— Vamos, então — disse Jake, engolindo o medo e descendo o primeiro degrau de uma escadaria que levava para longe do aposento onde estavam. Mas seu pé entrou em contato com nada além de ar. Ele perdeu o equilíbrio e caiu para a frente. Em um piscar de olhos, Nathan o segurou e puxou para cima.

— Esses degraus não são o que parecem ser. Nenhum deles. É um enigma, um truque de espelhos.

Ele demonstrou isso soltando uma pequena pedra na "aparente" escada à frente deles. Na verdade, havia uma queda vertiginosa no grande abismo abaixo.

— Então como vamos saber para onde ir? — perguntou Paolo, com desespero.

— Bem, os espelhos podem criar truques, mas a gravidade, não — disse Charlie, ao pegar um punhado de terra e espalhar à frente deles. Incrivelmente, ela cobriu uma escadaria que parecia ir na direção completamente errada. Os outros ficaram intrigados, mas a verdade estava bem no nariz deles. Charlie deu um passo à frente. Parecia que ele ia pisar o nada, mas seus pés pousaram em chão firme.

— Está vendo? É simples, na verdade — falou ele, secretamente dando um suspiro de alívio. — Todos peguem um pouco de terra e me sigam.

Jake, Nathan e Paolo pegaram um pouco de terra e começaram a andar. Charlie foi à frente. Nathan foi atrás de Jake, com a mão no ombro dele para não colocar pressão na perna. Choroso, Paolo foi no fim da fila.

Eles cautelosamente desceram até um patamar no fim da primeira escadaria e pararam. Agora havia três escadas seguindo em ângulos estranhamente divergentes. Charlie espalhou um pouco de terra e identificou o caminho correto, uma escadaria bem mais estreita que ia para o alto da câmara.

Conforme os quatro subiam os degraus, eles gradualmente tinham uma visão mais clara do espaço abaixo. Era grande e irregular, entrecortado por aglomerados de rocha escura, dentre as quais eles viram um movimento ondulante de apavorar.

Os agentes cuidadosamente encontraram o caminho, subindo e descendo escadas, seguindo em frente, voltando e seguindo de novo. Os olhos de Jake iam de um lado a outro. Depois de vinte minutos de progresso lento e tenso, Nathan viu um pequeno retângulo de luz.

— Olhem! Ali! — Ele apontou para uma porta no alto da escada em caracol à frente deles.

Paolo ofegou, e seu rosto se iluminou.

— É ela! É a saída!

Ele empurrou os outros e começou a subir.

— Espere! Volte — gritou Nathan. — Pode ser uma armadilha.

— Não, estou vendo o céu! Juro que estou vendo o céu — respondeu Paolo, correndo em direção à luz. — Nós conseguimos, nós conseguimos! — exclamou. Corria com tanta rapidez que nem reparou que um dos degraus se moveu quando pisou.

Isso desencadeou uma reação em cadeia no mecanismo abaixo do labirinto de escadas.

Paolo estava a quatro passos do topo quando a escadaria começou a se inclinar. Ela foi se virando para o lado cada vez mais, até que, com um grito de pavor, perdeu o equilíbrio. Os outros três observaram com impotência quando ele caiu no chão entre uma nuvem de poeira.

Por um segundo, Paolo desfaleceu. Quando voltou a si, sua boca se abriu para gritar, mas nenhum som saiu. Olhando diretamente para ele estavam os olhos mortos do capitão Von Bliecke. Ao lado da cabeça dele havia o antebraço meio comido do capitão, ainda com a luva e a espada na mão. Suas pernas não estavam por perto. Mais uma vez, Paolo tentou gritar, mas a voz falhou.

— Voltem por aqui! Rápido! — gritou Nathan, retornando ao patamar anterior.

Mas era tarde demais.

De todos os lados veio o som de baques metálicos e gradualmente todas as escadas começaram a girar em seus eixos. Nathan, incapaz de manter o equilíbrio com a perna ferida, foi o próximo a cair, batendo em um suporte de madeira no caminho.

Jake e Charlie conseguiram subir em uma outra escadaria, mas ela também começou a girar até ficar quase de cabeça para baixo. Charlie caiu. Jake conseguiu chegar a outra escadaria, mas ela também estava se movendo, e não a seu favor. Ele se segurou com todas as forças, mas seus dedos acabaram escorregando, e ele teve de soltar.

Ao cair no chão, Jake ouviu um leve estalar debaixo dos pés. Ele perdeu o equilíbrio e suas costas bateram no chão coberto de areia escura e fina, bem mais macia do que parecia lá de cima, mas seu corpo ainda tremia por causa do choque. Parecia que vozes soavam de todos os lados, misturadas em um zumbido indecifrável.

Jake se sentou e tentou se concentrar. Havia formas brancas no chão ao seu lado. Ele levou um momento para entender o que eram. Eram ovos, ovos de mamba-preta, dois dos quais haviam sido destruídos quando ele caiu.

O PRINCÍPIO DA TEMPESTADE

Ele sentiu um estalo nos ouvidos e voltou a escutar.

— À sua esquerda! — gritou Nathan. — *À sua esquerda!*

Jake viu a criatura com o canto do olho: a mãe das jovens mambas esmagadas, uma cobra da grossura de uma perna humana, estava deslizando em direção a ele sobre a areia escura. Ele tentou ficar de pé, mas ficou paralisado de terror. A cobra armou o bote e abriu as mandíbulas negras. Ela sibilou com selvageria e repuxou os lábios, que revelaram presas encharcadas de veneno. Como um demônio possuído, voou para cima de Jake. Ele se encolheu e teve a leve percepção do barulho de metal e de um som de golpe.

Um pedaço de trinta centímetros da cabeça da mamba voou pela câmara. O resto do corpo dela pareceu ficar imóvel por um momento antes de cair sem vida, enrolado.

Charlie ficou ali de pé, respirando com alívio e segurando a espada tirada do antebraço cortado de von Bliecke.

— Tudo bem? — perguntou ele.

— Aqui em cima! Agora! — gritou Nathan.

Ele e Paolo tinham se refugiado no alto da maior pedra. Charlie puxou Jake e os dois correram, desviando-se de outras cobras furiosas. Nathan esticou a mão e puxou Jake. Quando Charlie seguia-os atrás, outra cobra, pequena mas muito ágil, surgiu das sombras e enfiou os dentes afiados como agulhas no couro grosso de sua bota. Ele soltou um grito e enfiou a espada na traqueia da cobra. Ouvia-se o som de ar escapando, e o corpo todo da cobra tremeu com violência e ficou imóvel. Charlie teve de sacudir a bota várias vezes para soltar a mandíbula dela. Ele se juntou aos outros três no alto da pedra.

— Belo trabalho — disse Nathan, dando tapinhas nas costas do colega. — Aposto que você está feliz por eu ter insistido nas botas de couro pesado.

OS GUARDIÕES DA HISTÓRIA

Lágrimas corriam pelo rosto de Paolo.

— Por que entrei para o serviço, *por quê?* — gemeu ele. — Eu poderia ser contador. Minha mãe queria que eu fosse contador. Ofereceram um emprego para mim no Banco Médici, de Florença. Eu poderia trabalhar com um ábaco em uma escrivaninha, com vista para os pavões do jardim. Minha vida poderia ser cheia de raios de sol e *torta della nonna*, mas aqui estou eu, empoleirado em uma pedra em um calabouço, sem mangas no casaco e cercado de mambas-pretas!

— Veja o lado bom — disse Nathan. — Ainda estamos vivos, não estamos? E temos a espada de von Bliecke. Onde estaríamos sem ela?

— Viva, viva! Temos uma espada! — Paolo parecia meio enlouquecido. — Vamos dançar para comemorar! — Ele ficou de pé e começou a rebolar. — Você não consegue ver, seu idiota? Estamos todos prestes a morrer!

Várias cobras estavam vindo de todos os cantos escuros naquele momento, de debaixo de todas as pedras. Pelos numerosos buracos que cobriam o chão, mais e mais apareciam. Monstros de mais de três metros deslizavam diretamente na direção dos quatro garotos.

Apesar da bravata, Nathan sabia que tinham poucas esperanças, mesmo com a espada de von Bliecke. Com três ou quatro eles poderiam lidar, mas tantas assim...

Paolo fechou os olhos e fez suas orações. Os outros se juntaram ainda mais. Quando o primeiro grupo de cobras chegou à base da pedra, suas línguas saíram da boca com ansiedade e elas sibilaram umas para as outras, com a raiva aumentada pela fome.

De repente, vindo de além das paredes do calabouço, os garotos ouviram o som distante de passagem de ar seguido pelo ribombar de algo se quebrando. Lascas de pedra caíram

O PRINCÍPIO DA TEMPESTADE

da parede oposta, e uma nuvem de poeira se espalhou na câmara. Eles ficaram onde estavam, aturdidos. Em seguida, houve outro intenso som de algo se partindo, e uma fresta de luz surgiu quando uma pedra enorme, do tamanho de uma vaca, voou dentro da câmara. Ela saiu voando, destruiu as duas escadarias de madeira no caminho e caiu no chão. Continuou a rolar, esmagando todas as coisas vivas no caminho: ouviu-se uma cacofonia estrangulada de sibilos. A pedra bateu na parede e parou. Nathan pegou a espada de Charlie, partiu para a frente e, com os olhos brilhando de determinação, matou o resto das cobras.

Uma luz intensa penetrava pelo buraco, iluminando o rosto atônito de Jake. Um momento depois, a silhueta de duas cabeças apareceu na abertura.

— Jake? Você está aí? — A voz ecoou no espaço.

O coração de Jake parou de bater.

— Mãe...? — perguntou ele, mal ousando acreditar no que tinha ouvido.

— Jake! — exclamou a outra pessoa. — É você mesmo?

— Pai? — Jake começou a gritar alto. — Mãe! Pai! — berrou ele, ao pular da pedra e correr sobre o tapete de cobras esmagadas. Ele seguiu de pedra em pedra, subiu pelo buraco, caiu em um pátio e ficou cara a cara com os pais.

Por um momento, Jake ficou paralisado de espanto. Ficou ali de pé, tremendo, e os examinou da cabeça aos pés. Os dois estavam usando roupas da Renascença, Miriam com um elaborado (mas rasgado) vestido de veludo e Alan de gibão, calção e botas resistentes de couro. Os dois pareciam exaustos, feridos e maltratados, mas estavam completamente maravilhados.

— Achei que nunca veria vocês de novo — exclamou Jake, ao passar os braços ao redor deles e abraçá-los com toda força.

— Achei que tinham morrido! — balbuciou ele, com a cabeça no peito deles.

— Como diabos você chegou aqui? — disse Miriam, limpando lágrimas de alívio. — Logo no século XVI! Seu pai e eu quase morremos de choque quando vimos você entrar pelo portal do castelo ontem. Embora mal o tivéssemos reconhecido a princípio. Seus adoráveis cachos não existem mais. — Ela suspirou, ao passar os dedos pelo cabelo curto e sujo dele.

— Bem, seja lá o que aconteceu, seja lá como veio parar aqui — disse Alan com orgulho —, você parece um verdadeiro aventureiro agora.

— Achei que tivéssemos *concordado*. — Miriam atirou flechas pelos olhos para o marido. — Nada de encorajá-lo. *Lembra?*

Jake riu com alegria pura ao se afastar para admirá-los.

— Vocês me viram passando pelo portal ontem? — perguntou ele. — Onde estavam?

Miriam suspirou.

— Levamos quatro malditos dias para sair desse ridículo poço de cobras.

— Com apenas isto para cavar um túnel! — acrescentou Alan, tirando um velho canivete do casaco (como um colete de pescador, os vários bolsos estavam cheios de objetos). — Sua mãe imobilizou as serpentes com um dos perfumes mais antissociais dela.

— Aprendi em Alexandria, no ano 200 d.C. — disse Miriam. — Cobras odeiam aromas cítricos.

— Nós nos protegemos debaixo de uma pilha de pedras e cavamos até chegar ao sistema de drenagem. Um túnel nos levou até o pé da montanha. Estávamos planejando nosso ataque...

O PRINCÍPIO DA TEMPESTADE

— ... quando vimos vocês três entrando — disse Miriam, concluindo a frase do marido. — Então vocês vão contar por que diabos estão aqui? Desconfio de Jupitus Cole.

— Vim procurar vocês — respondeu Jake, simplesmente.

— Está vendo, um herói! — declarou Alan com triunfo, batendo no ombro do filho. — Um herói de verdade! Está no sangue dele, Miriam. Não há nada que possamos fazer.

— E eu soube de Philip — acrescentou Jake, com nervosismo. — Há alguma chance de ele ainda estar vivo?

Alan e Miriam se entreolharam com seriedade.

— Nós *sentimos* que ele está vivo — disse ela, baixinho.

— Mas não encontramos nada desta vez.

— Sr. e Sra. Djones, seu senso de oportunidade foi impecável! — elogiou Nathan com seu sotaque da Carolina do Sul, pulando ao lado deles. — Então vocês encontraram o arsenal de Zeldt? — perguntou ele, assentindo para inúmeras catapultas gigantes que enchiam o pátio, uma das quais tinha perfurando a parede da catacumba.

— Estava virada para o outro lado — explicou Alan.

— Quase arrumei uma hérnia empurrando essa coisa.

— Sra. Djones, devo dizer o quanto gostei do seu cabelo assim — disse Nathan, de forma encantadora. — Preso e com cachos caindo em cascata é muito *a la mode*, muito *primórdios de barroco*. Deixa você anos mais jovem.

— Engraçado — comentou Miriam, imune ao charme dele.

— Você disse a mesma coisa quando eu usava o cabelo liso e solto.

— É mesmo...? — respondeu Nathan, desajeitado. — Então você obviamente ficará jovem para sempre. Perfeito.

Charlie ajudou o pálido Paolo a ir até o pátio.

— Aqui está ele. Charlie Chieverley. — Alan sorriu. — Alguém anda muito preocupado com você.

Houve um lampejo de cor, e Mr. Drake saiu voando da muralha do pátio e pousou no ombro de Charlie, gritando e batendo as asas de animação.

— Eu sei, também senti saudade — disse Charlie, com os olhos cheios de lágrimas. — Você é um papagaio muito corajoso. Merece uma medalha.

— Odeio ser quem tem de botar os pés de todos de volta no chão — anunciou Nathan. — Mas é assim que as coisas são: primeiro, na ausência da Srta. St. Honoré e eu sendo o agente mais antigo presente... Sem ofensas, Sr. Djones e Sra. Djones. Acredito que vocês não estão exatamente "perfeitamente atuantes" no momento. Pois então, eu me ofereço como líder do grupo. Alguma objeção?

Todos sacudiram as cabeças com impaciência. Miriam revirou os olhos para o marido e o fez rir.

— Em segundo lugar — disse Nathan —, temos aproximadamente quatro horas até o eclipse total. — Ele se virou para os pais de Jake a fim de explicar. — Não tenho certeza do quanto *au fait* vocês estão com os planos de Zeldt para a catástrofe mundial, mas saberão em breve. Enquanto isso, proponho que eu e o agente Chieverley sigamos para o sul atrás da carruagem de livros, enquanto o restante, os agentes Djones, Djones, Djones e Cozzo, sob a liderança de Miriam Djones — Miriam deu um pequeno aceno de mão —, seguirão para o norte, para Colônia, onde irão desmontar a bomba bubônica antes que destrua o norte da Europa. Isso deixa em dúvida apenas a questão do transporte.

— Líder do grupo Wylder, se eu puder dar uma sugestão quanto a esse problema... — disse Miriam, fazendo uma reverência debochada.

— Vá em frente — respondeu Nathan, com rigidez.

O PRINCÍPIO DA TEMPESTADE

— Já temos à nossa disposição dois bons cavalos — disse ela, apontando para eles. — Você e o agente Chieverley poderiam pegá-los para seguir os livros que vão para o sul. Quanto ao *nosso* meio de transporte para o norte, sugiro o seguinte: Zeldt saiu em seu galeão, o *Lindwurm*, há mais de uma hora, descendo o Reno. Evidentemente, ele vai fazer uma breve parada em Colônia, a mais ou menos 160 quilômetros ao norte daqui, antes de seguir pelo rio até um ponto de horizonte no mar do Norte. No galpão de barcos de Zeldt, lá embaixo, há três embarcações velozes disfarçadas de barcos pesqueiros. Podemos pegar uma e chegar à cidade em tempo recorde.

— Parece um bom plano. Eu concordo — anunciou Nathan. — Alguma pergunta até agora?

— Sim — disse Jake. — E Topaz? Vamos tentar resgatá-la?

— Negativo — respondeu Nathan, com firmeza. — Zeldt não deve ser interceptado. A missão é desarmar a bomba e nada mais.

Jake ficou estupefato.

— Mas não entendo... Certamente é nosso dever...

— Nosso dever — interrompeu Nathan — foi claramente expressado!

— Como você pode ser tão sangue-frio? — Jake sentiu sua raiva crescer. — Você cresceu com ela, e ela não significa nada para você?

— *Como eu posso ser tão sangue-frio?* — repetiu Nathan, em um tom repentinamente apavorante. Como sempre que ficava zangado ou nervoso, o sotaque americano se tornou mais perceptível. — Vou explicar. Zeldt deseja destruir a Europa. Deseja acabar com a Renascença antes que ela se inicie. Deseja impedir o progresso da civilização, voltar para a Idade das Trevas e escravizar o mundo. Talvez você não acredite que isso possa acontecer. Talvez você tenha visto um Michelangelo ou um Leonardo em sua Galeria Nacional e esteja pensando: *Bem, sei que a Renascença aconteceu porque vi os quadros.* Pense melhor! — gritou Nathan, com os olhos faiscando.

Todos, até Alan e Miriam, ficaram assustados quando Nathan demonstrou tanto nervosismo. Mr. Drake começou a estufar as penas com agitação.

— Vou dizer claramente para que você entenda — disse Nathan, olhando nos olhos de Jake. — Zeldt tem poder para mudar a história, para mudar o curso dela. Se não houver Renascença, não existirá aprendizado, ciência, progresso, cura para as doenças, música, pintura... nem compreensão. O mundo do qual você veio, onde você acende luzes e brinca com seus aparelhos eletrônicos e aprecia a companhia dos amigos, *ele não vai existir.* Não haverá *nada* para que voltar. Nada além de uma idade das trevas.

Jake ficou muito pálido.

— Desculpe. Eu entendo — disse ele.

— Agente Djones — Nathan se virou para Miriam —, eu repito, sob condição nenhuma haverá uma missão para salvar a agente St. Honoré, mesmo se você for bem-sucedida em sua tarefa. Há motivos para isso. Está claro?

— Está — respondeu Miriam, baixinho.

Jake fechou os olhos com desespero. *Que motivos poderiam existir para não ajudar outro ser humano?*, pensou ele.

— Que bom — concluiu Nathan. — Depois de os dois grupos terem completado suas missões, vamos nos reunir em Veneza, na Rialto. O grupo que chegar primeiro vai esperar ao meio-dia, todos os dias, até que o outro chegue. Muito boa sorte para todo mundo! — concluiu ele, em tom agitado.

— Algum comentário final?

O PRINCÍPIO DA TEMPESTADE

— Sim — disse Paolo. — Como posso oficialmente entregar meu pedido de demissão? Está claro que me tornei um estorvo para o serviço, e gostaria de voltar para a Itália imediatamente. Minha pobre mãe deve estar morrendo de preocupação.

— Demissão negada — disse Nathan. — Por mais absurdamente incapaz que você seja, precisamos de toda ajuda disponível. Vamos! Não podemos perder tempo.

27 Os Livros Mortais

Nathan e Charlie pegaram os cavalos de Alan e Miriam, abriram o portão na extremidade do pátio, despediram-me e partiram. Atentos para a presença dos guardas de Zeldt, eles trotaram pelas sombras do muro externo até chegar à estrada principal e começaram a descer a montanha. Os cavalos galoparam destemidamente pela encosta pedregosa. Seguiram pelo caminho serpenteante, com as cabeças abaixadas e os focinhos resfolegando. Em cinco minutos, chegaram à extremidade da floresta. Ali, o caminho era mais largo, permitindo que os cavalos pegassem velocidade. Os dois cavaleiros voaram pelo bosque escuro.

Acabaram chegando ao portal. Quando se aproximaram, o portão estava sendo fechado. Eles aceleraram e se abaixaram à altura dos pescoços dos cavalos. As pontas de metal do portão rasparam nas costas deles quando passaram voando. Os vigias mal tiveram tempo de registrar a presença deles quando passaram pelo arco do portal e seguiram para o sul. Eles galoparam em direção às montanhas ao longe.

O PRINCÍPIO DA TEMPESTADE

* * *

Jake, seus pais e Paolo rapidamente desceram os infinitos degraus em ruínas cobertos de musgo. Miriam foi à frente pelo bosque de coníferas até chegar a uma seção do muro decadente. Eles ajudaram uns aos outros a escalar as pedras, pularam do outro lado e seguiram pela montanha até as margens do caudaloso Reno.

— Ali é o galpão dos barcos — sussurrou Miriam, apontando para uma construção baixa de madeira ao lado do rio. Ela fez sinal para que todos se escondessem na sombra de um grande carvalho. Pela vegetação rasteira, eles podiam ver dois dos guardas de capas vermelhas de Zeldt protegendo a entrada.

— Alan, o que você acha? A dama com o filho se afogando?

— Perfeito — concordou o marido.

Miriam puxou o vestido e afrouxou o corpete para ficar com ar mais voluptuoso.

Jake mal conseguia acreditar no que via.

— Mãe, o que você está fazendo?

— Sou a isca. Preciso ter um certo... — Ela não terminou a frase, mas continuou a sacudir o cabelo e passou um batom tirado de uma pequena caixa de madeira. — É assim que fazemos as coisas aqui — explicou para ele. — Se precisássemos de uma isca masculina, seu pai faria o mesmo.

— Embora eu provavelmente não usasse o batom.

— Tudo bem! — Jake fez uma careta e ficou ruborizado.

— Faça o que tiver de fazer.

Miriam piscou para o marido e andou com elegância pelo bosque em direção aos guardas.

— Ela não está linda? — disse Alan com orgulho, ao observá-la. — Ela é como um bom vinho, vai ficando melhor com a idade.

OS GUARDIÕES DA HISTÓRIA

Todos observaram Miriam andar até os guardas e começar a gritar em alemão, fazendo sinal para a água enquanto se certificava de parecer o mais atraente possível.

— É uma tragédia! — traduziu Alan, com prazer. — *Meu garotinho caiu no rio e não sabe nadar!*

— Eles vão mesmo cair nessa? — perguntou Jake, em dúvida.

Os guardas se inclinaram na margem a fim de ver para onde Miriam estava apontando. Ela deu dois golpes de caratê brutalmente eficientes neles e os despachou para a correnteza. Eles tentaram nadar de volta para a margem, gritando e se agarrando à vegetação, mas a corrente os levou rapidamente rio abaixo.

— É nossa vez — disse Alan, guiando os outros para fora da vegetação.

Infelizmente, a confusão atraiu mais guardas para fora do galpão.

— Miriam! — gritou Alan, quando eles seguiram em direção a ela pelos dois lados. A reação dela foi rápida como um relâmpago: ela se desviou para sair do caminho deles, e os guardas colidiram uns com os outros com um estalar de crânios. Quando se recuperaram e puxaram as espadas, Alan já tinha se agarrado a um galho e se lançado no ar, derrubando o primeiro guarda com um empurrão de calcanhar.

— Aqui! — gritou Miriam, jogando um florete para ele.

Ele o pegou em uma das mãos e lutou com o segundo guarda, desviando-se e golpeando-o com uma destreza que deixou o filho de queixo caído. Por fim, derrubou o adversário com a parte achatada da lâmina, segurou-o pelo tornozelo e derrubou-o no rio.

— Mãe, pai...? Vocês acabaram de...? — A boca de Jake ainda estava aberta: esses poderiam mesmo ser seus dispersos pais comerciantes?

O PRINCÍPIO DA TEMPESTADE

— Nem nos aquecemos ainda — disse Alan, tirando a poeira da casaca.

Os quatro entraram no galpão. Lá dentro, viram três pequenas embarcações na água. Elas pareciam barcos pesqueiros comuns, mas eram evidentemente parte de uma frota especial: cada uma tinha um funil, habilidosamente disfarçado de panela, sobre o convés.

Miriam subiu a bordo de uma delas, que ela reparou se chamar *Aal*. Jake e Paolo foram atrás enquanto Alan soltava as amarras. Ele empurrou a embarcação para o rio e pulou a bordo quando ela começou a descer com a correnteza. Os três guardas, que tinham conseguido se segurar em um galho, xingaram a família Djones quando passaram com velocidade. Miriam deu um aceno alegre e Alan foi para o interior a fim de ligar o motor.

Em dez minutos, havia vapor subindo pelo funil, e o *Aal* seguia a toda velocidade Reno acima, em direção ao norte da Alemanha.

Nathan e Charlie galoparam lado a lado pela implacável estrada reta que levava ao sul dos Alpes. Passaram em disparada por Mannheim, Heilbronn e Metzingen. Mr. Drake estava abaixado, protegido do vento, atrás das costas de Charlie, claramente feliz por estar de novo com seu dono. De vez em quando ele esticava o pescoço para inspecionar a estrada à frente, e o vento bagunçava suas penas multicoloridas.

Em cada cidade, os dois agentes ofegantes paravam perto de um grupo de moradores e perguntavam se tinham visto uma carruagem passar, sem janelas e da cor vermelho-sangue. Todas as vezes, as pessoas de olhos arregalados apontavam para o sul, pelas montanhas, e Charlie e Nathan seguiam caminho.

* * *

O *Aal* desceu o rio pelas sombras do vale do Reno, que se erguia noventa metros acima de cada lado. Eles passaram por castelos de todas as formas e tamanhos: as fortalezas cheias de torres de Asterstein, Hammerstein e Stahlberg e os altos castelos de Rolandseck, Linz e Godesburg.

Depois que passaram pela cidade murada de Bonn, chegaram à parte norte do rio, onde a movimentação era mais intensa. Logo estavam seguindo caminho entre barcas e embarcações comerciais que levavam produtos para as cidades medievais em crescimento do norte da Europa.

Para a estupefação de muitos comerciantes e marinheiros, a pequena embarcação dos Djones ultrapassou todas as outras. Quando eles passaram por um galeão com o convés abarrotado de pedaços de mármore preto e branco, a tripulação assobiou para os ocupantes do veloz barco pesqueiro. Miriam Djones assobiou de volta e jogou beijos para os marinheiros, fazendo o marido rir.

Em intervalos regulares, Alan pegava o pequeno telescópio no colete e examinava o horizonte. (Jake reparou que o instrumento tinha a imagem familiar da ampulheta e dos planetas.) Em seguida, examinava seu relógio, um intrigante cubo pequeno que continha uma bússola e um relógio de sol, e olhava para o céu. Cada vez que olhava, a lua, um disco suave e quase imperceptível no alto do firmamento, tinha chegado um pouco mais perto do sol.

Jake ainda não conseguia pensar em outra coisa além de Topaz. Seus olhos estavam fixos no rio à frente, na esperança de conseguir ver as velas vermelhas do navio de Zeldt. É claro que ele sabia que, mesmo se visse o galeão, estaria impotente para agir. Isso não o impediu de olhar. Sem dúvida Topaz teria passado por esse trecho do rio não mais do que uma hora antes

O PRINCÍPIO DA TEMPESTADE

como prisioneira. Ele estava atormentado pela ideia de que ela já estava sofrendo alguma crueldade inimaginável nas mãos de Zeldt. Saber que ela encararia tais horrores com compostura não diminuía a aflição de Jake; só a tornava pior.

Charlie e Nathan, ao chegar ao alto de uma subida, por fim viram a carruagem vermelha. Ela estava no alto da colina seguinte, apenas oitocentos metros à frente. Eles tinham subido quase seiscentos metros de estradas curvilíneas nas montanhas e agora cruzavam um platô ligeiramente ondulado. Uma brisa soprava e trazia uma neblina branca consigo.

Assim que a carruagem, nada mais do que um borrão vermelho, desapareceu por cima da colina, os dois garotos olharam um para o outro e apressaram os cavalos.

Quando ela ficou visível de novo, estava bem mais perto. Uma subida íngreme começou e Nathan e Charlie precisaram incitar os cavalos cada vez mais. Enfim, estavam quase alcançando o veículo vermelho, com os quatro cavalos resfolegantes, seguindo pela estrada estreita, e as rodas lançando pedras para todos os lados como munição.

Assim que Nathan e Charlie fizeram uma curva, a cordilheira inteira se abriu à frente deles. Ao lado da estrada havia uma queda livre para um abismo enevoado.

De repente, estavam a uma distância mínima do objetivo. As cabeças de dois guardas de aparência bruta podiam ser vistas na frente da carruagem.

— Precisamos fazer com que o cocheiro pare — gritou Nathan.

— Entendido... Como? — gritou Charlie, em resposta.

— Eles não parecem ser do tipo que atende a pedidos educados.

— Persuasão física!

Enquanto falavam, Mr. Drake, nervoso, olhava de um para o outro.

— Você decididamente perdeu a cabeça! — gritou Charlie.

Nathan sorriu de novo. — As coisas que fazemos pela história... Charlie suspirou ao tirar o papagaio de dentro do casaco e o passar para Nathan.

Mr. Drake desviou os olhos quando Charlie se lançou a uma proeza que desafiava a morte: ele esporeou o cavalo, ficou de pé e se equilibrou precariamente na sela. Depois se agachou e, ao chegar perto da carruagem vermelha, saltou no ar e caiu em cima dela. A cobertura estava molhada de orvalho e ele perdeu o equilíbrio, deslizando para o lado, mas conseguiu se agarrar e voltar para um ponto seguro.

Nathan gesticulava loucamente, e Mr. Drake batia as asas em um frenesi.

Charlie se virou, vendo um dos guardas de capa vermelha, uma montanha humana destemida, subir na cobertura. A carruagem seguia caminho, com as rodas a centímetros do precipício. O monstro pulou para cima de Charlie, fechou os dedos enormes ao redor do pescoço do garoto e o ergueu no ar.

Mr. Drake vira o bastante. Ele voou diretamente para o rosto do valentão. O guarda perdeu o equilíbrio e escorregou na cobertura molhada. Ao escorregar, agarrou a calça de Charlie, ameaçando levar o pobre garoto consigo. Assim que Charlie conseguiu se agarrar na cobertura, a calça rasgou. O agressor escorregou até a beirada com um pedaço da calça de Charlie ainda na mão e caiu no abismo.

Charlie conseguiu se segurar, com os pés quase batendo no chão. Nathan sacudiu a cabeça ao ver a roupa íntima do amigo exposta: uma ceroula bizarra com bordados de aves-do-paraíso.

O PRINCÍPIO DA TEMPESTADE

— Um pouco desnecessário, não é? — comentou ele, com um sorriso malicioso.

— Foi em homenagem a Mr. Drake! — gritou Charlie, em resposta. — Além disso, quando me vesti não achei que faria um *striptease*!

A carruagem seguiu balançando pela estrada cheia de curvas, e Nathan pôde ver que o amigo não teria chance de subir nela de novo sozinho. Ele apressou o cavalo e, favorecendo a perna boa, ficou de pé na sela e pulou na cobertura. Ele gritou de dor quando a perna ferida bateu no metal. De repente, um chicote estalou em seus dedos. O cocheiro, ainda com as rédeas em uma das mãos, estava atacando Nathan com a outra.

Mas o garoto desenrolou o cachecol do pescoço, passou-o ao redor do pescoço do cocheiro e apertou até tirá-lo do assento. O enorme guarda rosnou como um animal, estalou o chicote na cabeça de Nathan, e o couro molhado feriu sua bochecha. Eletrizado pela raiva, Nathan deu um soco no estômago do inimigo e o derrubou. As costas dele estalaram quando ele caiu em cima da carruagem.

Com as rédeas soltas, os cavalos começaram a galopar descontroladamente pelas curvas fechadas da estrada da montanha.

Enquanto isso, Charlie ainda estava pendurado e lutando para sobreviver, com as pernas pálidas aparecendo debaixo da ceroula colorida.

Nathan apertou o cachecol ao redor do pescoço do cocheiro, e o homem segurou a cabeça de Nathan em resposta, afundando as unhas pretas no crânio dele.

Os olhos de Nathan de repente se arregalaram de pavor. Eles se aproximavam de uma curva muito fechada a uma velocidade que só podia significar um desastre. Charlie prendeu a respiração. O cocheiro se virou. Com um último grito desesperado, Nathan empurrou-o para a beirada da cobertura. Quando ele caiu, o cachecol apertou seu pescoço grosso.

— Essa echarpe é feita com seda de aranha da província de Jiangxi! — gritou Nathan, mais alto do que o vento furioso. — É um dos tecidos mais raros do mundo. Foi dada ao meu pai por Shi Huang, o Grande, imperador da Dinastia Qin. Custou mais do que você já ganhou na sua vida inteira. — O rosto do cocheiro estava ficando azul, e ele continuava pendurado pelo cachecol valioso. — Só estou contando isso para que você saiba... Dói muito mais em mim do que em você.

Com relutância, Nathan soltou a echarpe e o cocheiro, que caiu por mais de sessenta metros de rocha íngreme.

Nathan se ergueu, pulou na boleia e puxou as rédeas até fazer os cavalos pararem. Ele olhou para baixo: o sul da Europa inteiro pareceu se espalhar à sua frente.

— Itália — suspirou ele. — Você nunca vai saber o quanto chegou perto...

— Ainda não acabou, Nathan — disse Charlie, descendo da carruagem. — Se eles não chegarem à catedral a tempo, já era.

28 O Eclipse Inevitável

O *Aal* percorreu uma curva no rio. Jake ficou de pé lentamente quando a cidade medieval começou a aparecer, em um panorama sem fim de casas de madeira, cujos telhados eram como chapéus de bruxa. No coração dela, dominando o vale inteiro, havia uma estrutura gigantesca, tão alta que fazia sombra em um quarto da cidade.

— A catedral de Colônia — disse Alan, olhando, maravilhado. — Neste momento da história, a construção mais alta do mundo.

— É mesmo? — perguntou Jake, impressionado.

— Ah, sim. Nesta época, Colônia possivelmente é o lugar mais rico da Europa. É uma "cidade livre", um Estado soberano. Isso, junto com a localização às margens do Reno, bem no centro da Europa, é a chave do sucesso.

— Seu pai não é apenas um rostinho bonito — provocou Miriam. — É uma mina de informações.

O porto estava fervilhando de movimento.

— Parece uma sopa de barcos — disse Miriam, enquanto Alan tentava manobrar para chegar à margem apesar da miríade de embarcações e comerciantes aos berros.

Jake fez uma careta quando o barco quase bateu em um carregamento de burros que pareciam ansiosos. Duas embarcações pequenas não tiveram tanta sorte e bateram. Uma discussão acalorada se seguiu entre um comerciante de grãos barbudo e uma grande senhora de touca de veludo e capa.

Eles se aproximaram do cais, e Jake olhou para a enorme catedral. Era uma construção fantástica, com torres enormes e arcobotantes. Ele podia ver agora que a construção, por maior que fosse, estava incompleta. No alto do telhado havia a base de dois pináculos pela metade. Entre eles, um colossal guindaste de madeira ia em direção ao céu. Jake ficou boquiaberto. Já vira algumas catedrais em sua curta vida, mas nunca prestara muita atenção nelas. Ver esse prédio ainda em construção o deixou maravilhado com a proporção do empenho humano.

— Os pináculos inacabados... — disse ele. — É lá que Zeldt planeja deixar a bomba.

Alan olhou para seu relógio.

— Uma e cinco. Temos uma hora até o eclipse. Quase dá tempo para um café — brincou ele.

— Se é uma hora e cinco minutos, por que aquele relógio diz cinco para as duas? — perguntou Paolo, apontando para uma torre ao lado do porto.

Alan olhou para lá e depois para seu relógio, que sacudiu vigorosamente, e voltou a observar. Todo o sangue sumiu de seu rosto.

— Falei para não comprar na Itália. — Miriam sacudiu a cabeça. — Tudo naquele país se atrasa.

O PRINCÍPIO DA TEMPESTADE

O eclipse de 20 de julho de 1506 já começara. Gradualmente a princípio, a cacofonia frenética ao redor deles começou a diminuir. Acima das cabeças deles houve uma confusão de pássaros gritando e depois um silêncio total. Nas sombras debaixo de um píer ali perto, um bando de abibes se encolhia, arrulhando nervosamente. Jake viu uma garotinha apontando para o céu. Em seguida, eles ouviram gritinhos incrédulos vindos de todos os lados. Por todo o cais, as pessoas começaram a parar o que faziam, esbarrando umas nas outras. Um a um, todos os rostos se viraram para cima.

Jake olhou para o alto e viu que o disco brilhante do sol da tarde era consumido por uma tira de sombra negra. O eclipse começava.

— Não olhe para o sol, Jake! — gritou Miriam. — É perigoso.

Mães puxaram os filhos para perto de si. Um grupo de mercadores olhou para o alto com incredulidade. Uma velha freira apontou o dedo trêmulo para o céu, murmurando orações. Cachorros latiram, confusos. Barcos bateram uns nos outros.

— O café fica para depois — disse Alan, pulando para fora do barco e amarrando o *Aal*. — Rápido, pessoal — ordenou ele, ajudando a esposa e Paolo a subirem no cais.

— Será que devo ficar por aqui? — sugeriu Paolo. — Não quero atrapalhar ninguém.

Alan riu com animação e o puxou para o meio da multidão.

— Você não vai querer perder a diversão! Vai ser dramático.

— É com isso que estou preocupado — murmurou o italiano.

Jake jamais teria visto a pessoa de capa se todo mundo não tivesse ficado parado. Na grande praça entre o rio e a catedral, devia haver mais de quinhentas pessoas, mas só uma delas estava correndo. Uma pessoa pequena, toda de preto, com a capa voando atrás de si, percorria rapidamente o cais.

Era Mina Schlitz. Jake a viu correr pela prancha do *Lindwurm*. Quando ela pulou a bordo, os guardas de capa vermelha desamarraram o navio e seguiram em direção ao rio.

— Pai... — gritou Jake, fazendo Alan parar. — É Zeldt! Ele ainda está aqui. — Ele apontou para o galeão que se afastava.

Seu pai viu o navio naquele momento, mas também se lembrou das rigorosas ordens de Nathan.

— Não podemos fazer nada agora — disse ele, com firmeza. — Temos menos de cinco minutos para desarmar uma bomba.

Jake não teve escolha além de pular na margem. Ele seguiu o pai pela multidão e alcançou os outros. A mente do garoto estava em um turbilhão. Ele sabia que seu dever era ir à catedral, mas uma coisa quase tão forte quanto isso o puxava em outra direção, para perseguir o *Lindwurm* e salvar Topaz St. Honoré. Enquanto abria caminho em meio à multidão boquiaberta, ele voltava o olhar para as velas vermelhas ao longe. Mas, quando chegaram aos degraus da catedral, o navio não podia mais ser visto.

A congregação, que ouvira falar do eclipse, saía da catedral para ver o apocalipse. Alan, Miriam, Jake e Paolo tiveram de forçar a passagem em meio às pessoas. Por fim chegaram à grande nave, uma sucessão infinita de arcos atrás de arcos. As enormes janelas com vitrais estavam escurecendo gradualmente conforme o sol era lentamente encoberto.

— Aquele andaime é o caminho mais rápido. — Alan apontou para uma enorme estrutura de madeira que estava

O PRINCÍPIO DA TEMPESTADE

montada em frente à janela central. Ele cobria a altura toda da catedral. Ao lado deles havia uma montagem de baldes e polias que levava o material de construção para cima.

Jake liderou o caminho pelo mar de pessoas que ainda corriam até a porta e foi o primeiro a chegar ao andaime e começar a subir os degraus de madeira.

A escadaria improvisada subia andar a andar, em espiral, em direção ao teto abobadado. A cada passagem havia uma plataforma ao longo da janela multicolorida, oferecendo uma visão mais panorâmica da cidade. Pelas vidraças coloridas, Jake ainda conseguia ver a silhueta do navio de Zeldt.

— Você sabia que os Três Reis Magos estão enterrados aqui? — perguntou Alan, enquanto subia os degraus. — É por isso que o maior sino da torre se chama *Dreikönigenglocke*, o sino dos Três Reis. É o mais pesado da Europa.

— Fascinante — gritou Miriam. — Eu diria que temos dois minutos até o fim do mundo.

Eles apertaram o passo. Logo estavam a uma altura vertiginosa. As pessoas na nave, lá embaixo, eram agora pontos coloridos em movimento que saíam pela porta principal.

Na oitava virada, Jake viu o *Lindwurm* desaparecer em uma curva. Ele se apressou ainda mais, com os pais logo atrás e Paolo ofegando no fim da fila. Eles seguiram o andaime de madeira até passar pelo teto na nave e chegar à torre do sino.

Jake olhou ao redor. O ambiente era parcialmente aberto e dominado por quatro enormes sinos de ferro, cada um do tamanho de uma casa pequena. Seus olhos se encontraram com os de uma coruja, encolhida em um canto escuro, piando com insegurança, achando que a noite chegara. Em seguida houve um estalar de cordas e uma polia começou a girar, acionando uma enorme roda que colocou um dos sinos em movimento. Quando o badalo (do tamanho de uma pessoa) bateu no sino, eles ouviram um repicar tão ensurdecedor que feriu os ouvidos de Jake e reverberou por seus ossos.

Em seguida, mais cordas foram puxadas, mais rodas giraram, todos os aparatos do aposento foram colocados em movimento e, um a um, todos os sinos começaram a soar.

— Duas horas! — gritou Alan enquanto subia, seguido por Miriam e pelo infeliz Paolo.

Jake subiu o último trecho do andaime, passou pelo teto da torre dos sinos e saiu para o telhado maltratado pelo vento. Nos cinco exaustivos minutos que ele demorou para chegar lá, o céu escurecera além de qualquer compreensão lógica. Só uma tira do sol agora aparecia atrás da lua negra. Jake olhou pelo parapeito. Bem abaixo de gárgulas, demônios e criaturas vingativas, ele podia ver a multidão paralisada e boquiaberta na praça.

Mais uma vez ele viu o *Lindwurm*, agora apenas um pequeno ponto no horizonte. Outra imagem do rosto apavorado de Topaz surgiu em sua mente, mas ele a afastou.

Jake passou os olhos pelo telhado. De cada lado havia a pedra que formava a base de dois pináculos não concluídos. Entre eles, apontando para o céu escuro, estava o enorme guindaste de madeira, construído com milhões de pedaços de madeira cruzados. Jake começou a avaliá-lo de cima a baixo.

— Meu Deus do céu! — disse Alan com surpresa, ao chegar ao telhado. A paisagem dramática, junto com o vento e o repicar dos sinos, tirou seu fôlego.

Mas os olhos de Jake estavam percorrendo cada centímetro do guindaste.

O PRINCÍPIO DA TEMPESTADE

— Ali! *Ali!* — gritou ele histericamente, quando Miriam e Paolo chegaram ao telhado. Pois ali, no meio do guindaste, ele viu um suave brilho dourado. Pelo menos o eclipse tinha ajudado a encontrá-la, pois foi quase o último dos raios de sol que atingiu a bomba dourada de Zeldt.

Alan abriu o telescópio e inspecionou o brilho. Jake estava certo: a bomba estava ali, equilibrada em uma viga de madeira. Jake já estava escalando o guindaste, com os pés e as mãos se movendo em velocidade dobrada. O vento soprava ao seu redor, e o apavorante turbilhão do espaço parecia uma boca aberta. Assim que a lua cobriu os últimos débeis raios de sol e os mergulhou na escuridão — e neste momento as pessoas lá embaixo começaram a gritar —, Jake esticou a mão e pegou a bomba. Com um som intenso, uma forma pálida apareceu da escuridão e voou em direção a ele. Era a coruja da torre dos sinos, piando com medo e confusão. Ela se chocou contra Jake, ele perdeu o equilíbrio e a bomba escorregou de sua mão.

Miriam estava mais perto. Ela saltou em direção ao relógio dourado que estava no ar e o pegou, mas caiu pela beirada do parapeito.

— Miriam! — Alan se reclinou sobre o parapeito, esperando encontrar a visão horrenda da esposa caindo para a morte. Mas seu rosto demonstrou alívio. — Miriam...? — repetiu ele, baixinho.

A esposa tinha ido parar em cima de uma das enormes gárgulas, uma besta satânica, meio leão e meio morcego, com uma boca rosnante e as asas abertas.

— Meu... meu anjo da guarda — gaguejou Miriam, com um sorriso meio delirante.

— Vou pegar você — gritou Alan, ao começar a descer pela beirada.
— A bomba primeiro. Precisamos desarmá-la — disse Miriam, sem fôlego. Ela examinou o mecanismo dourado.
— Mas como?
— Mãe — gritou Jake, enquanto descia pelo andaime. — Dentro tem um frasco de vidro entre dois punhos dourados. Está vendo?
Miriam observou o mecanismo interno. A luz era tão pouca que ela mal conseguia enxergar.
— Acho que sim.
— Você precisa enfiar a mão lá dentro e remover o frasco — instruiu Jake.
Miriam enfiou os dedos finos.
— Agora posso justificar a ida à manicure! — brincou ela, mas logo viu que o relógio estava a segundos do momento da explosão. — Ai! — gritou ela, retirando a mão rapidamente.
— Levei um choque.
— Cuidado, minha querida. Cuidado! — disse Alan.
— Mãe, você tem de tentar de novo — gritou Jake. — Temos apenas alguns *segundos*!
Miriam inseriu os dedos de novo. Mais uma vez, recebeu uma carga elétrica. O relógio continuou batendo e os mecanismos se mexeram. Ela trincou os dentes e enfiou a mão uma terceira vez. Assim que o mecanismo chegou à posição certa, ela retirou o frasco de vidro. Estava dando um suspiro de alívio quando a besta de mármore deu um estalo enorme. Todos gritaram quando Miriam escorregou, soltou o relógio dourado, mas conseguiu agarrar a asa da gárgula com uma das mãos enquanto segurava o frasco de vidro com a outra. O relógio

bateu em uma gárgula que havia mais abaixo e se quebrou em milhares de pedaços reluzentes.

— Vou pegar você, Miriam. Estou indo! — gritou Alan, mas, quando ele pôs seu peso no mármore, a pedra rachou de novo.

— Isso não parece bom — sussurrou Miriam, contemplando o abismo abaixo de si.

— Você é muito pesado, pai. Deixe que eu vou — disse Jake, que tinha voltado para o telhado. Ele não esperou permissão. Pisou com cuidado nas costas da gárgula, mas a rachadura aumentou e a gárgula se moveu de maneira alarmante.

— *Nós dois* somos pesados demais — murmurou ele sozinho, em desespero. Mas uma ideia lhe ocorreu. Ele se virou para a pequena pessoa que estava bem quieta atrás. — Paolo Cozzo, este é seu momento!

Jake estava certo: ele era a única esperança.

— *Che?* — gaguejou Paolo, afastando-se. — Não, acho que não sou seu homem. Sou péssimo com alturas.

— Não é negociável — disse Alan com firmeza, ao puxá-lo de volta. — Se você não fizer a coisa certa e salvar minha esposa, vou jogar você lá embaixo de qualquer jeito.

— Você não pode fazer isso — choramingou Paolo. — Seria denunciado. Seria dispensado imediatamente.

— *Não é negociável!* — Alan o empurrou para a beirada do parapeito. — Vamos segurar suas pernas. Você rasteja até lá e estica o braço para pegar Miriam.

Paolo tremeu de medo quando se deitou de barriga para baixo. Alan e Jake seguraram uma perna cada um, e o garoto começou a esticar o braço para baixo, pela beirada da construção, em direção à gárgula. A lua agora passara por cima do sol e o céu estava claro de novo, iluminando o abismo.

— *Deve* haver uma opção — disse Paolo, tentando se erguer de volta para o telhado.

— *Faça o que tem de fazer!* — gritou Alan. Ele podia ver que Miriam começava a escorregar.

Paolo baixou o corpo até a gárgula e esticou a mão trêmula para Miriam. A pedra estalou de novo.

— Você está quase lá — encorajou Alan. — Só mais um pouco.

Os olhos de Paolo transbordavam de lágrimas. Ele esticou a mão sem ousar olhar para baixo. Nunca desejara tanto abandonar aquela apavorante aventura.

Naquele momento, uma coisa estranha aconteceu com ele. O tempo pareceu parar. O silêncio se espalhou. Ele não podia ouvir nem o vento, nem os sinos, nem seus companheiros. Só ouvia a própria respiração. Abriu bem os olhos e olhou para baixo. Estava pendurado na beirada de uma grande catedral, a maior edificação do mundo. Abaixo de si havia uma cidade e uma mulher pendurada em uma gárgula, segurando na mão fechada uma quantidade de morte suficiente para destruir a Europa. Dentro de si, Paolo sentiu uma repentina onda de coragem: ele *podia* ser um herói.

— *Não se depender de mim!* — gritou ele, e esticou as mãos. Miriam cuidadosamente colocou o frasco entre os lábios. Depois, esticou a mão até a mão direita dele, soltou a gárgula e segurou a mão esquerda.

Paolo ofegou de dor ao sustentar o peso dela todo. Suas costas estavam esticadas a ponto de se deslocar. Mas suas lágrimas desesperadas foram substituídas por um olhar desafiante de decisão. Ele segurou com toda a força de vontade enquanto Alan e Jake lentamente o puxavam de volta para o telhado, até que Miriam pudesse subir com segurança. Ela ergueu o terrível frasco com triunfo no ar.

Alan abraçou a esposa. Paolo, ainda perigosamente perto da beirada, ajeitou os ombros e pegou o frasco de vidro da mão de Miriam para examinar o conteúdo mortal. O objeto imediatamente saltou de seus dedos e voou pelo ar. Todos sufocaram um grito desesperado ao mesmo tempo. Imagens de morte instantânea piscaram pela mente deles. Mas Paolo pegou o frasco com firmeza em uma das mãos.

— Relaxem — disse ele. — Estou fazendo graça.

A boca de Alan se retorceu em um sorriso estranho, e ele riu alto. Mas pegou o frasco com cuidado das mãos de Paolo mesmo assim. Não podiam correr riscos agora.

Os quatro desceram da torre dos sinos. Com a ameaça superada, a mente de Jake se voltou imediatamente para Topaz.

— Vou atrás dela — declarou ele, com resolução nos olhos.

— O galeão de Zeldt está a no máximo oito quilômetros de distância. Vou pegar o *Aal*. Se eu for sozinho, posso compensar a distância rapidamente.

— O *Lindwurm*? Não, Jake, não é boa ideia — disse Miriam.

— Nós completamos a missão. O que nos impede?

Miriam e Alan se entreolharam. Ela continuou falando em um tom que era tanto suave quanto firme.

— Bem, dentre outras coisas, temos ordens a seguir. Nathan Wylder foi bem claro: não deveríamos resgatar a agente St. Honoré, "mesmo se fôssemos bem-sucedidos em nossa missão".

— Ordens? — Jake sacudiu a cabeça, sem acreditar. — Eu, por exemplo, não vou conseguir viver se não *tentar*, pelo menos.

— Você não vai viver! — Miriam se virou para o marido.
— Conte para ele, Alan.
— Ela está certa. É uma péssima ideia.
— Topaz não é preocupação sua — acrescentou Miriam.
— A situação dela é muito... complicada.
— Não é *complicada*! — Jake sentiu uma onda de emoções crescer dentro dele. — É *simples*: ela vai morrer se ninguém for salvá-la. E desde quando vocês obedecem a ordens? Vocês obedeceram quando foram procurar Philip?

Ele aproveitou o silêncio repentino que se seguiu a sua pergunta. Calculara que haveria resistência e já bolara um plano. Primeiro, pegou o telescópio do pai. Depois pulou para perto da grande cesta de pedras que fora colocada no alto do andaime. Tirou o conteúdo da cesta, rapidamente verificou a polia, chutou a cesta pela beirada do andaime e pulou em cima dela. Miriam e Alan gritaram em uníssono quando ele começou a descer em velocidade vertiginosa. Nesse momento, um contrapeso saiu do chão.

— Desculpem-me — gritou ele, ao descer rapidamente.
— Esperem por mim aqui.
— Jake! — gritaram os pais, indefesos.

Ele despencou depressa. Logo antes de chegar ao chão, Jake segurou a corda para diminuir a velocidade. Abaixo, a cesta se despedaçou ao cair, e ele seguiu pela grande nave.

Miriam se virou para Alan. Esperava uma expressão de fúria de trovão, mas o que encontrou foi um olhar de orgulho paternal.

— Pode tirar essa expressão do rosto agora — ameaçou ela.
— Esqueceu-se de como nos conhecemos? Na missão egípcia de 872? — perguntou Alan. — Você cruzou duas linhas

inimigas e escavou vinte metros da grande pirâmide de Gizé para me resgatar. A história parece se repetir.

Ele olhou para o filho que corria pela porta principal em direção ao cais.

— Ele é um aventureiro, sim — disse ele, sacudindo a cabeça. — Não há nada que possamos fazer.

29 A TERRÍVEL VERDADE

Jake desceu o Reno a todo vapor, navegando pelas curvas e pela corrente do enorme rio. Passou entre galeões, navios mercadores e balsas, surfando nas ondas das embarcações maiores. Seu olhar determinado estava fixo no horizonte, buscando mais uma vez as velas vermelhas do navio de guerra de Zeldt.

A cada vinte minutos, depois de se certificar de que o caminho estava vazio, ele corria para baixo do convés e jogava madeira na fornalha. A enorme pilha de combustível diminuía a olhos vistos, mas Jake nem pensava na possibilidade de falhar.

Ele passou voando pelas cidades de Düsseldorf e Duisburg. Nos portos, as pessoas pareciam se mover devagar e com cautela, como se esperassem alguma consequência horrível do eclipse.

De repente, assim que passou pelo vilarejo de Dämmrich, Jake se viu em um dilema: oitocentos metros à sua frente, o rio se dividia em dois. Jake abriu o telescópio do pai, mas não havia sinal das velas vermelhas. Enquanto avançava com incerteza em direção ao cabo coberto de ondas que havia entre os

O PRINCÍPIO DA TEMPESTADE

dois rios, decidiu de supetão e seguiu para o lado direito, que parecia um pouco mais largo.

Foi a escolha errada. Assim que entrou no rio, ele viu o *Lindwurm* descendo pelo outro lado. Jake virou o leme todo. O *Aal* se desviou de forma perigosa e foi repentinamente tomado de água espumante que encharcou Jake e quase o derrubou do navio. Mas ele se segurou no leme com todas as forças. O leme se sacudia violentamente ao contornar o cabo. À mercê das águas agitadas, o barco de repente se inclinou para o lado e entrou no caminho de uma balsa. Os passageiros no convés gritaram com raiva, houve um som oco e a balsa seguiu em frente. O *Aal* foi danificado, mas ainda conseguia navegar, e Jake finalmente se viu nas águas calmas do afluente da esquerda.

Dali, o rio se alargava a caminho do mar. Jake agora se aproximava rapidamente das velas vermelhas. Por fim, deslizou até a magnífica baía de Hellevoetsluis. O mar do Norte se abria à sua frente. O sol começava a se pôr sobre o horizonte e coloria o céu de tons de rosa e vermelho. A tarde estava quente e parada.

Jake observou o horizonte que escurecia. Havia talvez quinze navios espalhados, todos eram apenas silhuetas distantes. Jake identificou o *Lindwurm* na extremidade da baía. Estava ancorado perto de uma aldeia pesqueira.

Jake esquadrinhou o navio pelo telescópio. Havia um bote preso ao casco e provisões estavam sendo colocadas no convés. Com a tarefa completada, o barco menor se virou e voltou para terra firme. O *Lindwurm* fervilhava de movimento conforme a tripulação fazia preparativos apressados para continuar a viagem.

Finalmente a grande âncora coberta de crustáceos foi tirada do mar, e Jake, oculto pela escuridão que se espalhava, se aproximou. Ele foi para baixo do convés, desligou o motor, e o *Aal* deslizou silenciosamente pelo mar.

Quando se aproximava do *Lindwurm*, Jake notou o quanto era um navio grande e belo. A madeira robusta ainda tinha o aroma das grandes florestas de Rhineland, da qual fora tirada. As velas gigantescas, do mesmo vermelho intenso que o pôr do sol, tinha o brilho lustroso do veludo.

O grande casco era pontilhado de retângulos de luz quente; eram as janelas das muitas cabines ricamente equipadas. Foi em uma dessas aberturas no casco, uma protegida por grades, que Jake observou uma silhueta familiar. Ele a examinou com o telescópio e viu alguém olhando com desespero para o mar... Topaz.

Uma voz severa gritou ordens no convés. Houve um estrondo baixo quando o motor foi ligado, e um momento depois a água parada atrás do navio começou a borbulhar com a rotação da hélice. A enorme embarcação de madeira iniciou o movimento em direção ao mar.

Jake queria gritar para Topaz, mas havia guardas demais no convés. Ele viu duas cordas que tinham prendido o bote antes. Ainda estavam penduradas na lateral, não longe da janela de Topaz.

Ele se emparelhou com o navio e se lançou pela lateral do próprio barco, empurrando com as pernas. Caiu contra o casco e agarrou uma das cordas escorregadias. Ele se virou e viu o *Aal* deslizar em direção ao porto e parar ao lado de outros barcos pesqueiros.

Jake olhou para baixo e viu que estava imediatamente acima da gigantesca hélice, uma forma indistinta que se movia logo acima da superfície. Ela estava girando lentamente, mas então as pás aceleraram sobre a água em um frenesi. Hipnotizado, Jake perdeu a concentração: sua mão escorregou na corda mo-

O PRINCÍPIO DA TEMPESTADE

lhada. Ele quase gritou quando caiu em direção à água e a corda cortou a pele de sua mão. Conseguiu se segurar de novo bem a tempo e sentiu a vibração apavorante da hélice embaixo do pé. Ele enrolou a corda no antebraço e se içou de novo. Sua testa estava molhada de suor e seus pés, encharcados de água do mar.

Jake deu um impulso e agarrou a outra corda. Teve de reunir todas as suas forças para continuar segurando com as mãos ensanguentadas, mas conseguiu percorrer a lateral do navio até chegar ao nível da janela de Topaz.

Ele se segurou nas grades de metal, com o peito subindo e descendo de cansaço, e olhou para dentro. Mas a cabine estava vazia.

Era mobiliada com antiguidades escuras e retratos austeros da família aristocrática e assassina de Zeldt. Jake reparou em uma foto do próprio Zeldt, vestido de preto lustroso, com o rosto sisudo e a mão branca segurando um globo. A imagem lhe provocou um arrepio na espinha, pois o lembrou de que era um intruso neste mundo particular e proibido. Em frente à lareira havia duas cadeiras de costas altas e, por trás da mais próxima, uma mão pálida apareceu para pegar um livro em uma mesa lateral.

— Topaz — sussurrou Jake.

A mão pálida ficou imóvel.

— Sou eu, Jake!

Topaz ficou de pé, assustada. Ela sufocou um grito ao ver o garoto pendurado nas barras do lado de fora da janela, largou o livro e correu até ele.

— *Que fais-tu ici?* O que você está fazendo aqui? — perguntou ela, quase com raiva. A capa longa e preta acentuava a palidez do rosto dela.

Jake foi pego de surpresa pela aparente hostilidade.

— Você não está ferida? — perguntou ele baixinho, na esperança de ter interpretado mal o tom dela. Mas não tinha.

— Por que você está aqui? — disse ela de novo, com os olhos ardendo de raiva.

— Vim salvar você — declarou ele, sem fôlego. — A bomba na catedral... nós a desarmamos, Topaz! Então vim buscá-la. Assim que pude.

Ao ouvir isso, Topaz deu um rápido sorriso, mas os olhos rapidamente voltaram a ficar determinados.

— *C'est très dangereux!* — sussurrou ela, com um olhar apavorado em direção à porta. — Ainda estamos próximos do porto. Você pode nadar daqui até lá. Mas tem de ir agora!

Jake estava perplexo.

— Você não quer ser salva?

— Não estou pensando em mim, estou pensando em você. Posso cuidar de mim, mas você será morto. Não há dúvida. Então, por favor, eu imploro, nade de volta até o porto. — Em seguida, talvez para disfarçar o verdadeiro sentimento, talvez para mostrar mais gratidão, Topaz tentou ser mais delicada. — É um alívio saber que você está a salvo. E Nathan, Charlie...?

— Eles foram atrás dos livros. Não sabemos se foram bem-sucedidos. Mas meus pais estão bem.

— Você os encontrou? Jake, estou tão feliz por você! Eu sabia! — Topaz segurou a mão dele pelas barras e baixou a cabeça para que ele não visse as lágrimas dela.

Jake continuou a falar com sua voz mais grave e firme.

— Topaz, eu vim resgatar você e não pretendo voltar de mãos vazias. Vou subir a bordo!

— Não! Isso é uma ordem, Jake, e ainda estou no comando.

O PRINCÍPIO DA TEMPESTADE

— Bem, eu desobedeço — disse ele, com decisão. Ele subiu pela corda e escalou a beirada da janela.

— Jake, volte, volte imediatamente! — ordenou Topaz.

— Você não pode entrar aqui!

Mas o rapaz não ouvia. Com determinação renovada, ele escalou a lateral do navio e se ergueu até o convés, escondendo-se nas sombras atrás das caixas de provisões. A maior parte da tripulação descera, mas um grupo ainda estava na proa. Jake pegou duas das caixas e, escondendo-se atrás delas, foi até uma escadaria que levava ao interior do navio.

Enquanto isso, do lado de fora da cabine de Topaz, um guarda esperava com uma bandeja de comida. Enquanto ele segurava a bandeja com uma das mãos, tirou uma chave do bolso com a outra, destrancou a porta e entrou.

Assim que ele colocou a bandeja sobre a mesa, Topaz olhou com temor para a porta destrancada. Fingindo interesse na comida, ela se aproximou do guarda. Em uma manobra veloz, tirou o fôlego do guarda com uma cotovelada, torceu o braço dele e o derrubou no chão. Ela o silenciou com a mão sobre a boca dele e pegou uma pequena adaga que tinha no cinto.

— Nem uma palavra! — ordenou ela.

O guarda olhou enviesado para a lâmina afiada, a centímetros de seu olho.

Jake entrou na cabine, fechou a porta com um chute e soltou as caixas que carregava.

— Ajude-me, rápido! — ordenou Topaz. — As cordas da cortina, ali!

Jake puxou duas cordas da janela.

— Amarre-o — instruiu Topaz.

Com uma das cordas, ele amarrou os pés do guarda. Topaz pegou o cinto de veludo que usava e o prendeu na boca do guarda enquanto Jake usava a outra corda para amarrar as mãos dele.

— Aqui! — Topaz sinalizou para Jake ajudá-la a erguer o corpo. Eles carregaram o guarda, que se contorcia, até um baú de carvalho e o enfiaram dentro. Ele ainda lutava e protestava quando ela fechou a tampa.

Topaz se virou para Jake. Estava ofegante, com os olhos brilhando.

— Foi muito corajoso de sua parte vir aqui, mas você tem de ir embora imediatamente!

— Não. Você não está falando nada que faça sentido. Nós dois podemos escapar.

— É tarde demais. Já bebi o atomium. Foi uma dose muito grande. Estou enjoada há quase uma hora. Isso nunca acontece. Devemos estar viajando para longe, para muito longe, possivelmente para antes de Cristo. — Topaz olhou para o relógio acima da lareira. — Vamos chegar ao ponto de horizonte em menos de trinta minutos, então você tem de ir embora imediatamente!

A cabeça de Jake estava girando de tão confusa.

— Atomium? Ponto de horizonte? Antes de Cristo? De que você está falando?

Topaz estava perdendo a paciência.

— Vou viajar com Zeldt, seja lá para onde ele esteja indo: Mesopotâmia, Assíria, Egito... Quem sabe?

— Mas você ainda tem tempo de sair — protestou Jake, sacudindo a cabeça.

Topaz bateu a mão na testa e respirou fundo.

— Isto é uma missão. Estou em uma *missão*.

— O q-quê? — gaguejou Jake.

— Antes de sairmos do Ponto Zero, a comandante Goethe pediu para falar comigo, Nathan e Charlie sobre um assunto

O PRINCÍPIO DA TEMPESTADE

particular. Lembra? Foi combinado que, se eu fosse feita prisioneira, não resistiria. Nossa organização não faz ideia de onde a dinastia de Zeldt se esconde. Pode ser em qualquer século, em qualquer parte do mundo. Esta é nossa primeira oportunidade real em anos de descobrir onde pode ficar.

Agora Jake entendia por que Nathan tinha insistido para que não fossem resgatar Topaz.

— Então vou com você — afirmou ele, com decisão. — Tenho o atomium que você me deu em Veneza. — Ele pegou o pequeno frasco pendurado na corrente ao redor do pescoço. — Vou tomar agora! — Ele começou a abrir a tampa.

— É impossível, Jake! — Topaz pegou o frasco e o enfiou dentro do casaco dele. — Todas as doses têm de ter exatamente a mesma quantidade de atomium. Mesmo se eu tivesse noção de qual foi a dosagem de Zeldt ou de aonde estamos indo, coisas que não sei, seria insanamente perigoso um viajante iniciante viajar mais de mil anos. Você vai acabar morrendo, sem mencionar o resto de nós. — O tom dela se suavizou de novo. — Além do mais, preciso cumprir essa missão sozinha.

— Mas você perdeu a cabeça! Zeldt não é burro. Ele vai descobrir o que você está fazendo e vai matar você.

— Ele não vai me matar, posso garantir.

— Como você pode ter tanta certeza?

— Eu tenho! — garantiu Topaz, com tanta veemência que Jake ficou um pouco assustado.

Topaz imediatamente se sentiu mal. Ela esticou a mão e acariciou o cabelo dele.

— É complicado — disse ela, baixinho.

— Complicado? — repetiu Jake. Fora essa a palavra usada por sua mãe. De que elas estavam falando?

Eles ouviram o som de uma chave girando na fechadura. Os olhos de Topaz se voltaram diretamente para a porta. Com uma reação rápida, ela enfiou Jake em um armário.

— Nem uma palavra, nada de heroísmo! — ordenou ela, e fechou a porta.

Mina Schlitz, com o olhar rígido de sempre, entrou na cabine.

Jake se ajoelhou e espiou por uma fresta. Conseguia ver a saia preta de Mina e a cobra enrolada no antebraço.

— O que você quer? — perguntou Topaz friamente, demonstrando não ter medo da adversária.

Por um momento, elas se encararam, dois opostos extremos: Mina com o uniforme apertado, olhar de pedra e cabelo preto como azeviche e liso como uma lâmina de guilhotina; Topaz com seus cachos de mel e grandes olhos azuis que espelhavam todas as emoções conflitantes que ela sentia.

— O príncipe vai ver você agora — disse Mina, com a voz sem emoções.

— Tenho permissão de comer alguma coisa primeiro? — perguntou Topaz, fingindo cortesia. — Esse atomium todo com estômago vazio deixaria até você nauseada.

A cobra de Mina estava inquieta. A parte superior do corpo dela estava apontando em direção ao armário.

— Cinco minutos — disse Mina, ao se virar para a porta. Ela ficou imóvel quando viu as caixas de comida no chão. Em seguida, ouviu um ruído vindo do baú de carvalho.

Em um piscar de olhos, Mina estava com a espada na mão; ela voou até o baú e o abriu.

Jake agiu por impulso. Saiu do armário e se lançou sobre Mina, em uma tentativa de derrubá-la no chão. Ela foi rápida e bloqueou o movimento dele com um soco que o derrubou,

O PRINCÍPIO DA TEMPESTADE

depois enfiou o salto no pescoço dele com tanta firmeza que rompeu a pele.

— Falando sério, sua persistência está começando a me irritar — disse ela, por entre dentes.

A sala particular de Zeldt no *Lindwurm* era decorada com esplendor e exagero. Uma parede inteira era feita de cristaleiras que continham as cabeças embalsamadas de inimigos. Eram troféus de todas as eras da história — velhos e jovens, alguns com chapéus e toucas, outros com cabelo sujo de sangue —, mas todos os rostos mostravam aquela expressão petrificada de horror que precede uma execução a sangue-frio. A cabine estava escura, exceto por ocasionais amontoados de velas.

Zeldt, quase invisível nas sombras, estava sentado em frente a uma escrivaninha coberta de mapas náuticos. O capitão estava de pé ao lado dele, esperando instruções finais sobre a jornada.

O príncipe não se virou quando ouviu Mina e os dois guardas empurrarem Jake e Topaz para o aposento. Mina foi sussurrar no ouvido do chefe. Quando ele se virou para ouvir, seu rosto pálido foi iluminado por um raio de luz.

Ele permaneceu sem expressão quando se virou para o capitão, entregou-lhe os mapas e o dispensou. Ele mexeu em mais um papel, ficou de pé e cruzou a sala até olhar bem nos olhos de Jake.

Jake falou primeiro.

— Você não teve sorte em sua missão, lamento dizer — disse ele, de maneira desafiadora.

Zeldt permaneceu em silêncio.

— Parece que a Renascença vai seguir como planejado — continuou o garoto, com obstinação. — Parece que você não conseguiu destruir um bom exemplo da capacidade humana de melhorar o mundo.

— Jake — disse Topaz, baixinho —, não piore as coisas para você mesmo.

Houve uma batida na porta e um guarda de expressão severa anunciou:

— Cinco minutos para o ponto de horizonte. — Ele saiu e fechou a porta atrás de si.

— Costumo guardar lugares no meu compêndio para adversários verdadeiramente valorosos — disse Zeldt com um tom calmo e suave, ao apontar com a mão para a parede de cabeças cortadas. — Inimigos com bravata e inteligência excepcionais. Embora você claramente não mereça essa honra, pode me divertir por um tempo ver sua cara inútil ali, com essa esperança equivocada capturada pela eternidade. Vai confirmar minha crença mais firme... — Ele fez uma pausa e sua voz ficou ainda mais baixa. — ...de que as trevas sempre prevalecerão. — Ele apontou para uma das cabeças, os restos sangrentos de um aristocrata do século XVIII. — Aquele cavalheiro ali está um pouco estragado. Os embalsamadores parisienses deixam tanto a desejar... Você vai ficar muito bem no lugar dele.

Mina deu seu sorriso maldoso quando o príncipe abriu uma gaveta cheia de armas com acabamento perfeito em prata e ébano. Ele passou os dedos pelo conteúdo da gaveta antes de escolher um revólver.

— Este é um aparato inteligente. Como você deve saber, somos incapazes de viajar com explosivos de verdade, mas esta arma dispara balas de ácido sulfúrico por meio de ar comprimido. Vai abrir um buraco na sua cabeça e derreter seu cérebro ao mesmo tempo. — Zeldt a entregou a Mina. — Prepare para a velocidade máxima.

O PRINCÍPIO DA TEMPESTADE

Mina verificou o mecanismo e calibrou para a maior intensidade, depois devolveu a arma. Zeldt, por sua vez, entregou a arma a Topaz. Ela não a pegou. Ele enrolou os dedos inertes dela ao redor do revólver, depois se sentou em uma poltrona preta em frente à diabólica parede de cabeças e cruzou as pernas.

— Atire nele, por favor — disse ele, com calma apavorante.

— *Non*. — Topaz sacudiu a cabeça. — *Vous êtes fou*. Você é completamente maluco.

— Elogios não vão levar a nada.

Zeldt assentiu para Mina, que pegou a mão esquerda de Jake, já ferida por causa da corda, e a segurou com força no pulso. Em seguida, ela enfiou uma faca na palma da mão dele. Jake gritou de dor. Bile subiu pela garganta dele, e seus dedos se retorceram de forma incontrolável.

— Ele vai morrer de qualquer jeito. O quão doloroso você quer que seja? A escolha é sua. Atire nele — insistiu Zeldt.

Com a ponta da lâmina, Mina explorou ainda mais o corte na palma trêmula da mão de Jake. A ponta afiada entrou em contato com um tendão. Os lábios de Mina se retorceram de prazer quando ela enfiou a faca, quase partindo-o. Jake engasgou. Estava enjoado de dor. Ele ouviu a cobra de costas vermelhas sibilar de prazer.

— Pare! — gritou Topaz, com lágrimas nos olhos. — Eu atiro. Pare de machucá-lo, por favor!

Zeldt ergueu as sobrancelhas para Jake.

— Se não estou enganado, a insolente gosta de você. Você pode levar essa lembrança para seu túmulo cheio de água. Atire nele.

A mão trêmula de Topaz ergueu o revólver em direção à cabeça de Jake.

Os olhos dele se arregalaram de horror. Ele sentiu o metal frio do cano da arma se encostar na sua têmpora.

— T-Topaz? — gaguejou ele.

— Desculpe-me. Desculpe-me. — Um jorro de lágrimas saiu dos olhos dela. — Mas a tortura será insuportável. — O dedo dela se enrijeceu no gatilho.

Jake parou de respirar. Pulsações elétricas de medo paralisaram seu cérebro. Mil imagens (dos pais, do irmão) passaram por sua mente na velocidade da luz.

Zeldt ficou sentado em sua poltrona. Na escuridão, parecia um dos rostos embalsamados ao seu lado.

Quando Topaz ia apertar o gatilho, ela virou a arma, apontou e atirou. A bala de ácido sulfúrico voou por cima da cabeça de Zeldt e atingiu uma das cristaleiras, quebrando-a em mil pedaços. Quando o príncipe se virou, atônito, a cristaleira derramou o fluido corrosivo embalsamador no rosto dele. Ele gritou e se debateu com desespero, cego pelo ácido. Enquanto isso, a cabeça de um guerreiro persa caiu no chão com um baque úmido.

— Corra! — gritou Topaz para Jake, ao chutar a faca da mão de Mina. Mas Jake estava quase desmaiando de dor e a cabeça girava. Ele podia ver a porta, mas não conseguia se mexer.

Mina se restabeleceu, puxou a espada e desferiu um golpe na direção de Topaz, mas só rasgou a capa e nem raspou na pele dela.

Jake cambaleou pela sala. Foi preciso toda a sua força para se abaixar, pegar a faca de Mina no chão e jogá-la para Topaz. Ela a pegou em uma das mãos e se lançou na direção de Mina.

A garota avançou com a espada à frente. Topaz recuou, manejando a adaga.

— Corra! — mandou ela de novo.

O PRINCÍPIO DA TEMPESTADE

— Eu deveria ter matado você quando éramos crianças — sussurrou Mina, com selvageria. — A princesinha mimada. Todos teríamos ficado melhor sem você.

— Se você encostar um dedo magrelo em mim — respondeu Topaz, com desprezo —, seu precioso príncipe não vai hesitar em cortar você em pedacinhos.

Zeldt, ainda cego, ouviu as palavras de Topaz. Ele ergueu a mão e sibilou:

— Mina, abaixe a arma! Ela não deve ser ferida!

Jake ouviu com perplexidade enquanto arrancava um pedaço de tecido do sofá e o amarrava na mão ensanguentada. Tarde demais. De repente, a dor tomou conta dele completamente. Ele caiu no chão e perdeu a consciência.

Mina hesitou e Topaz aproveitou o momento para pegar uma vela acesa e jogá-la do outro lado da sala, ateando fogo na poça de fluido que caíra da cristaleira quebrada. As chamas se espalharam, incendiaram a cabeça embalsamada do guerreiro persa e subiram pela parede.

Naquele momento, Mina preferiu desobedecer às ordens. Soltou um grito e partiu para cima de Topaz, apontando para o coração. Topaz desviou-se com a faca, pegou a cobra de Mina pelo pescoço e a jogou longe. A serpente voou para o centro do incêndio. Ela soltou um ganido enquanto se contorcia e se debatia.

— *Nããão!* — gritou Mina, ao pular pela sala e enfiar a mão no inferno.

— Acorde, acorde! — ordenou Topaz para o inconsciente Jake. Não houve resposta.

A mão chamuscada de Mina puxou o corpo queimado da amada serpente. Ela sibilou ao se contorcer para um lado e para o outro até que a pele preta e cheia de bolhas se soltou do corpo.

— Está tudo bem. Vai ficar tudo bem — disse ela com desespero, aconchegando a cobra nos braços. A criatura tentou esticar a língua coberta de bolhas. Naquele momento, o animal morreu e ficou pendurado na mão de Mina, sem vida. O rosto dela se encheu de horror.

Até Topaz parou com remorso momentâneo, mas se voltou de novo para Jake.

— Acorde! — gritou ela, mais uma vez. Os olhos de Jake se abriram e ela o colocou de pé.

— Vou matar você. *Matar você!* — rugiu Mina, para Topaz.

Houve uma explosão de vidro quando outro armário se despedaçou com o calor. Em segundos, estavam todos explodindo, e o conteúdo voava para todos os lados.

Enquanto Mina ia ajudar o chefe ferido, Topaz arrastou Jake pelas chamas em direção à porta. Ela deu uma última olhada no rosto vingativo da outra garota antes de puxar Jake para o convés.

O alarme de incêndio soava, e os guardas em pânico corriam para ajudar seu senhor.

Topaz puxou Jake até o mastro principal.

— O ponto de horizonte. Estamos chegando perto. — Ela apontou para o Constantor reluzente na popa. Os discos estavam quase alinhados. — Lá em cima é sua única escapatória. Suba no mastro!

— O q-quê? — gaguejou Jake.

— O ponto de horizonte! O navio está prestes a desaparecer. Um redemoinho de água vai puxar você para baixo. Agora suba!

Jake sacudiu a cabeça.

— Não posso deixá-la aqui — murmurou ele, indefeso.

O PRINCÍPIO DA TEMPESTADE

— Bem, você vai ter de deixar! — gritou ela. — Não temos escolha!

O *Lindwurm* começara a tremer e vibrar. Jake, totalmente em choque, começou a subir no mastro. A água salgada que respingava em seu ferimento provocava uma dor enorme, mas foi uma dor maior e mais visceral que o fez pular para baixo de novo e abraçar Topaz.

— Não posso deixá-la aqui! *Não posso!* — gritou ele, mais alto que o estalar da madeira. — Mina vai matar você.

— Mina não pode me matar.

— Como você pode saber? *Como?* — gritou Jake, acima da confusão.

Topaz olhou bem nos olhos de Jake. Era hora de proferir a terrível verdade.

— Porque Zeldt... é da família. Ele é a *minha* família. É meu *tio!*

Os olhos de Jake se arregalaram de horror e ele abriu a boca, mas não havia mais tempo. O navio inteiro começou a tremer. Mais uma vez ele subiu no mastro, cada vez mais alto. Um extraordinário fluxo de ar veio de todas as partes do oceano. O *Lindwurm* tremeu a ponto de quebrar. Os discos do Constantor se alinharam.

— Topaz, eu amo você! — gritou Jake, para a pequena figura que estava lá embaixo.

Houve uma explosão ensurdecedora, e Topaz e o navio desapareceram abaixo de Jake, que gritou ao cair no mar. Ele foi sugado pelo redemoinho. O oceano encheu seus pulmões.

Jake tentou lutar para voltar à superfície, mas a corrente o puxava para baixo e lançava seus membros em todas as direções. Mas ele acabou emergindo acima das ondas. Ao arfar para respirar, percebeu a dor na mão.

Ele olhou ao redor e viu um pedaço de madeira, arrancado do convés do navio, flutuando ali perto. Jake se ergueu e caiu, exausto, na jangada improvisada. Observou os arredores, com os olhos arregalados. Estava sozinho no meio do oceano. O *Lindwurm* desaparecera sem deixar rastro.

Quando as ondas começaram a diminuir, Jake percebeu uma outra criatura viva ofegando ao seu lado. Um cachorro nadava furiosamente para permanecer na superfície. Jake reconheceu o rosto cheio de cicatrizes e marcas do mastim: era Felson.

Ao ver Jake, o cachorro nadou em direção a ele. Parecia meio morto.

— Você foi abandonado, é? — disse Jake. — Quer ser amigo agora?

O cachorro franziu a testa, choramingou e botou a língua para fora para lamber o rosto de Jake. A demonstração de afeto derreteu o coração do garoto. Seus lábios tremeram e lágrimas correram dos seus olhos. Ele puxou Felson para cima da jangada e o abraçou com força.

— Tudo bem, vamos ser amigos — falou, baixinho.

30 Promessas e Propostas

Jake e Felson foram resgatados por pescadores flamengos, que, depois de percorrer o mar do Norte por mais de um mês, estavam voltando para casa vindos de Dogger Bank com o barco cheio de arenque salgado quando viram a jangada. Eles lançaram uma rede e puxaram Jake e o companheiro para bordo.

Os homens de rostos vermelhos, que falavam com um sotaque cantado pesado, ofereceram pratos de um delicioso peixe conservado em sal e uma estranha limonada em copos de madeira (uma tigela grande para Felson). Um deles fez um curativo na mão de Jake e exibiu sua coleção de cicatrizes. Os pescadores riram e brincaram, beberam em jarras e cantaram cantigas do mar pelo caminho todo. Deixaram Jake e Felson no porto de Hellevoetsluis.

Jake encontrou o *Aal* em meio a vários barcos pesqueiros no porto. Usando algumas das moedas que Nathan lhe dera em Veneza, ele comprou combustível e água para a viagem de volta e partiu de novo, subindo o Reno, navegando à luz da lua.

A mente de Jake se voltou para os eventos terríveis no *Lindwurm*. Uma sucessão de *flashbacks* terríveis se repetiu em sua mente: a estranheza de Topaz, o confronto com Zeldt, o revólver, a luta, o fogo, o destino da cobra de Mina... E, é claro, a revelação chocante de Topaz: de que ela era a sobrinha do próprio Zeldt, sangue do sangue dele.

Assim como Jake fora arrastado pelas correntes do oceano, naquele momento ele lutava contra um redemoinho de pensamentos e medos conflitantes. Sentia uma compaixão desesperada por Topaz, mas também estava perplexo. Sua mente exausta o bombardeava de perguntas: ela já fora próxima da família? Se Zeldt era tio dela, quem eram a mãe e o pai? O que Charlie dissera sobre eles? Um irmão... não tinha desaparecido? E havia uma irmã que era mais apavorante até do que Zeldt... Topaz devia ser filha de um deles. Mas sob quais circunstâncias ela fora adotada? Jake não sentia nada além de amor por Topaz, mas agora estava atormentado pela mais terrível pergunta de todas: *Estaria ela de alguma forma maculada pela crueldade da família?*

Quando Jake achou que começaria a enlouquecer, decidiu bloquear o assunto da mente até ficar calmo o bastante para pensar racionalmente.

Logo antes do amanhecer, ele chegou a Colônia, onde, antes de sair em disparada para salvar Topaz, mandara os pais esperarem. A grande praça em frente à catedral estava quase deserta, mas três figuras familiares estavam reunidas nos degraus do cais. Uma delas, sentindo alguma coisa, sentou-se mais ereta. Era Miriam Djones. Ao ver o amado filho, ela deu um salto e pulou de alegria.

Os Djones, Paolo Cozzo e Felson (que estava tímido e apreensivo no começo, mas logo se afeiçoou à família de Jake)

O PRINCÍPIO DA TEMPESTADE

zarparam depois do café da manhã e subiram o Reno para a extremidade sul da Alemanha, até não poder mais viajar de navio. Eles pararam na cidadezinha onde Jake ficara com Topaz e Charlie a caminho do castelo Schwarzheim. Ao perguntar sobre o melhor meio de continuar a viagem até Veneza, foram recompensados com a mais inesperada sorte. Os artistas mambembes que tinham apresentado *Édipo* para uma plateia extasiada três noites antes iam para a Itália. Uma trupe de atores chamada Commedia dell'Arte vinha recebendo críticas entusiasmadas por todo o continente, e os artistas tinham decidido viajar para Florença para aprender com eles de perto. E havia espaço para os agentes nas duas carroças instáveis.

Eles levaram três dias e meio para cruzar os Alpes e atravessar o platô do norte da Itália, mas foi o período mais fascinante e divertido que Jake já passara. Os artistas eram um grupo encantador de pessoas e cada um fazia um papel: o rei cansado do mundo, a princesa cheia de princípios, o soldado honrado, a mulher fatal, o vilão e o bobo. Eles ensaiavam, debatiam, cantavam, choravam e espremiam todos os átomos de paixão até nos momentos mais sem graça.

Para a alegria de todos, a jovem bela e ingênua da trupe, Liliana, apaixonou-se por Paolo. Ela era quinze centímetros mais alta do que ele e dois anos mais velha, mas isso não impediu que ela ruborizasse cada vez que ele olhava na direção dela. Alan sugeriu que Paolo estava "emitindo feromônios" após o ato heroico no alto da catedral de Colônia. Quando chegaram a Veneza e tiveram de se separar, a pobre jovem atriz ficou completamente arrasada. Ela insistiu em guardar um cacho do cabelo de Paolo, que ele lhe deu com relutância mal disfarçada.

A família Djones, Paolo e Felson cruzaram a estrada veneziana e cambalearam, exaustos, até a cidade agitada. Embora não estivessem com vontade de fazer isso, passaram algum tempo olhando vitrines até a hora de ir à Rialto, para o encontro combinado com os outros.

Eles subiram os degraus da antiga ponte em silêncio. Ao chegarem ao ápice, todos os sinos da cidade começaram a dar o toque do meio-dia. Se Nathan e Charlie tivessem sobrevivido à missão deles, já deveriam ter chegado a Veneza. Às 12:15 eles ainda não tinham aparecido.

— Eles devem ter sido bem-sucedidos — refletiu Alan —, pois todo mundo ainda está vivo. — Ele indicou com a mão a multidão de pessoas. — Então onde estão?

— Você está molhando minha organza de seda! — disse uma voz abaixo deles. — A água do canal de Veneza é famosa por ser difícil de tirar.

Os Djones se entreolharam com alegria. Eles correram para o parapeito e encontraram Charlie Chieverley, com Mr. Drake orgulhosamente empoleirado no ombro dele, empurrando uma gôndola dourada. O barco era elaboradamente entalhado com uma figura de Netuno, junto com ninfas aquáticas que o admiravam e monstros marinhos, e nas almofadas de veludo estava Nathan, recostado e comendo figos.

— Olá, vocês! — Ele acenou graciosamente para as quatro pessoas na ponte. — Missões cumpridas. Três vivas para nós. Vamos parar naquela taverna. Reservamos uma mesa para o almoço. O ravióli é o melhor da cidade, e a vista do canal é imbatível.

Os seis intrépidos agentes do Serviço Secreto dos Guardiões da História tiveram um suntuoso e barulhento almoço na taverna ensolarada. (Mas só depois que Mr. Drake fez as pazes com Felson.) Comeram pratos deliciosos de massa e trocaram histórias das missões arriscadas, e todos receberam em algum

O PRINCÍPIO DA TEMPESTADE

momento uma salva de palmas. Paolo, em particular, sentiu um calor interior por causa da recém-descoberta fama.

Nathan e Charlie também contaram o que tinham feito depois que interceptaram os livros mortais. Eles cuidadosamente removeram as minicápsulas de peste de cada volume. Sabendo que teriam de levá-las para o Ponto Zero para serem analisadas e destruídas, eles arrumaram uma forma segura de transportá-las.

Depois de chegar a Veneza, eles voltaram para o *Campana* e o levaram, junto com o *Mystère*, para um cais tranquilo depois do Arsenale. Foram ao escritório de Veneza e pegaram a máquina Meslith extra, através da qual mandaram mensagens para o Ponto Zero, colocando-o a par dos acontecimentos. Por fim, libertaram todos os arquitetos sequestrados, abandonados pelos guardas de Zeldt, que pareciam ter fugido da cidade.

Depois da sobremesa, eles andaram pela rede movimentada de canais até chegar ao cais escuro onde os navios dos Guardiões da História estavam ancorados.

Nathan pegou um mapa e se seguiu uma calorosa discussão sobre qual seria o melhor ponto de horizonte para se dirigirem. No fim, Nathan relutantemente aceitou o conselho de Alan e escolheu um no leste de Ravenna. Daquele ponto, poderiam viajar até La Rochelle, diminuindo consideravelmente o tempo de viagem. Como essa rota requeria uma quantidade alta de atomium, também foi decidido que Jake viajaria com Nathan e Charlie, para aproveitar melhor os vigorosos valores juvenis deles.

Os frascos de peste foram confiados a Miriam e todos deram adeus para Paolo, que ia voltar para a casa da tia.

— Então você vai permanecer nos Guardiões da História? — perguntou Jake, com hesitação.

— Humm... boa pergunta. — Paolo pensou por um momento. — Bem, fora ter sido capturado, acorrentado, torturado, trancado em uma cela com Nathan Wylder e ter sido forçado a aguentar o senso de humor dele, jogado em um poço de cobras, atacado por mambas-pretas e ter recebido uma ordem para ficar pendurado no maior prédio do mundo... Fora isso tudo... — Um sorriso insolente iluminou seu rosto. — Qual é o pior que pode acontecer?

Jake e Paolo riram alto e deram um abraço longo e sincero.

Em meio a muitos gritos de Nathan, os navios zarparam lado a lado. Charlie mandou uma longa mensagem Meslith para Galliana, informando-a de que estavam a caminho, listando todos os acontecimentos recentes e confirmando que Topaz não estaria com eles por ter acompanhado Zeldt em uma jornada para uma desconhecida parte da história.

Em uma hora, os navios atravessavam o resplandecente Adriático. Jake observou os pais no convés do *Mystère*. Rindo, de braços dados, com o vento nos cabelos, eles pareciam a um milhão de quilômetros de distância da desorganizada loja de peças de banheiro no sudeste de Londres.

Assim que ingeriu a dose enjoativa de atomium, Jake tomou coragem para abordar Charlie no leme e perguntar-lhe confidencialmente sobre a história de Topaz. Sentiu que ele lhe daria uma resposta direta.

— É claro que todos nós sabemos desde que éramos crianças, mas raramente tocamos no assunto — disse Charlie, segurando o leme com firmeza.

— E quem são os pais verdadeiros dela? — Jake quase temia perguntar.

— Já falei sobre a mãe dela. Agata é seu nome. É irmã de Zeldt.

O PRINCÍPIO DA TEMPESTADE

— Foi ela quem tentou afogar Zeldt no lago congelado quando ele era garoto e que queimou a criada? — perguntou Jake.

— Infelizmente, sim — murmurou Charlie.

Jake suspirou.

— E Topaz se parece com a mãe?

— O que isso tem a ver?

— Apenas fale.

Foi a vez de Charlie suspirar.

— Nunca a vi. Pelo que sei, elas têm algumas similaridades físicas. Mas as personalidades estão a galáxias de distância.

— E o pai? Quem é?

Charlie deu de ombros.

— Ninguém sabe, nem Topaz.

Em pouco tempo, eles chegaram ao ponto de horizonte, e Nathan e Charlie flanquearam Jake de perto quando o *Constantor* se alinhou. Jake imaginou que já teria se acostumado à experiência, mas seu cansaço pareceu tornar o efeito mais chocante e nauseante do que nunca. Desta vez ele fechou os olhos quando seu *alter ego* se lançou à estratosfera. Um segundo depois, um após o outro, os navios desapareceram dos mares do século XVI.

Ao voltar para os anos 1820, eles foram recebidos por uma chuva forte e triste. Mr. Drake ficou apavorado. Ele gritou e imediatamente voou para o interior do barco. A chuva caiu sem parar a tarde toda, até que eles acabaram por ver a distinta silhueta cônica do Monte St. Michel.

Foi Rose quem viu primeiro os dois navios se aproximando pelo mar agitado pela chuva. Ela correu pelo castelo, batendo em portas e contando a novidade para todos. Só Oceane Noire, que descansava por causa de "uma enxaqueca dos infernos", não demonstrou interesse algum.

Gradualmente, todo mundo se reuniu no píer com seus guarda-chuvas: Galliana Goethe, Jupitus Cole, *Signor* Gondolfino, o alfaiate, e Truman e Betty Wylder, os pais de Nathan e tutores de Topaz. Antes da partida de Topaz do Ponto Zero dias antes, Truman e Betty tinham sido informados da missão confiada à filha adotiva. Agora eles sabiam que ela realmente não ia voltar. Tinham ido oferecer apoio, mas ficaram nas sombras, enquanto Betty secava as lágrimas com um lenço de seda.

Os navios aportaram lado a lado, e houve uma espontânea salva de palmas quando os agentes surgiram nas pranchas. Uma aclamação maior foi dada quando Alan e Miriam apareceram e uma maior ainda para Jake, o último a desembarcar.

— Bem-vinda de volta, família Djones! — gritou o *Signor* Gondolfino, o mais alto que conseguiu.

— Viva, viva! — gritaram todos, em uníssono.

Miriam cuidadosamente entregou a Galliana o pacote com os frascos de peste. Nathan esperou que todos se acalmassem antes de fazer seu discurso "improvisado":

— Voltamos vitoriosos. Todos os nossos agentes desempenharam seus papéis de forma magnífica. O desastre na Itália foi evitado. — Ele ergueu os braços e proclamou: — A Renascença permanece intacta. — Em seguida, sacudiu os cabelos castanhos, fechou momentaneamente os olhos e adotou um tom mais sério. — No entanto, neste momento de comemoração, vamos parar para relembrar Topaz St. Honoré, que corajosamente seguiu em uma nova missão.

— Topaz St. Honoré! — murmuraram todos juntos.

O PRINCÍPIO DA TEMPESTADE

Jupitus, que estava muito calado, limpou a garganta e disse:
— Coquetel de frutas e champanhe serão servidos no salão de reuniões em uma hora. Insisto em que todos compareçam, pois tenho um comunicado.

Com o fim dos discursos, Rose correu até o irmão e a cunhada e quase os matou de tanto apertar.

— É a última vez que vocês partem em uma missão sem me contar — disse ela, repreendendo Alan. — Você ainda é meu irmão mais novo, lembra?

Galliana abraçou o traumatizado Jake.

— Eu soube de sua coragem. Charlie disse que não podemos deixar você escapar de jeito nenhum. Estamos muito orgulhosos.

Jake sorriu, mas a comandante sentiu que ele estava emocionado. Ela o puxou mais para perto.

— Eu sei, eu sei — sussurrou ela, com gentileza. — Pode ser inacreditavelmente mágico, mas a história *também* pode ser um lugar muito assustador.

Quando Jake chegou com os pais, a sala de reuniões estava vibrando com as conversas dos guardiões da história. Os três tinham colocado roupas novas: Miriam usava o vestido favorito de Londres e Alan vestia a velha calça de veludo, ambos tirados da mala vermelha. Jake usava roupas *novas* dos anos 1820: uma calça elegante, um paletó abotoado, uma camisa branca e uma gravata amarrada em um laço. Com o cabelo escuro e os grandes olhos castanhos, era a imagem perfeita de um herói romântico.

A sala estava iluminada com aglomerados de velas e decorada com flores frescas. Pelas quatro enormes janelas, o anoitecer dominava a imensidão tempestuosa do oceano.

Jupitus estava enchendo taças de champanhe. Quando se mostrou satisfeito pela presença de todos, silenciou a conversa animada, batendo com uma colher no copo.

— Sou um homem de poucas palavras — anunciou ele. — Então serei breve. Tenho boas notícias. — Mas não havia vestígio de sorriso no rosto dele. — Oceane Noire e eu estamos noivos e vamos nos casar.

Um silêncio desnorteado foi sucedido por uma salva perplexa de palmas. Oceane, ajeitando o cabelo com o dedo indicador, passou pela multidão e ocupou seu lugar ao lado de Jupitus.

Rose não aplaudiu. Estava surpresa demais para até mesmo fechar a boca.

— Meu Deus do céu — murmurou ela, ao fingir procurar alguma coisa na bolsa.

Jupitus lançou um olhar na direção dela. Só Rose e Galliana sabiam sobre os sentimentos secretos dele e nenhuma das duas o observava nesse momento. Por isso, ninguém viu seu olhar de profunda infelicidade.

A novidade do noivado de Oceane e Jupitus passou despercebida a Jake. Os pensamentos dele estavam em assuntos mais opressivos. Seus pais tinham se perdido na história. Com perseverança teimosa e pura sorte, ele os encontrara, mas agora perdera Topaz. Pensamentos terríveis insistiam em dominar sua mente. Por mais elogios que recebesse de Galliana e dos outros guardiões da história, ele sabia que falhara na missão que determinara para si mesmo: a de salvá-la. Estava atormentado pelo pensamento de que poderia jamais voltar a vê-la. O mundo por si só era gigantesco o bastante, mas a história, ele agora entendia verdadeiramente, era mais vasta do que dava para se imaginar — tão infinita e complexa quanto o próprio universo e cheia de trevas inimagináveis.

O PRINCÍPIO DA TEMPESTADE

Jake respirou fundo para se acalmar. Ele andou até uma das enormes janelas e observou o largo horizonte. Felson, que estava esperando timidamente à porta, andou até ele e ficou ao seu lado. O cachorro olhou para seu novo dono e depois também olhou para o mar. Bem ao longe, um brilho de relâmpago iluminou um círculo do oceano. Jake se lembrou de como essa aventura toda começara: uma tempestade anunciara sua entrada neste universo estranho e emocionante. Quase todas as percepções que ele tinha do mundo tinham mudado irreversivelmente desde então. Glória, dever, amor e medo agora eram as entidades que guiavam sua vida.

Ele era um Guardião da História.

Não havia volta.

Ele fez uma promessa solene, sussurrando as palavras para si mesmo e embaçando a janela com um suspiro de condensação.

— Vou encontrá-la, Topaz. Seja lá onde você estiver. Onde e quando estiver. Mesmo que seja a última coisa que eu faça... Vou encontrá-la...

Agradecimentos

Antes de tudo, obrigado a todas as mulheres *especiais*... A Becky Stradwick, por colocar a bola em movimento e por tudo que fez desde então. A Jo Unwin, pela sabedoria e pelo caráter. A Sue Cook, pela mente imensurável. E a Rachel Holroyd e Sophie Dolan, pelo grande trabalho e pelas muitas risadas.

O livro não teria sido escrito sem a ajuda dos maravilhosos Morrison, de Ali Lowry, de Richard Batty e de todos os meus nobres amigos que generosamente me afastaram da indigência!

Um agradecimento especial vai para Dick, por me buscar na escola, para Dudley, por sempre ficar de olho, para Rufo e Justin e, finalmente, para minha mãe, por me ensinar que o humor é tudo!

Impresso na Gráfica JPA –
Rio de Janeiro, RJ.